동방의 항구들

아민 말루프

아민 말루프
Amin Maalouf

동방의 항구들
Les Échelles du Levant

오딜 카일을 위해

Les Échelles du Levant

목차

수요일 9

목요일 아침 27

목요일 저녁 79

금요일 아침 135

금요일 저녁 173

토요일 아침 207

토요일 저녁 237

마지막 밤 283

일요일 301

수요일

이 이야기는 내가 아닌 다른 사람의 인생 이야기다. 그의 말에다 나는 단지 명확성이나 일관성이 부족한 부분만 재배치했을 뿐이다. 모든 진실과 마찬가지로 가치 있는 그의 진실을 담아서 말이다.

　때때로 그가 내게 거짓을 말했을까? 나는 모르겠다. 아무튼, 그가 사랑한 여인이나 두 사람의 만남, 엇갈림, 믿음, 꿈의 좌절에 관한 얘기들은 거짓이 아니다. 그 점에 대해서는 확신한다. 하지만 그가 인생의 각 단계에서 품은 동기들이나 특이한 그의 가족, 광기와 이성 사이를 끝없이 오간 그 자신의 기이한 정신 상태와 관련해서는 내게 전부를 털어놓지 않았을지도 모른다. 그렇지만 나는 그의 진심을 믿는다. 그의 기억력이나 판단력에 대해서 확신할 수는 없지만, 그가 진실했다는 점은 인정하고 싶다. 줄곧 진심이었음을.

그와 마주친 것은 1976년 6월 어느 날 파리의 지하철 안에서였고, 순전히 우연이었다. "그다!" 하고 내가 작은 소리로 내뱉었던 기억이 난다. 나는 단 몇 초 만에 그를 알아봤다.

그때까지 나는 그를 만난 적도, 그의 이름을 들어본 적도 없었다. 몇 해 전 책에서 사진으로 보았을 뿐이었다. 그는 유명한 사람이 아니었다. 아니 어떤 점에서는 그렇기도 하다. 내 역사 교과서에 사진이 실렸으니까. 하지만 사진 아래 이름까지 나와 있는 위인으로서는 아니었다. 그가 나온 사진은 부두에 몰려든 사람들과 그 뒤로 수평선을 가득 채운 대형 여객선과 하늘 한 조각을 보여 줬다. 2차 세계대전 중에 중동의 몇몇 젊은이들이 유럽으로 건너가 항독 저항운동 레지스탕스에 참여했다가 고국으로 돌아와 영웅으로 환대받았다는 설명과 함께.

실제로 부둣가 군중 한가운데에 눈부신 청년이 하나 있었다. 옅은 색 머리에 매끈하며 약간 앳되기까지 한 얼굴의 청년은 이제 막 꽃다발을 받은 듯 고개를 옆으로 살짝 기울인 채였다.

내가 이 사진을 들여다보면서 얼마나 많은 시간을 보냈던가! 학교에서 우리는 한 역사책으로 4학기를 배우는데, 매 학기 한 시기를 공부하게 되어 있었다. 제일 먼저 영광스러웠던 고대 페니키아의 도시들에서부터 알렉산드로스 대왕의 정복까지, 이어서 로마 시대와 동로마 제국, 아랍인, 십자군 전쟁, 맘룩 왕조를, 그리고 4세기 동안의 오스만 제국의 통치기, 마지막으로 두 번의 세계대전과 프랑스 위임통치기, 독립에 대해서 말이다. 하지만 나는 학교의 수업 방침에 따라 기다릴 수가 없었다. 역사 과목은 내가 무척이나 좋아했던 과목이어서, 나는 학기 초 몇 주 만에 역사 교과서를 완독했다. 각 장을 여러 번 읽고 또 읽어 책은 귀퉁이가 접히고 구겨지고 찢겼으며, 밑줄과 메모, 주석, 감탄사로 뒤덮였다. 결국, 내 역사책은 가장자리가 다 헤진 딱한 종이 뭉치 신세가 되어 버렸다.

다시 말해 나는 그 사진을 충분한 시간을 갖고서 샅샅이 훑어보았으며, 세세한 사항까지 전부 기억하고 있다는 뜻이다. 무엇에 그리 매혹되었던가? 내 손바닥보다도 크지 않은 장방형의 흑백 사진이었지만 그 안에는 아마도 그 나이 때의 내가 꿈꾸던 모든 것이 들어 있었던 것 같다. 항해를 비롯한 모험, 궁극적인 헌신, 영광, 그리고 승리한 신을 바라보는 소녀들을 넘어서는 그 무엇이.

지금, 그 신이 여기에 있었다. 파리의 지하철 안 내 앞에서 낯선 사람들에 둘러싸인 채 금속 기둥을 붙잡고 서 있었다.

예의 그 무언가에 사로잡힌 듯한 시선과 나이를 먹었어도 여전히 어린애 같은 매끈한 얼굴, 이제는 희어졌지만, 예전에는 금발이었을 연한 빛깔의 머리색은 그대로였다. 게다가 옆으로 살짝 기울인 고개까지 보고서, 어떻게 내가 그를 알아보지 못하겠는가?

그가 볼롱테르 역에서 내리자 나도 쫓아 내렸다. 그날 나는 약속이 있었지만 선택했다. 그날 만나기로 한 사람은 오후 아니면 내일 볼 수도 있을 터였지만 이 남자는 지금 놓친다면 다시는 못 볼 게 분명했기 때문이다.

그는 지하철역 밖으로 나오자 구역 지도 앞에서 멈춰 섰다. 지도 앞으로 바짝 다가섰다가 뒤로 물러나면서 지도가 잘 보이는 적당한 거리를 찾았다. 눈이 나빴던 탓이다. 나는 이때다 싶어 그에게 다가갔다.

"제가 좀 도와드릴까요?"

내가 고향의 억양으로 말하자 그는 금방 알아차리고는 호의적인 미소를 지었지만 이내 당혹스러운 표정을 드러냈다. 이어서 경계하는 기색을 나는 확실히 본 것 같았다. 경계심 그리고 내색하지 않으려는 두려움 같은 것, 미행당한 것 같지만 확실하지 않고 괜히 까다롭게 굴거나 무례하게 행동하고 싶지 않은 남자의 두려움을 말이다.

그가 말했다.

"이 근처의 어떤 거리를 찾고 있소. 이름이 위베르 위그라고 하는데……."

나는 금세 찾아냈다.

"여기 있군요. 그냥 'H. 위그'라고만 적혀 있습니다. 글자가 잘 보이질 않네요."

"친절을 베풀어 줘서 고맙소. 그리고 노안이 온 내 시력 대신에 글자 탓을 해 준 것도 고맙소이다."

그는 말을 내뱉기 전 한 단어 한 단어를 음미하듯 천천히 말했다. 모든 문장이 생략이나 축약 없이 세심하고 정확했고 격식을 차린 어투였다. 대신에 이 시대의 사람보다 책과 더 자주 대화를 나눈 듯 때때로 지금은 쓰지 않는 옛 어투를 쓰기도 했다.

"옛날 같으면 지도 대신 감에 의지했을 텐데 말이오."

"그렇게 멀지 않으니 제가 안내해 드리겠습니다. 이 동네를 잘 알거든요."

그는 그럴 필요 없다고 한사코 사양했지만, 순전히 예의상 그랬다. 나는 괜찮다고 고집을 부렸고, 실제로 몇 분 안 되어 우리는 그곳에 도착했다. 그는 길모퉁이에 서서 거리를 천천히 훑어보더니, 약간 거만하게 말했다.

"거리가 작군. 아주 작은 거리야. 아무튼, 거리는 거리니까."

아주 평범한 지적도 그의 입을 거쳐 나오니 매우 독특하게 들렸다.

"찾으시는 곳이 몇 번지입니까?"

내가 무심한 듯 은밀히 제안했지만, 그는 받지 않았다.

"특별히 찾는 곳은 없소. 그냥 거리를 보러 온 것이오. 길을 올라갔다가 맞은편 인도로 다시 내려올 거라오. 더는 당신을 붙들지 않겠소. 당신도 할 일이 있을 테니. 여기까지 동행해 줘서 고마웠소!"

거기까지 간 이상 나는 그대로 돌아오고 싶지 않았다. 알아야 했다. 정말이지 기이한 이 남자에 대해서 호기심이 더욱 커졌다. 그래서 남자의 마지막 말을 예의상 인사로 치부하고 무시하기로 했다.

"이 거리와 관련해 추억이 있나 봅니다!"

"아니, 여기는 처음이라오."

우리는 다시 나란히 걷게 되었다. 나는 계속해서 힐끔힐끔 그를 관찰했고, 그는 고개를 든 채 건물들을 바라봤다.

"여인상들로 이루어진 주랑이라. 견고하고 안정된 예술작품이군. 멋진 중산층 거리이고. 약간 좁긴 하지만…… 아래층들은 어둡겠어. 저기 큰길 쪽만 빼고 말이오."

"건축가시로군요?"

나는 수수께끼 놀이에 답을 내듯 불쑥 소리쳤다. 너무 친밀한 느낌을 주지 않으려고 의문문처럼 끝을 약간 올리면서 말이다.

"아니오."

우리는 금방 거리 끝에 이르렀다. 그가 우뚝 멈춰 섰다. 눈을 들어 파란색과 흰색의 표지판을 읽었다. 그러더니 묵상이라도 하는 듯 잠시 눈길을 아래로 향했다. 늘어뜨려 건들대던 두 손도 앞으로 모았고, 보이지 않는 모자라도 잡은 듯 손가락을 쥐었다.

나는 그의 뒤로 바짝 다가섰다.

위베르 위그 가(街)

레지스탕스 활동가

1919-1944

나는 그가 긴장을 풀고 나를 돌아볼 때까지 기다렸다가, 마치 장례식장에서 속삭이듯, 조심스러운 목소리로 물었다.

"이분을 아셨나요?"

그 역시 조심스러운 어조로 대답했다.

"전혀 모르는 사람이었소."

그는 당황하는 내게 전혀 신경 쓰지 않고 호주머니에서 수첩을 꺼내 몇 자 간단히 적어 넣었다. 그러고는 말했다.

"파리에 레지스탕스 활동가들의 이름을 넣은 거리나 광장이 서른아홉 군데 있다고 하더군요. 이곳 외에 스물한 군데를 가 봤소. 이제 열일곱 군데 남았구려. 아니 열여섯 군데요. '에투알' 광장이었을 때 가 본 '샤를 드골' 광장을 빼면 말이오."

"그곳에 다 가 볼 생각이십니까?"

"나흘 남았으니 시간은 충분하오."

어째서 나흘일까? 나는 한 가지밖에 떠오르지 않았다.

"그 후엔 고국으로 돌아가십니까?"

"그렇지는 않소."

그는 돌연 생각에 잠긴 듯했다. 나나 위베르 위그 가와는 동떨어진 어떤 생각에. 내가 괜히 고국이니 귀향을 언급한 걸까? 아니, 그가 이렇게 깊은 생각에 잠긴 것은 '사흘'이라는 말 때문이 아니었을까?

그의 내면으로 내가 먼저 끼어들어 갈 수는 없었다. 그래서 나는 다른 얘기를 꺼내기로 했다.

"그러니까 위베르 위그를 모르신다는 말씀이군요. 하지만 레지스탕스에 관심을 갖고 계신 게 분명 우연은 아니시겠죠."

그는 한참 뒤에 대답했다. 현재로 돌아오는 데 시간이 걸렸던 것이다.

"뭐라고 했소?"

나는 다시 말했다.

"맞소. 전쟁 중 나는 프랑스에 유학 중이었다오. 그때 레지스탕스 활동가들을 알았소."

하마터면 나는 역사 교과서에 실려 있던 사진에 대해 말할 뻔했다. 하지만 곧 그 생각을 그만두었다. 그랬다가는 의도적으로 뒤따라왔다는 의심을 받을 수 있었기 때문이다. 어쩌면 내가 무슨 악한 꿍꿍이를 품고서 며칠 전부터 그를 염탐했을 거라고 의심할지도 몰랐다. 그러니, 아니다. 아무것도 모르는 체하는 게 나았다.

"그 시절에 친구분들을 잃으셨나 봅니다."

"사실 몇 명 잃었지."

"선생님도 직접 싸우지 않으셨나요?"

"아니오."

"학업에 전념하셨군요."

"그렇지도 않소. 나 또한 레지스탕스 활동을 했소. 모두가 그랬듯이."

"그때라고 모두가 레지스탕스는 아니었지요. 너무 겸손하십니다."

그가 아니라며 정색할 줄 알았는데 아무 말도 하지 않았다. 그래서 내가 쾌활하게 재차 말했다.

"정말이지 무척 겸손하십니다!"

나는 묻는다기보다 결론을 내리는 듯한 어조로 말했다. 기자들이 쓰는 이런 케케묵은 수법이 훌륭히 먹혀들었다. 그가 갑자기 입을 열기 시작한 것이다. 게다가 그는 여전히 느리게 말했지만, 말투에 열정이 담겨 있었다.

"내 말이 사실이오! 나는 수많은 사람과 마찬가지로 레지스탕스 활동에 가담했소. 내가 가장 어리다거나 아니면 나이가 많은 축도, 가장 겁이 많거나 아니면 용감한 축도 아니었다오. 기념할 만한 업적을 세우지도 못했고……."

그는 세련된 단어와 몸짓으로 분을 표현했다. 집요한 상대인 내게 조금의 적의도 드러내지 않으면서 말이다.

"어떤 공부를 하셨습니까?"

"의학이오."

"전쟁이 끝난 뒤 학업을 재개하셨겠군요."

"아니오."

조금의 여지도 없는 대답이었다. 내가 그의 내면의 뭔가를 건드렸던 모양이다. 그는 다시 자기만의 생각에 잠겼다. 그러다가 이내 말했다.

"할 일이 많으실 텐데……, 더는 붙잡지 않으리다."

그는 예의 바르게 나를 물리쳤다. 내가 실제로 그의 아픈 데를 건드렸던 것이다. 하지만 나는 물고 늘어졌다.

"저는 3년 전부터 2차 세계대전과 레지스탕스 활동에 대해서 크나큰 열정을 품어 왔습니다. 관련된 책들을 수십 권 탐독했지요. 그러니 그 시대를 직접 겪은 사람과 이렇게 이야기를 나눈다는 사실만으로도 제게 얼마나 큰 의미가 있는지 모르실 겁니다."

거짓말이 아니었다. 내 말에 그가 약간은 입을 열기로 마음먹었다는 것을 그의 눈빛에서 느꼈다.

"이보시오, 나는 너무나 오랫동안 막아 두었던 강물과 같다오. 조그만 틈만 생겨도 끝없이 쏟아져 나올 것이오. 더구나 앞으로 며칠간 할 일도 없으니……."

"열여섯인가 열일곱 군데 거리의 목록을 채우는 일 외에 하실 일이 없다는 말씀이시군요."

그는 소리 내어 웃었다.

"그건 남은 시간을 때우기 위한 것이었소. 기다리는 동안……."

나는 그가 기다리는 게 뭔지 또 묻고 싶었다. 하지만 그가 또다시 상념 속으로 달아날까 봐 정말로 겁이 났다. 옆 큰길가에 있는 카페에 가 앉으면 어떻겠냐고 묻는 게 더 현명할 듯했다.

거품 이는 맥주 두 잔을 앞에 놓고 테라스에 자리를 잡은 뒤, 나는 다시 시도했다. 그가 그만두었다는 학업 얘기를 꺼냈다.

"해방 직후 나는 일종의 도취 상태에 있었소. 거기서 깨어나는 데 시간이 걸렸다오. 너무나 오래 걸렸지. 그 뒤로는 다시 공부할 정신이 없었고."

"부모님은요? 강요하지 않으셨나요?"

"의학 공부는 내가 택한 것이었소. 아버지는 내게 다른 계획을 품으셨다오. 늘 내가……"

그는 잠깐 말을 끊었다. 마치 다 털어놓기 전 내게서 뭔가를 알아내려는 듯 찬찬히 나를 바라보는 모양이 아마도 마지막으로 한 번 더 망설이는 것 같았다.

"아버지는 늘 내가 위대한 혁명가가 되길 바라셨소."

나는 웃지 않을 수 없었다.

"그래, 나도 안다오. 평범한 집안에서라면 아버지가 자식에게 의학 공부를 하길 바라고, 아들이 혁명을 꿈꾸지. 하지만 우리 집안은 '평범'하다고 할 수 없다오."

"제가 제대로 이해했다면 부군은 초창기 혁명가셨던가 봅니다."

"아마 그렇게도 표현할 수 있겠군. 차라리 반항가적 기질을 타고나셨다고 할 수 있다오. 하지만 괴팍한 성격은 절대 아니셨소. 오히려 유쾌하고 활기가 넘치셨다오. 하지만 뼛속까지 반항적이셨소."

"뭐에 말입니까?"

"모든 것이오! 규범과 종교, 전통, 돈, 정치, 학교…… 일일이 다 열거하자면 끝도 없을 거요. 변하는 모든 것과 변하지 않는 모든 것에 저항하셨소. 아버지 당신은 '어리석음과 악취미, 둔화된 정신'에 반대한다고 말씀하시곤 하셨소. 엄청난 변혁을 꿈꾸셨다오."

"어떻게 해서 그런 성향을 갖게 되셨습니까?"

"표현하기가 쉽지 않소. 허나 어릴 때부터 원한을 품을 만한 환경에서 자라신 건 사실이오."

"제 추측으론, 불우한 환경을 말씀하시나요?"

"빈곤을 말이오? 그거라면 틀렸소, 젊은이. 전혀 그렇지 않다오. 우리 집안은……"

그는 이 말을 하면서 수치스러운 듯 시선을 아래로 내렸다. 하지만 오히려 자존심을 감추려는 의도였다고 나는 생각되었다.

맞다. 이제 와 다시 생각해 보니 확실하다. 그 얘기를 하면서 수치심을 느낀다는 것은, 그에게는 일종의 자존심이었다.

"우리 집안은 오랫동안 동방을 통치했소."

그날 우리는 밤늦게까지 이야기하고 또 이야기했다. 먼저 카페에서, 그다음에는 가로등 켜진 도시를 걸으면서, 마지막에는 바스티유 광장의 한 술집 탁자 앞에 앉아서 말이다.

정확히 어느 순간에 내가 그의 인생 전체를, 말하자면 처음부터 끝까지 털어놓게 할 생각을 했던가? 처음 대화를 나눌 때부터 나는 그가 인생의 어떤 장면들을 회상하는 방식에 매료되었던 것 같다. 내게는 대단하게 여겨지는 사건들을 그는 변명이라도 하듯 이야기했던 것이다. 이런 가식 없는 겸손이 나는 굉장히 마음에 들었다. 미소를 지을 때마다 비치는 약한 모습도 마찬가지였다. 그런 약한 모습은 내게 동의를 구하고, 내가 가끔 짓는 피로한 몸짓에 불안해하는 눈빛이나 그의 손에서 드러났다. 그는 한 번도 일해본 적 없는 듯한 길고 매끈한 두 손을 어디에 써야 할지 전혀 모르겠다는 듯 쉼 없이 까딱거리거나 돌리고 또는 서로 포갰다.

내가 어떻게 그의 동의를 얻어냈는지 일일이 말한다면 지루할 것이다. 지루하고 거짓이 될 것이다. 왜냐하면, 그가 기꺼이 게임에 참여하기로 한 것은 나의 설득이나 요령과는 전혀 상관없었다는 사실을, 지금은 알기 때문이다.

이제 나는 이해한다. 나흘 뒤 그를 기다리고 있는 그 무엇, 내가 감히 물을 수 없었고 끊임없이 그를 불안하게 만든 그 생각을, 그는 생각하고 싶지 않았지만 그러면서도 그것 말고 다른 것은 생각할 수 없었던 것이다. 향수라기보다 자기 자신과 대면해야 하는 두려움을 피하려고 레지스탕스 활동가들을 기린 거리들을 찾아다닌 것이다. 그때 나와 만난 게 무엇보다도 효과적인 기분 전환이 된 셈이었다. 기다리는 날들 동안 내가 그를 집요하게 흔들고 부추겨서, 미래에 벌어질 일을 곰곰이 생각하는 대신, 과거를 다시 살게 만들었으니 말이다.

목요일 아침

내 메모를 보니 그를 만난 건 수요일이었다. 다음 날 아침 9시부터 그와 나는 그의 호텔 방에서 다시 만났다. 방은 좁지만, 천장이 높았고 벽에는 평범한 데이지 꽃들이 그려진 풀빛의 천이 걸려 있었다. 기이한 느낌이 드는 수직의 잔디 문양이었다.

　그는 내게 그 방의 하나뿐인 안락의자를 권했고 자신은 방 안을 서성였다.

　그가 물었다.

　"어디서부터 얘기하길 원하시오?"

　"처음부터 시작하는 게 제일 간편하겠지요. 선생님의 출생부터 말입니다."

　그는 아무 말 없이 2분은 족히 왔다 갔다 했다. 그러고는 대답 대신에 질문했다.

"한 인간의 삶이 그의 출생부터 시작한다고 확신하시오?"

그는 대답을 기다리지 않았다. 그런 식으로 이야기를 도입한 것이다. 나는 그가 이야기하는 도중에 가능한 최소한만 끼어들기로 마음먹고 침묵했다.

그가 말했다.

내 인생은 내가 태어나기 반세기 전 보스포루스 해협 근처의 내가 한 번도 가 본 적 없는 방에서 시작되었소. 비극이 일어나 비명이 울려 퍼졌고 광기의 파문이 끝없이 퍼져 나갔소. 세상에 태어났을 때 나는 이미 그 영향력 안에 있었다오.

이스탄불은 수많은 대사건을 겪었소. 현대사에 심각한 영향을 미쳤음에도 우리 눈에는 하찮게 보이는 사건들을. 군주가 실각하고 조카에게 왕권을 빼앗겼소. 내 아버지는 그들의 이름과 그 날짜를 스무 번은 언급하셨소. 하지만 나는 다, 거의 다 잊었소. 아무래도 상관없었으니까. 여기서 단 하나 중요한 것은 그 비명, 그날 젊은 여자가 울부짖은 소리였소.

폐위된 왕은 수도 근방에 있는 한 관저에 거처가 정해졌소. 사전 허가 없이는 외출도, 방문도 금지되었소. 가족들과 떨어져 네 명의 늙은 신하들과만 접촉할 수 있었소. 폐위된 왕은 어찌할 바를 몰랐다오. 얼이 빠진 채 침울했고 마치 죽을 만큼 얻어맞은 듯했소. 이미 지칠 대로 지쳤던 것이오. 그는 제국을 향한 원대한 꿈, 번영과 옛 영광을 되찾을 꿈을 키웠었소. 모두의 사랑을 받고 있다고 믿었던 그는 자신을 둘러싼 침묵을 도무지 이해하지 못했다오. 회한의 감정을 곱씹었소. 측근들을 잘못 골랐고, 그들의 조언 또한 다 잘못되었던 거요. 그들이 왕의 후한 인심을 악용했소. 그래, 모두가 그를 배신했던 것이오!

왕은 스스로 방 안에 틀어박혔소. "이제는 아무도 내 말을 따르지 않겠지. 하지만 누구든 여길 들어온다면 내 손으로 직접 목을 졸라 죽어버리겠어!" 결국, 신하들은 밤새 그리고 오전 내내 그를 혼자 두었소. 점심시간이 되어서야 누군가 방문을 두드렸소. 대답이 없었소. 신하들은 걱정되었지만 누가 감히 그의 말을 거스르려 하겠소?

신하들은 의논했소. 세상에서 왕의 분노를 사지 않으면서 왕의 말을 거스를 수 있는 단 한 사람이 있었소. 바로 왕이 애지중지하는 딸 이페트였다오. 두 사람은 깊은 애정으로 묶여 있었고, 왕은 딸에게만은 아무것도 거절하지 않았소. 그 딸에게는 피아노, 노래, 프랑스어, 독일어를 가르쳐주는 선생들이 따로 있었다오. 그녀만은 빈이나 파리에서 들여온 드레스를 비롯해 유럽식으로 옷을 입고서 왕 앞에 나올 수도 있었소. 오로지 그녀만이 아무 위험 없이 폐위된 군주의 방문을 넘을 수 있었소.

사람들은 새 군주의 허락을 얻어 그녀를 불러들였소. 그녀는 우선 문 손잡이를 살며시 돌려 봤소. 문은 열리지 않았소. 그러자 따라온 신하들을 물러가게 한 뒤 아버지를 불렀소. "아버지, 저예요. 이페트. 저 혼자예요." 대답이 없었소. 그녀는 온몸을 떨면서, 모든 책임을 자신이 지겠다고 하며 근위병들에게 문을 부수라고 명령했소. 두 명의 건장한 사내들이 나섰소. 마침내 문이 열리자 두 사내는 방 안에 눈길 한 번 주지 않고 달아났소.

왕의 딸은 방 안으로 들어갔소. 아버지를 부르면서 말이오. "아버지!" 두 걸음을 내디뎠소. 그러나 곧 비명을 내질렀소. 비명은 방 안과 통로, 현관을 통과해 이스탄불의 거리거리와 터키 제국 전역을, 이어서 제국을 넘어 열강들의 대사관들로 퍼져 나갔다오.

폐위된 군주는 동맥이 열려 있었고 목 언저리는 흙빛이었소. 옷은 이미 피에 흥건히 젖어 있었고 말이오.

자살이었을까? 그럴지도 모르지. 하지만 암살이었을지도 모르오. 암살자들이 정원으로 해서 충분히 들어올 수 있었으니까. 진실은 아무도 모른다오. 아무튼, 그 문제는 몇몇 역사가들에게 말고는 중요하지 않았소.

이페트가 그 자리에 있었소. 공포에 질려 몸이 굳어 버린 채로. 그녀는 울부짖다가 헐떡이기만 했다오. 수년이 지난 뒤에도 그녀의 눈동자에서는 그때 느꼈을 공포를 짐작할 수 있었다오.

몇 주간의 상 기간이 지나도록 그녀는 여전히 같은 눈빛을 하고 헐떡이면서 복도를 배회했소. 사람들은 이제 그녀가 사랑하는 사람을 잃고 슬퍼하는 보통의 상태가 아님을 알아차렸소. 애지중지 귀하게 사랑받던 딸이며 명랑하고 말쑥했던 이페트가 정신을 놓아 버린 것이오. 어쩌면 영원히.

그녀의 어머니는 노(老) 의사 케탑다르 박사에게 도움을 청하는 수밖에 없었소. 페르시아 출신으로 교양 있는 가문의 자손인 케탑다르 박사는 이스탄불의 귀족 가운데서 정신 이상 징후를 보이는 사람들을 돌봤소. 그런 그에게 의뢰한다는 것은 환자가 이미 절망 가운데 있음을 고백하는 거나 마찬가지였다오.

박사는 이 환자를 알고 있었소. 6개월 전 전혀 다른 상태에서 그녀를 만났다오. 히스테리 발작을 일으킨 어떤 시녀를 돌보러 왔다가 공주가 피아노를 치는 소리를 들었던 것이오. 그녀는 빈의 가곡을 연주하고 있었고, 박사는 문가에 선 채 그 소리를 들었다오. 연주가 끝나자 박사는 프랑스어로 몇 마디 격려의 말을 건넸소. 그녀는 활짝 웃으며 대꾸했소. 그렇게 몇 마디를 주고받은 뒤 노 박사는 흡족해하며 떠났소. 그는 그녀와의 만남을, 그녀의 음악과 매끄러운 손, 얼굴, 음성을 결코 잊지 못했다오.

그날 그는 피아노가 있던 방에 다시 들어서면서, 그때 그 젊은 여인이 몹시 흥분해서 실성한 사람 특유의 괴상한 소리를 내며 이리저리 돌아다니는 모습, 초점 잃은 시선에 휘어 버린 손가락들을 보고는 흐르는 눈물을 억제하지 못했소. 그 광경을 본 이페트의 어머니 역시 흐느껴 울었다오. 박사는 곧 뉘우치고 이페트의 어머니에게 용서를 구했소. 환자의 가족에게 힘을 주어야 하는데 오히려 걱정스럽게 만들었다면서.

공주의 어머니가 물었소.

"내가 공주를 이스탄불에서 멀리 데려가면 어떻겠소? 예를 들면 스위스의 몽트뢰로 말이오."

노 박사는 가슴 아파하며 대답했소. 아아, 여행은 아무것도 해결하지 못한다. 확실한 기분전환을 시키려면 그 사건을 상기시키는 모든 것을 멀리해야 하는데, 여행으로는 충분하지 않다. 지금 상태로 봐서 공주는 전문가들의 지속적인 보살핌을 받아야 한다고 말이오. 공주의 어머니는 주먹을 꼭 쥔 채 가슴에 갖다 댔소.

"절대로 내 딸을 정신병원에 가두게 하진 않겠소! 차라리 죽는 게 낫지!"

박사는 더 나은 방법을 생각해 보겠노라고 약속했소.

그날 저녁 케탑다르 박사는 흔들리는 마차 안에서 반쯤 잠이 든 채 갈라타의 시끌벅적한 거리를 지나오면서 엉뚱한 생각을 했소. 그는 다음날 이페트의 어머니를 다시 보러 갔소. 공주는 수년에 걸쳐서 지속적인 치료가 필요한 상태인데 병원에 수용되는 것을 원치 않으니, 아나톨리아 반도의 남쪽 아다나에 있는 박사 소유의 저택으로 데려가면 어떻겠냐고 제안했다오. 박사 자신이 몇 달이고 몇 년이고 밤낮을 공주에게만 헌신하고 공주만을 자신의 유일한 환자로 받겠다고, 그러다 보면 신의 뜻에 따라 차츰 공주의 정신이 되돌아올지도 모르지 않겠냐고 말이오.

몇 년이 되든 밤낮으로 그녀를 돌보겠다고? 그것도 자기 집에서? 다른 상황에서 노 박사가 이렇게 말했다면 공주의 어머니는 그를 건방지고 무례하다고 여겼을 것이오. 왜냐하면, 그 말은 상처한 그가 이페트를 아내로 맞아들이겠다는 말이 아니겠소. 이미 말했듯이, 다른 상황에서였다면 그런 일은 상상할 수도 없었소. 하지만 당시는 아무도 폐위된 군주의 정신

나간 딸을 결혼시킬 생각을 하지 않았고, 지체 높은 이들 중에서 그런 결혼을 탐내는 사람도 거의 없었소. 결국, 공주의 어머니는 노 박사의 제안을 받아들였소. 딸을 평생 정신병원에 입원시키느니, 딸을 각별히 사랑하고 잘 보살피며 수치와 치욕스런 사건들을 겪지 않게 보호해 줄 것 같은 존경받는 의사에게 맡기는 게 낫다고 생각한 것이오.

기이한 가정이 되지 않았겠소? 주치의인 늙은 남편과 정신 나간 젊은 아내라. 늙은 남편은 정성과 애정을 다해 돌봤지만 젊은 아내는 때로는 온종일 구슬픈 소리를 내거나 하인들의 귀에 대고 까닭 없이 고함을 질러 댔소. 측은히 여기는 하인도 있었지만, 짜증을 내는 하인도 있었다오.

그런 삶은 순전히 한 남자와 한 여자가 사람들의 눈길이 잘 닿지 않는 곳에서 밤낮으로 한 지붕 아래서 같이 산다는 부적절한 상황을 포장하기 위한 가짜 결혼임을, 아무도 의심하지 않았소. 즉 정략결혼, 허울뿐인 또는 호의에 의한 결혼이었소. 요컨대 희생이라 할 수도 있었소. 그렇소, 노 의사의 입장에서 보면 일종의 자선행위였다오.

그러던 어느 날 이페트가 임신을 했소.

한순간의 탈선의 결과였을까? 아니면 어떤 대담한 치료의 열매였을까? 의아하게 여길 만했다오!

그 부부의 아들, 즉 내 아버지의 말을 믿는다면 두 번째 설명을 받아들여야 할 것 같소. 케탑다르 박사에게는 그만의 이론이 있었소. 그는 아내와 같이 충격으로 이성을 잃은 여자에게 또 다른 충격을 가해 이성을 되찾아줄 수 있음을 증명할 생각이었던 것이오. 즉 임신과 모성……, 특히 출산을 통해서 말이오. 급작스런 생명의 도래가 급작스런 죽음을 상쇄한다는, 피가 피를 없앤다는 이론을 들었소. 하지만 이론은 이론일 뿐이었소.

　한편 다른 쪽으로도 상상할 수 있었소. 주치의이자 남편으로서 늘 곁에서 아내의 옷을 입히고 벗기며 매일 저녁 씻겨주는 등 모든 순간을 헌신하면서까지 깊이 사랑한 젊고 아름다운 아내를 바라보면서 어찌 마음이 움직이지 않을 수 있었겠소? 매끄러운 육체를 손과 눈으로 훑으면서 어찌 욕망을 느끼지 않을 수 있었겠소?

　더욱이 그녀가 늘 히스테리 상태였던 건 아니었다오. 이따금 정신이 온전해 보일 때도 있었소. 아아, 하지만 진정 맨정신으로 돌아온 것은 아니었다오! 나도 말년의 그녀를 보아서 알고 있는데, 자신의 상태를 깨달을 정도로 온전한 상태였던 적은 없었다오. 그게 오히려 낫기는 했소. 자신의 상태를 알았다면 너무나 고통스러웠을 테니 말이오. 아무튼, 고함을 지르거나 신음을 내지 않고 오랜 시간 평온히 있을 때도 있었소. 그럴 때면 옆의 사람들에게 매우 다정했다오.

그녀는 때때로 불안정하지만 아름다운 목소리로 노래를 부르기도 했소. 오스쿠데르의 해변을 거니는 이스탄불 소녀들을 그리는 터키 노래가 여전히 내 귓가에 들리는 듯하오. 그리고 또 하나, 노랫말이 어렴풋하지만 트라브존 항구와 죽음에 관한 노래도 불렀소. 할머니가 노래를 부르실 때면 온 집안사람들이 조용히 귀를 기울였다오. 그녀는 그렇게 감동을 주기도 했소. 마지막 날까지 차분한 얼굴에 거동이 우아하셨소. 남편이 그녀를 품에 안고 싶은 욕망을 가졌을 것이 쉽게 상상이 간다오. 그녀는 착한 아이처럼 미소를 지으며 몸을 바짝 붙였을 것이오. 아무튼, 케탑다르 박사는 자신을 정당화하기 위해 적절한 이론을 고안해 냈을 것이오. 물론 선의에서 말이오.

그 이론이 효력을 발휘하지 못했다고 반박할 수도 있소. 왜냐하면, 그녀가 노년까지 치유되지 못했으니까! 그러나 그게 그리 간단한 문제가 아니라오. 그녀는 치유되지 못했소. 이로운 쪽으로 충격이 작용하지 못한 것이 틀림없는 사실이오. 하지만 그녀는 아들에게 사랑스러운 어머니가 될 줄은 알았소. 그리고 나중에 한집에서 함께 살 때도 우리에게 전혀 짐처럼 느껴지지 않았소. 드문드문 발작을 일으키기는 했지만, 그 여파가 오래가지 않았소. 모성이 그녀를 완전히 치유하지는 못했어도 상태를 악화시키지 않았소. 오히려 그녀에게 유익했다고 나는 생각하오. 그러나 당시에는 상황을 그렇게 평가할 준비가 된 사람이 별로 없었다오.

늙은 의사는 비난받았소. 뭐랄까, 비난받고 명예가 훼손되었소! 사람들이 분노로 들끓었소. 수군거리고 저주하고 모욕하고 비방했소. 물론 그들은 합법적으로 결혼했으니, 아무도 아내를 임신시켰다고 남자를 비난할 수는 없었소. 그러나 사람들은 상황이 상황이니만큼 일종의 도의적인 합의가 존재한다고 믿었소. 그러니 제정신이 아닌 아내를 임신시킨 케탑다르 박사가 어떤 식으로든 그녀를 혹사했고, 의료 윤리에 반해 오로지 저속한 욕구에 따라 무책임하고 부당하게 대했을 거라고 생각했다오.

더욱이 박사는 자신을 변호하려고 그 기이한 이론을 설명하려 시도하다가 오히려 신망을 더 잃고 말았다오. 비방자들이 말했던 것이오. 뭐? 아내를 실험용 생쥐로 이용했다는 말이오?

모범적인 삶을 살았던 노 박사는 하루아침에 사방에서 포위해 오는 적의에 상처를 입었고, 유혹에 넘어가 그만 임무를 저버리고 비열한 짓을 저질렀다는 느낌에 사로잡혔소.

그의 동료나 '왕가' 친척, 아다나의 귀족들 중 누구도 그의 집 문턱을 넘으려고 하지 않았소.

내 아버지가 말씀하셨소.

"우리를 마치 페스트 환자인 양 취급했어!"

그러고는 크게 웃으셨다오!

아다나에 있는 우리 가족의 집을 나는 모르오. 한 번도 본 적이 없으니. 그러나 그 집은 내 인생 여정에서 상류에 자리 잡고 있고 내가 살았던 집들만큼이나 중요하다오.

아다나의 집은 시내 중심부에 위치하면서도 외따로 있었소. 집 둘레는 높다란 벽이 에워싸고 있었고, 마당에 나무들이 울창했소. 사암으로 지은 집은 비가 오면 붉은빛을 띠었고, 가문 날에는 황갈색의 가는 먼지로 둘러싸였다오. 우리 집 옆을 지나가는 사람들은 집이 보이지 않는다는 듯 행동했소. 그들에게 우리 집은 지독히 두려운 곳인 듯했소. 지배왕가에 속한 저택이면서 광인이 사는 집이었고, 이제는 차마 말할 수 없는 비밀스러운 실험을 하고 있다고 사람들의 입에 오르내리는 케탑다르 박사와 관련해서 온갖 공포를 일으키는 집이었다오.

그런 집, 그런 부부의 품 안에 아이란 비현실성을 배가하는 엉뚱한 대상이었소. 사람들은 그 집에 아이란 왠지 천리에 어긋나며, 하늘의 선물이라기보다 어둠과 거래한 결과로 보았소.

그 아이, 곧 내 아버지는 거의 집 밖으로 나가지 않았소. 학교도 가지 않았소. 오스만 왕족의 다른 소년들과 마찬가지로 학교가 그에게로 왔소. 처음 몇 해 동안은 정식 가정교사를 두었고, 어느 정도 자라자 과목별 선생을 불렀소. 내 아버지는 또래를 집에 데리고 오거나 또래의 초대를 받아 간 적도 없었소. 친구도 없었고 선생들 외에는 어울리는 사람도 없었다오.

선생들 역시 평범한 사람들이 아니었소. '페스트 환자'의 집에 날마다 오는 선생들은 대개 그들 자신이 당시의 관습대로 사는 사람들이 아니었소. 터키어 선생은 환속한 회교 사제였고 아랍어 선생은 시리아의 알레포로 추방된 유대인이었으며 프랑스어 선생은 어떻게 아나톨리아에 와서 정착했는지 알 수 없는 폴란드 사람으로, 성이 '바샤'였는데 원래는 그보다 세 배는 더 길었다오.

케탑다르 박사가 살아 있는 동안 선생들은 가르치는 일에만 만족했소. 시간을 지켰소. 조금이라도 늦는 것은 허용되지 않았고, 시간을 초과해 더 가르친다고 해서 더 좋게 평가 받지도 않았소. 선생들은 박사의 지침을 따랐고, 예의상 매주 금요일이면 박사에게 가서 학생의 향상 과정을 보고하고 수 업료를 받아갔다오.

노 박사가 숨을 거두자 이런 규율은 느슨해졌소. 당시 아버 지는 열여섯 살쯤이었는데, 통제하는 사람이 아무도 없었소. 이제 수업 시간은 끝없는 토론으로 연장되었고, 선생들은 한 꺼번에 다 같이 점심이나 저녁을 들고 가라는 청을 받는 일이 잦아졌소. 청년 주위로 작은 궁정이 형성된 셈이었소. 거기서 는 무슨 이야기든 다 나누었지만 진부한 생각들을 가르치려 한다거나 왕가를 부당하게 칭송하고 신앙의 미덕들을 찬양 하는 일은 환영받지 못했소.

그 시절 오스만 제국의 어느 도시에서나 그랬듯이, 그곳은 자유로운 토론이 오가는 모임 장소였소. 그러나 그 아다나의 집에서 음모를 꾸몄다고 생각하지는 마시오. 거기서 정치 얘 기는 조심스럽게 배제했다오. 그 모임에는 외국인들, 특히 아 르메니아인과 그리스인처럼 오스만 당국과 갈등이 생기면 곤 란해졌을 소수민족이 너무 많았으니 말이오. 다만 여성 참정 권이나 의무교육, 러일 전쟁 또는 멕시코나 페르시아, 스페인, 중국같이 먼 나라의 혁명에 대해 가끔 이야기를 꺼낸 적은 있었소. 아무튼, 그들이 관심을 가진 것은 새로운 발견이나 신기술 같은 아주 다른 주제였소. 그중에서도 그들이 가장 열정을 쏟은 것은 사진이었다오. 그러던 어느 날 열띤 토론 중에 모임에 이름을 붙이자는 생각을 했고, 그 소모임의 이름은 조금의 망설임도 없이 '사진회'가 되었다오.

그와 같은 열정을 재정적으로 뒷받침할 수 있는 수단을 가진 유일한 사람이었던 내 아버지는 독일 라이프치히에서 최신 사진기와 사진 입문서들을 들여왔소.

모임의 여러 회원이 사진술을 배웠는데, 과학 선생이었던 아르메니아인 누바르가 가장 재능을 보였소. 그는 또한 선생중에서 가장 젊어 학생과 예닐곱 살밖에 차이가 나지 않았소. 이내 그 선생과 학생, 두 사람 사이에 변치 않는 우정이 피어났다오.

당시에 이미 터키인과 아르메니아인 사이의 우정은 매우 이례적으로 여겨졌소. '시대착오적'이며 수상쩍다고 할 만했다오. 사업상 관계나 예의상의 사교적 교류는 가능했지만 진정한 우정이나 깊이 있는 동조 관계는 있을 수 없다고들 생각했소. 더구나 두 공동체의 관계는 다른 어느 곳에서보다 아다나 지역에서 눈에 띄게 악화되고 있었소.

그러나 케탑다르 가(家) 밖에서 일어나는 일들은 그 집의 안으로는 거의 영향을 미치지 못했소. 아마도 정반대의 효과를 내지 않았나 싶소. 밖에서 터키인과 아르메니아인 사이의 진정한 우정, 형제애가 생겨나기가 극히 드물었으므로 안에서 두 사람의 우정은 더욱더 소중했소. 많은 사람이 두 민족 간의 차이를 큰 소리로 외치는 반면에 두 사람은 자신들의 우정이야말로 유일한 차이라고 반박했소. 두 사람은 자신들을 갈라놓을 것은 아무것도 없다고, 약간은 치기 어리면서도 엄숙하게 맹세했소. 그리고 어떤 일도 그들 공통의 열정, 즉 사진에 대한 열정을 단념시키지 못했다오.

때때로 모임 때 할머니가 방에서 나와 회원들 사이에 앉아 계시곤 했소. 그들은 토론을 계속하면서 이따금 할머니를 바라보았소. 할머니 역시 그들을 바라보셨고, 이야기를 관심 있게 들으시는 듯했소. 가끔 입술을 달싹이기도 하다가 또 아무 이유 없이 대화 중간에 일어나 당신 방으로 들어가셨소.

어떤 때는 흥분해서 방 안에서 비명을 지르기도 하셨소. 그러면 아들인 내 아버지가 가서, 할아버지가 가르쳐주신 대로 할머니를 달랬소. 할머니가 진정하시면 아버지는 다시 친구들에게 돌아와 토론을 계속했소.

이런 불행에도 불구하고 우리 집안은 수년간 행복을 누렸다오. 당시의 사진들에 분명 그런 느낌이 남아 있소. 아버지가 당시의 사진 수백 장을 보관하셨소. 트렁크 하나에 전부 다 넣고, 트렁크 위에 검은 잉크로 자랑스럽게 적어 놓으셨다오. "사진회. 아다나."라고.

아버지가 때때로 그 사진들을 보여주면 사람들은 감탄했소. 아버지는 각각의 사진이 찍힌 상황과 적용한 사진술, 색 배합이나 채광에 대해 상세히 설명하셨소. 사진과 관련해서는 마치 장터의 상인처럼 할 말이 무궁무진하셨다오. 하루는 한 외국인 방문자가 아버지의 의도를 혼동할 정도였소. 그는 집주인이 사진들을 팔려는 줄 알고 가격을 제시했소. 아버지는 그를 내쫓을 태세였고, 불쌍한 그는 당황해서 눈물을 쏙 뺐다오.

결국, 사진들은 아버지가 돌아가시는 날까지 전부 트렁크 안에 보관되었소. 오로지 두세 장만 액자에 끼워 두었다오. 그중 한 장은 할머니의 멋진 초상 사진인데, 안락의자에 약간 꼿꼿하게 앉아 딴청을 피우는 학생처럼 왼쪽 창 방향을 바라보고 계신 모습이었소.

물론 그 사진은 아버지가 찍으셨소. 할머니의 자세로 보건대, 아버지의 친구들 앞이 아니었을 게 확실하오. 무척 대담하면서도 친밀한 모습이었으니 말이오.

그러나 트렁크 안의 사진들 대부분은 아버지가 찍으신 게 아니었소. 사진회의 회원인 누바르와 대여섯 명의 또 다른 회원들이 찍은 사진들이었소.

가장 오래된 사진은 1901년도까지 거슬러 올라간다오. 가장 최근의 것은 1909년 것이오. 1909년 4월. 정확하게 기억하지 않소? 4월 6일, 날짜까지 말이오. 아버지가 내가 잊지 않도록 수도 없이 말씀하셨으니까. 그날 이후 아버지는 다시는 사진기를 손에 쥐지 않으셨소.

그날 무슨 일이 있었느냐고? 일종의 재난을 당했다고 할 수 있다오. 그 재난 속에서 내가 태어났다오.

아다나에서 폭동이 일어났소. 군중이 아르메니아인 구역을 약탈했소. 6년 뒤 훨씬 더 대규모로 벌어진 약탈의 전조라 할 수 있었소. 하지만 이때도 이미 처참했다오. 수백 명이 살해당했소. 어쩌면 수천 명일지도 모르고. 수많은 가옥이 불에 탔는데, 그 가운데 누바르의 집도 있었소. 다행히 그는 아르시노에라는 드문 이름을 가진 아내와 열 살 난 딸, 네 살 난 아들과 함께 피신할 수 있었소.

그가 유일한 터키인 친구의 집 말고 어디로 피신할 수 있었겠소? 다음날 그의 가족 모두는 넓은 케탑다르 가에 숨어 있었소. 다음 날인 4월 6일, 폭동이 진정되었다는 말이 떠돌자 누바르는 책 몇 권과 사진 몇 장이라도 건지겠다는 생각에 집 근처를 돌아보려고 했소. 그가 휴대용 사진기 한 대를 들고 나서자 내 아버지도 똑같이 사진기 한 대를 챙겨, 둘이 함께 나가 보기로 했소.

실제로 거리는 언뜻 평화로워 보였소. 가야 할 길도 몇백 미터밖에 되지 않았으니, 두 친구는 가는 길에 사진도 몇 장 찍었다오.

그들이 아직 연기가 피어오르는 잔해더미로 변한 누바르의 집에 이르자, 갑자기 함성이 터졌소. 오른쪽으로 얼마 떨어진 거리에서부터 군중이 몽둥이를 휘두르고, 대낮인데도 횃불까지 밝힌 채 다가오고 있었소. 우리의 사진가들은 발길을 돌렸소. 누바르는 힘껏 달렸지만 내 아버지는 왕가의 걸음걸이를 유지한 채 말이오. 무엇하러 서두르겠소? 폭도들은 아직 멀리 있는데 말이오. 아버지는 걸음을 멈춘 채 세밀하게 거리를 재고 프레임을 맞춘 다음, 폭도들의 전위대를 찍었소.

누바르는 기겁해서 소리쳤소. 그제야 아버지는 아이처럼 사진기를 가슴에 꼭 안은 채 달렸소. 두 사람 모두 안전하게 정원의 철책을 넘었소.

하지만 폭도들은 그들의 뒤를 쫓아왔소. 흥분한 폭도들은 흙먼지가 일도록 발을 구르고 철책을 흔들어 댔소. 금방이라도 철책 안으로 쏟아져 들어와 집 안 사람들을 죽이고 약탈

하며 불을 지를 것 같았소. 그래도 아마 약간은 주저했던 것 같소. 이 당당한 저택은 부유한 아르메니아계 상인의 집이 아닌 군주의 혈통을 이어받은 사람의 집이었으니 말이오.

망설임이 오래갔을까? 점점 더 심하게 흔들리는 철책이 이내 무너져 버리면 폭도들의 망설임도 한계에 이르지 않을까? 더욱이 군중은 자꾸만 불어났고, 죽음을 외치는 함성은 계속 커졌소.

이때 분견대원이 나타났소. 수많은 군중 앞에 한 줌밖에 안 되는 젊디젊은 장교 하나였지만 그의 출현은 큰 효과를 발휘했소. 말에 올라탄 채 군도와 털이 오글오글한 검은색 양모 기수모 차림의 위압적인 장교는 선동자들과 몇 마디를 주고받은 뒤, 정원사에게 자신을 안으로 들어갈 수 있게 안내하라고 신호했소.

내 아버지는 군인을 구원자로 맞이했지만, 그는 친절히 대할 여유가 없었다오. 이 혼란을 야기한 사진기를 내놓으라고 무뚝뚝하게 요구했소. 아버지가 거부하자 상대는 협박했소. 자기 말에 따르지 않으면 자신은 부하들과 함께 가 버릴 것이고, 더 이상 아무런 책임을 지지 않겠다고 말이오.

아버지가 말했소.

"내가 누구인지, 누구의 손자인지 알고 그러는 것이오?"

장교가 대답했소.

"네, 압니다. 당신의 조부는 잔혹한 죽음을 맞은 고귀한 군주였지요. 신이 그분의 영을 돌보시길 바랍니다!"

이 말을 하는 동안 군인의 눈빛에는 동정보다는 차라리 증오 섞인 거만함이 배어 있었소.

아버지는 군인의 말을 따를 수밖에 없었소. 사진회 활동을 위해 막대한 비용을 들여 수입한 장비 일체를 넘겼소. 10여 개나 되는 사진기 중에는 최고로 완벽한 최신 것들도 있었소. 아버지는 조금 전에 사용한 사진기만은 가구 밑으로 발로 밀어 넣어 간신히 감추셨소. 그 안에는 목숨을 걸고 찍은 장면이 들어 있었다오.

군인들은 다른 기기들은 전부 가져갔소. 그들이 그 귀한 것들을 폭도들 앞 땅바닥에 내던지고 보란 듯이 발로 짓밟고 막대기로 찍어 부순 뒤, 잔해를 손으로 집어 철창 밖으로 던지는 광경을 누바르와 아버지는 2층 창가에서 전부 보셨다오.

그제야 겨우 만족한 군중은 해산하는 데 동의했소.

두 친구는 도무지 믿기지 않는다는 듯 서로 바라보았소. 간신히 죽음을 모면해 안도하기는 했지만, 너무나 슬펐다오.

아름다운 시절은 끝이 났소. 사진회 시절은 끝난 것이오. 공동의 연인이자 정숙한 유럽인 정부였던 사진, 그것을 위해 그들은 함께 목숨도 걸었는데 더 이상은 이전처럼 그것을 껴안을 수 없게 된 것이오. 외곬으로 사진 수집가를 자처하셨던 아버지는, 더는 사진을 찍지 않으셨소. 폭도들을 담은 사진이 아버지의 마지막 사진이 되었다오. 반면에 누바르는 직업 사진사가 된다오. 다만 아다나가 아닌 다른 곳에서 말이오. 그에게는 집을 재건하는 일이 더 이상은 중요하지 않았소. 그는 폐허가 된 아르메니아인 구역으로 다시 나선다는 생각만 해도 못 견뎌 했소. 그 도시에서 태어나고 자랐지만, 과거가 깃든 그 시내에는 미래가 없었다오.

망명지를 선택할 일만 남았소.

그때 수많은 아르메니아인이 아다나를 비롯해 지방의 촌락들에서 피신해 수도 이스탄불로 모여들었소. 누바르가 말했소. "호랑이의 발톱을 피해 그 아가리로 숨어들겠소? 나는 아니오."

그가 염두에 둔 곳은 아메리카였소. 다만, 그 계획을 실현하려면 상당한 돈과 다방면에 걸친 준비가 필요했고, 여러 곳에 연락하고 신분증을 확보해야 했소. 요컨대 시간이 걸렸다오. 그러나 누바르는 절박했소. 친구 집에 며칠도 더 머무르고 싶지 않았소. 케탑다르 가를 떠나는 순간 그 나라도 영영 떠나기로 확고하게 마음을 먹었다오.

이때 그의 아내, 그렇소, 아르시노에가 해결책을 귀띔해 주었소. 귀띔이 그녀에게 어울리는 표현이라오. 언제나 두 발과 두 손을 모두고 시선은 땅바닥에 두며 그 누구보다 수줍음이 많고 조심스러운 그녀가, 자기 생활과 직접적으로 상관이 없는 일에 끼어들기까지 백 번은 말과 몸짓으로 사과했을 것이 나는 상상이 간다오. 그녀에게는 수년 전부터 레바논 산악지대에 살고 있는 사촌이 하나 있었소. 그 사촌이 이따금씩 편지를 보내 용기를 주었다오. 아메리카로 떠나기 전까지 얼마간 그곳에서 지내면 어떻겠냐고 말이오.

그곳 역시 오스만 제국의 영토인 것은 사실이오. 그러나 그 지역은 반세기 전부터 자치권이 보장되고 열강들의 엄중한 감시를 받고 있었소. 그곳이 아르메니아인들에게 이상적인 피신처는 아니었지만 그래도 위험이 덜한 곳이었소. 아무튼, 그들이 가기에 가장 쉬운 곳이었다오. 누바르는 이틀 동안 곰곰이 생각했소. 그런 뒤 생각을 굳히고 친구에게 알렸소.

내 아버지는 이렇게 대꾸했을 것이오.

"결국 나를 떠나겠다고 결정했군. 내 집이 자네에게 비좁다는 말이군."

"자네 집은 충분히 넓지만 이 나라가 좁네."

"나와 가장 친한 친구에게 이 나라가 좁다면 내게도 좁지 않겠는가?"

누바르는 아르메니아인 가정교사와 터키 왕자의 관점이 어떤 점에서 다른지 설명하고 싶은 기분이 아니었소. 내 아버지 역시 대답을 기대하지 않으셨고. 아버지는 이미 정원으로 나가 호두나무 아래를 거닐며 담배 연기를 내뿜고 계셨소. 누바르는 이따금 창밖으로 친구를 내다봤소. 이내 친구에게 나가 보았고, 친구가 어찌할 바를 몰라 하고 있음을 알아챘다오.

"자네는 내게 가장 소중한 친구이자 가장 너그러운 집주인 이네. 나도 자네 곁을 떠나는 게 무척 힘이 드네. 우리에게 닥친 일을 자네나 나나 원하지 않았지. 하지만 자네든 나든 그것을 막을 수는 없네. 나는……"

친구이자 집주인은 듣고 있지 않았소. 그는 한 시간 전부터 자신의 결정을 곱씹고 있었다오.

"내가 자네와 함께 떠나면 어떨까?"

"레바논으로?"

"아마도……"

"그렇다면…… 자네가 나와 함께 간다면…… 내가 자네에게 줄 것은……"

"뭘 주겠나?"

두 친구는 즉시 쾌활함과 젊음을 되찾았소. 재기 발랄한 공통의 취미도 말이오. 하지만 이번에는 좀 심했다오.

누바르가 큰 소리로 되물었소.

"뭘 주겠냐고? 자네한테는 땅과 마을 전체, 왕족의 저택이 있지만 내게는 그나마 하나 있던 초라한 누옥마저 다 타버렸지! 아끼던 책 중에서 가장 귀한 것을 줄 수도 있었네. 모든 것을 다 가진 사람한테도 고서를 선물할 수 있으니까. 내가 제일 잘 찍은, 자랑스럽게 생각하던 아름다운 사진을 줄 수도 있었지. 하지만 하나도 남지 않았네. 책이고 사진이고 가구고 옷이고 다 타버렸어. 난 빈털터리네. 내 딸아이밖에 자네에게 줄 것이 없어!"

"좋아. 자네와 함께 가겠네!"

두 친구는 이 약속을 진지하게 생각했을까? 처음에는 둘 다 농담이었을 거라고 나는 생각하오. 그러다가 둘 중 누구도 상대의 기분을 상하게 하지 않으려고 이미 한 말을 취소하지 못했을 것이오.

누바르의 딸은 당시 만 열 살이었소. 나이에 비해 키는 컸지만 초라한 옷차림에 깡마르고 피부는 거무스름했다오. 여자 티가 나기보다 키만 훌쩍 큰 어린애였소. 이름은 세실이었소. 그녀는 5년 뒤 아버지의 친구와 결혼한다오. 1914년 여름이 오기 전, 전쟁이 발발하기 직전이었다오. 피로연을 호화롭게 베풀었소. 아마 그때가 터키인과 아르메니아인이 함께 어울려 노래하고 춤춘 역사상 마지막 파티였을 것이오. 수많은 하객 중에 당시 산악지대의 총독이었던 아르메니아인 오하네스 파샤도 있었소. 오스만 제국의 늙은 관리였던 그는 "터키인과 아르메니아인, 아랍인, 그리스인, 유대인은 터키 황제 술탄의 다섯 손가락"이라면서 터키 제국의 공동체들 사이에 되찾은 형제애에 관해 즉석연설을 했고 열렬한 박수갈채를 받았소.

누바르는 파티가 한창인 중에도 불안감을 떨쳐 버리지 못했소. 반면에 새신랑은 동네 개구쟁이처럼 즐거웠다오. "장인어른, 걱정은 벗어 버리고 우리와 함께 즐깁시다! 웃고 손뼉 치는 사람들을 좀 봐요. 아다나에 없던 게 이곳에 있지 않습니까? 우리가 그 아메리카까지 갈 필요가 뭐 있겠습니까?"

실제로 그보다 더 좋을 수는 없을 것 같았소. 내 아버지는 결혼에 대비해서 얼마 전 베이루트 근방의 일명 소나무 동산이라는 곳에다, 떠나온 집을 본떠 호화로운 사암 저택을 막 완공해 둔 참이었소. 아다나의 저택에서 대대로 쓰던 가구들을 비롯해 할머니의 보석, 할아버지의 낡은 기구들, 양탄자, 부동산 등기 증서와 군주의 칙령이 든 상자, 물론 당신이 찍으신 사진들 전부를 가져오게 하셨소.

케탑다르 가의 새 저택 거실 벽에는 벌써 뜻밖의 사진이 당당히 걸려 있었소. 증오로 이글거리는 횃불 아래 머리에 띠를 두르고 땀에 흠뻑 젖은 얼굴을 한 군중의 사진 말이오. 내 아버지는 이 기이한 추격자들의 모습을 평생 바라보셨소. 여러 해 동안, 이 집의 방문객들은 어렴풋이나마 낯익은 사람들이 있나 하고 사진 속 얼굴들을 유심히 살폈지만 헛수고였소. 그러면 아버지는 한참을 고심하게 눠둔 뒤 한마디 하셨다오. "한 사람도 알아볼 수 없으니 애쓰지 말게. 그건 그냥 군중이고, 숙명이네."

아버지는 언제나 그 사람들을 마주 보고 앉으셨소. 늘 등을 돌리고 앉는 누바르와 정반대로. 누바르는 거실에 들어올 때마다 그들을 보지 않으려고 변함없이 시선을 아래로 향했다오.

아버지는 이제 그 친구가 자신과 함께 살기를 원하셨소. 하지만 누바르는 가까운 곳에 소박한 집을 하나 세내어 작업실 겸용으로 사용하셨소. 지방관이 누바르를 전속 사진사로 임명했고, 몇 달 안 되어 누바르의 사업은 번창했소. 고산지대의 밀은 봄이 짧다는 것을 알기에 빨리 자라는 법이라오.

1914년 그해 여름 전쟁이 터졌소. 실제로 겪은 사람들에게는 언제나 대전쟁으로 기억될 것이오. 그러나 우리 마을에는 참호나 인명 손실, 이페리트 독가스는 없었소. 전투보다 기아와 전염병에 시달렸다오. 그리고 이주자들로 인해 마을이 비어 갔소. 그때 이후로 고산지대 곳곳의 수많은 집에서 오랫동안 연기가 피어오르지 않았소.

그 사이 아나톨리아 전역에서 그렇듯 아다나에서 대학살이 시작되었소. 중동 땅이 극도로 추악한 시기를 겪었다오. 우리 오스만 제국은 수치 속에서 몰락해 갔고, 그 폐허 속에서 수많은 조산(早産)된 나라들이 자라났으며, 다른 사람들의 기도가 그치게 해 달라고 각자 자기 신에게 기도했소. 그리고 거리마다 생존자들의 행렬이 길게 이어졌소.

죽음의 시간이었소. 그러나 내 어머니는 임신 중이셨다오. 나를 임신하신 것은 아니었소, 아직은. 내 손위 누나였소. 나는 전쟁이 끝난 뒤, 1919년에 태어났소.

나는 어머니 얘기는 별로 하지 않소. 어머니에 대해서는 아는 게 별로 없어서 그렇다오. 어머니는 동생을 출산하시고 돌아가셨소. 그때 나는 만 네 살도 채 되지 않았다오.

어머니에 대한 기억이 하나 있소. 그날 나는 맨발로 어머니 방에 갔소. 어머니는 잠옷을 입은 채 거울 앞에 계셨소. 내 손을 잡아 둥글게 부풀어 오른 자신의 배에 갖다 얹으셨다오. 아마 아기가 움직이는 것을 느끼게 하고 싶으셨던 모양이오. 나는 영문을 모른 채 어머니를 바라봤는데, 어머니의 뺨에는 눈물이 흐르고 있었소. 나는 몸이 아프시냐고 물었다오. 어머니는 쥐고 있던 손수건으로 눈물을 닦으시고는, 나를 들어 올려 한참 동안 품에 꼭 안아 주셨소. 어머니의 감은 두 눈은 미지근했고 향기가 났소. 나는 어머니가 영원히 날 내려놓지 않았으면 좋겠다고 생각했다오.

왜 울고 계셨을까? 고통 때문에? 여성 특유의 걱정 때문에? 아니면 일시적인 감상이었을까? 지금도 나는 그 이유를 간절히 알고 싶다오!

어머니에 대한 또 하나의 기억이 있는데, 확실하지는 않소. 몸에 꼭 맞는 흰 드레스를 입은 어머니가 문 옆에 서 계셨소. 머리에는 베일을 드리운 모자도 쓰시고. 꼭 자선 파티에 가시는 차림이셨소. 그런데 확실하지가 않은 게, 내가 사진으로 보고 실제로 그런 모습을 보았다고 상상했을 수도 있다오. 어머니가 어쩐지 움직이지 않으셨으니 말이오. 자세는 경직되어 있었고 살짝 미소를 머금으셨으나 아무 말도 하지 않으셨소. 그리고 나를 보고 계시지도 않았고.

이게 다라오. 다른 기억은 없소. 어머니의 고통이나 죽음과 관련해서는 어떤 모습도 떠오르지 않소. 그 모든 상황에서 나는 어머니를 볼 수 없었다오.

세월이 한참 지난 뒤 나는 때때로 의문이 들었소. 자신의 미래를, 결혼을 그렇게 농담처럼 약속해 버린 일을 어머니가 기꺼이 받아들이셨을까. 아마 그러셨을 것이오. 결국에는 말이오. 그 시절에는 그랬으니까. 아버지들이 약속하면, 딸들은 받아들였다오. 몇몇 상황에서는 저항했겠지. 아버지가 고른 남편감이 추악하다거나 딸에게 이미 사랑하는 다른 사람이 있었다면……. 그래서 때로는 딸들이 목숨을 버리기도 했고. 내 어머니는 당신 아버지가 선택하신 남편 때문에 괴로워하신 것 같지는 않았소. 남편이 너그러운 남자였으니까. 하지만 외아들에 왕족 특유의 변덕도 있으셨으니 함께 살기에 아주 편한 사람도 아니었을 것이오. 대신에 불평하거나 화를 내는 일이 조금도 없으셨고, 엉큼한 면도 전혀 없으셨소. 누군가를 미워하게 되면 그 때문에 괴로워하실 정도셨소. 게다가 미남이셨다오. 언제나 옷을 잘 차려입으시는 멋쟁이셨고, 모자나 빳빳한 칼라, 황금색 콧수염의 길이, 웃옷의 단, 쇠뿔 기름 향수에 관해서는 꽤 까다롭게 구셨다오.

아버지에 대한 어머니의 감정을 짐작할 수 있는 한 가지 확실한 단서는, 바로 어머니 당신의 부모님이오. 누바르 할아버지와 외할머니는 평생 내 아버지를 변함없이 사랑하셨소. 그분들이 내 아버지를 어떤 눈빛으로 덮으셨는지를 보면, 아버지가 그분들의 딸에게 못된 남편이 아니었음을 충분히 알 수 있었소. 아버지가 즐거워할 때면 기쁨이, 불안해할 때면 걱정이 가득한 눈빛으로 바라보고, 결점에 대해서는 측은하게 보셨으니까.

그렇지만 내 어머니는 짧은 생애 동안 많은 즐거움을 맛보시지는 못했소. 세 번 출산하셨는데, 세 번 다 큰 고통을 겪으셨소. 첫 번째는 1915년이었소. 그 불행한 해에 아르메니아 여인이 오스만 터키인의 아이를 낳는 게 어떤 의미인지 요즘 사람들도 이해하는지 나는 잘 모르겠소.

물론 그녀의 남편은 그냥 평범한 오스만 터키인이 아니었소. 모범적인 사람이었다오. 누바르를 향한 우정이 영원했듯이 말이오. 하지만 그 당시에 누가 각 사람의 태도를 신경이나 썼겠소? 누가 개개인의 진정한 신념을 알려고 했겠소? 그 시기에는 곧바로 혈통 문제를 따지고 들었다오.

결국, 당시의 아르메니아인 늙은 지방관은 터키 왕조에 매우 헌신적이었음에도 불구하고 하루아침에 파면되었소. 또한, 산악지대의 특별 지위가 단번에 폐지되었다오. 오스만 당국을 피하려는 단 하나의 목적으로 모여들었던 그곳의 모든 아르메니아인은 돌연 덫에 갇힌 기분이었다오!

누바르는 다시 아메리카 이민을 꿈꾸기 시작했소. 그때에는 딸이 이미 결혼하여 아이의 어머니가 되었으니, 딸이나 딸의 가족을 두고 떠나는 것이 더는 문제가 되지 않았소. 하지만 내 아버지가 그 얘기에 대해서는 들으려고도 하지 않으셨다오.

처음에 아버지는 시간을 벌려고, 아내가 출산하기를 또 출산 후에는 아내가 회복되기를 기다려야 한다며 이민을 미루셨소. 그다음에는 당신 어머니의 상태를 볼 때 어머니는 결코 미국의 입국 허가를 받지 못할 테고, 그런 어머니를 혼자 두고 자신만 갈 수는 없다고 핑계를 대셨소.

그게 진짜 이유는 아니었소. 어쨌든 유일한 이유는 아니었다오. 당시에 내 할머니가 대서양을 건너는 첫 정신이상자가 아니셨을 테니 말이오. 그보다는 내 생각에, 아버지는 비록 당신 어머니 쪽 가문과 사이가 가깝지 않고 때로는 멸시하는 태도를 보이셨어도, 혈통에 전혀 무관심한 것은 아니셨던 것 같소. 중동에 있는 한, 아버지는 왕자이며 군주의 손자이자 위대한 정복자의 후손이셨소. 그 사실을 과시할 필요도 없으셨소. 하지만 아메리카에 간다면 익명의 한 행인일 뿐이었소. 그것을 아버지는 결코 견딜 수 없으셨을 것이라오.

어제 내가 아버지에 대해 말하면서, 아마 신분이나 혈통에 맞지 않게 반항적이라고 했을 것이오. 어떤 면에서는 그러셨지만, 또 완전히 그렇지는 않으셨다오. 아버지가 일관성이 없으셨다는 뜻이 아니오. 적어도 아버지는 당신만의 일관성이 있으셨소. 오스만 가문에 대해 통렬히 비난하셨다오. 특히 몰락한 것에 대해서 말이오.

그렇다면 아버지가 미래를 내다보기보다 과거를 돌아보았을까? 딱 잘라 말하기는 어렵다오. 결국, 미래는 우리의 향수들로 만들어지는 것이니까. 그 외에 다른 것이 있겠소?

각각 출신이 다른 사람들이 중동에 나란히 모여 살면서 언어를 섞어 쓰던 그 시절이 어렴풋한 과거의 추억일까? 미래의 전조(前兆)일까? 그 꿈을 붙들고 사는 사람들을 복고주의자 아니면 망상가로 치부해 버릴 수 있을까? 나는 대답하지 못하겠소. 하지만 내 아버지는 그 꿈을 믿으셨소. 터키인과 아르메니아인이 계속 형제로 살 수 있는 다양한 색깔이 합쳐진 세상에 대한 꿈을.

그런 세상을 그대로 물려받으셨다면 아버지는 더 이상은 아무것도 변하지 않게 해 달라고 신께 기도했을 것이오. 그것이 불가능함을 아셨기에 평생 끝도 없는 반항 정신을 키우셨소. 당신은 왕자가 아니었다면 혁명가가 되려 하지도 않으셨을 것이오. 요지부동으로 궤도를 따라 나아가는 세상을 원하지 않으셨소. 이렇게 말해도 좋다면, 아버지는 탈선하는 모든 것에 매혹을 느끼셨다오. 전복적인 예술, 신랄한 반항, 극단적 발명, 엉뚱한 생각, 기발한 행동 그리고 광기까지.

다만 가장 혁명가다운 생각이 이따금 끈질기게 남아 있는 귀족적 본능을 강화시키곤 했다오.

한 예를 들면, 아버지는 자녀들을 절대 학교에 보내려 하지 않으셨소. 우리가 당신과 같은 길을 가기를 바라셨다오. 가정교사나 선생들을 집으로 부르신 것이오. 누가 가끔 그것이 당신의 전위적인 사상과 일치하지 않는다고 지적하면, 당신은 격렬하게 변호하셨소. 사람들은 원래 반항아로 태어나는데, 학교는 그런 사람들을 순종적이고 체념적이며 복종시키기 쉬운 존재로 만드는 곳이라고. 미래의 혁명적 지도자는 그런 길을 따라가면 안 된다고 말이오! 그런 추한 무리 가운데 묻히게 둘 수 없다고 말이오!

아버지는 자녀들을 위해 학교에서라면 받아들이지 않을 교사들을 두길 원하셨소. 진짜 선생이란 다른 진리들을 가르치는 선생이라고, 아버지는 말씀하시곤 하셨소.

이렇게 해서 아버지는 당신이 젊은 시절 경험한 최고의 것을 재현하려고 하셨던 것 같소. 누바르를 비롯해 사진회의 다른 회원들과 나눈 지성과 감성의 공유 말이오. 그것을 되찾고 우리에게 전해 주길 원하셨소. 부분적으로는 성공하셨다오.

매일 아침 선생이 오는 일이 나는 싫지 않았소. 선생들과 나눈 토론, 몇 번의 비밀 나눔이 아직도 생각이 난다오. 아마 한두 명의 선생과는 묵계 같은 것을 나눴던 것 같소. 그러나 아다나의 집과 베이루트 부근의 집, 이 두 곳의 케탑다르 집들 사이의 유사성은 여기서 끝이 나오. 첫 번째 집이 세상과 동떨어진 단단히 잠긴 철책 안의 세계로 소수의 고집 센 사람들만 드나들었다면, 두 번째 집은 그와 반대로 많은 사람에게 개방되어 있었소. 익숙한 사람들이나 잠깐 들르는 손님들 모두에게 거실이건 식탁이건 전부 개방하며 열렬히 환영했소. 인정받지 못한 화가들과 젊은 여류 시인들, 지나가는 이집트 작가들, 각양각색의 동양학자들이 끊이지 않고 집에 드나들었다오······.

   아이였던 내게는 그게 계속되는 파티가 될 수도 있었겠지. 하지만 나는 정말 괴로웠다오. 그런 상황이 내게는 끝없는 재난 같았다오! 이른 아침부터 늦은 밤까지 끊임없이 침범당했으니 말이오. 때때로 감탄할 만하거나 익살스럽거나 박식한 사람들도 있었지만, 대개는 보잘것없는 식객이거나 귀찮은 사람들, 심한 경우는 아버지의 재산에 눈독을 들인 사기꾼들이었소. 아버지는 뭐든 새로운 것이라면 지나치게 쫓으셨고 분별력이 없으셨으니.

유년시절 나는 다른 데서 즐거움을 찾았다오. 아주 드문 일이기는 했지만, 그런 집에서 멀리 탈출하는 데서 말이오.

　그 시절의 추억 중 가장 좋았던 것이 무엇이냐고? 여름 방학을 맞아 3년 연속으로 외할머니 외할아버지와 함께, '바쿠스 운하'라는 매혹적인 곳에서 그리 멀지 않은 고산지대 마을에 갔었소. 외할아버지와 나는 날마다 눈 뜨자마자 산꼭대기로 걸어 올라갔소. 보조 막대기와 과일이나 둥글게 만 파이같이 간단한 요깃거리만 가지고서 말이오.

　우리는 두 시간 동안 등반하여 염소 지기의 오두막에 이르렀소. 로마 시대 때 지어진 것이라고들 했지만, 그 오두막은 고대의 장엄한 구석이라고는 전혀 없었고, 당시 열 살이었던 나도 몸을 잔뜩 웅크리고서야 드나들 수 있는 아주 낮은 문만 하나 있는 거친 돌로 지은 대피소에 불과했다오. 안에는 다리가 흔들거리는 의자 하나가 있었는데, 등판은 다 갈라지고 쾨쾨한 냄새가 났었소. 하지만 내게는 다름 아닌 궁전이고 왕국이었소. 나는 그곳에 도착하자마자 안으로 들어가 앉았고, 할아버지는 지팡이에 두 손을 짚은 채 높다란 돌 위에 앉으셨소. 내가 몽상에 잠기도록 놔두셨다오. 나는 취해 있었소. 구름 위를 떠다녔고 내가 세상의 주인이었으며 우주의 환희를 온몸으로 만끽했다오.

여름이 끝나 땅으로 내려오면, 나의 행복은 저 위 오두막에 머물렀소. 매일 밤 나는 넓은 집 안 타피스리와 끌로 새긴 군도, 오스만 왕조의 물병들에 둘러싸여 수놓은 이불 속에서 잤지만 오로지 그 목동의 오두막만 꿈꿨소. 더구나 지금도, 유년시절에 살았던 곳을 꿈꿀 때면 그 오두막이 나타나곤 한다오.

그러니까 그곳에 세 해 여름을 연이어 갔소. 열 살, 열한 살, 열두 살 때였다오. 그 뒤로 마법은 끊어졌소. 할아버지께 건강상의 문제가 생겨, 오래 등반하는 일이 어려워졌다오. 하지만 한 올도 새지 않은 검은 머리칼과 텁수룩하고 한층 더 검은 콧수염을 한 할아버지는 내게는 늘 강해 보이셨다오. 그래도 할아버지는 할아버지셔서, 우리 같은 개구쟁이들을 더는 감당하실 수 없으셨소. 우리는 피서지를 바꿔야 했소. 수영장과 카지노, 댄스파티가 있는 훌륭한 호텔로 바꿨지만 난 유년기의 왕국을 잃었다오.

아버지는 한 번도 우리와 함께 휴가를 떠나지 않으셨소. 내게 휴가란 바로 아버지 곁을 떠나는 것이었다오……. 우리는 집에서 멀어질수록 마음이 더욱더 가벼워졌소. 아버지는 집에 남아 계셨는데, 정해진 날짜에 산으로 바다로 피해 가는 도시인들 무리의 '대거 이동'을 경멸하셨다오.

어쩌면 아버지가 옳았을지도 모르오. 결국에는 말이오. 나도 나이가 들수록 모든 것에서 아버지 편이 되어 가더군. 아마 모두가 그럴 것 같소. 나 자신의 엉뚱한 생각들이 차츰차츰 아버지와 보조를 맞춰갔소. 유전에서든 양심의 가책에서든 말이오. 하지만 한 가지 점에서는 지금도 아버지를 원망하고 있고, 그 때문에 늘 아버지 곁에서 달아나려 했었소. 그것은 나를 위대한 혁명 지도자로 만들고자 하는 욕망이었소. 그건 단지 수많은 부모가 아들들에게 품는 어리석은 야망 정도가 아니었소. 일종의 망상이었다오. 지금은 웃으며 이야기할 수 있지만 어린 시절과 청소년기에 나는 그것 때문에 거의 웃음을 잃었다오. 시간이 흘러 성인이 되었을 때도 그것이 꼭 저주처럼 나를 따라다녔소.

보다시피 내 아버지는 일테면 양식 있는 독재자의 표본이셨소. 자식들에게 자유인의 교육을 받게 하셨고, 딸에게도 아들과 마찬가지로 아낌없이 교육을 받게 하셨으며, 당신 자신이 현대 과학과 예술에 대해 열정을 가지셨으므로 양식이 있으셨다오. 하지만 독재자셨소. 당신의 생각을 큰 목소리로 분명하게, 그리고 최종적으로 표현하는 방식에서 이미 독재자셨소. 특히 우리를 향한, 우리의 미래에 대한 요구에서 그러셨다오. 당신의 야망이 고결하다고 확신하셨기에 자식들에게 그런 욕구가 있는지 또는 그 욕구에 따를 능력이 있는지 의심해 보지도 않으셨소.

처음에는 그 압력을 세 자녀 모두에게 거의 동일하게 행사하셨소. 그러나 차츰차츰 내 누나와 동생은 거기서 빠져나오는 데 성공했고, 나만 홀로 평생을, 아버지의 웅대한 망상의 피곤한 무게를 감당하게 됐다오.

1922년 9월 내 어머니가 셋째를 출산하고 돌아가셨을 때 누나는 겨우 만 일곱 살이었소. 그럼에도 곧 집안의 안주인이 되었다오. 엄마가 긴 여행을 떠나셨는데 먼 곳에 계신 엄마의 마음을 아프게 하지 않으려면 내가 조용히 자야 한다고, 물기 없는 눈으로 설명해 준 사람도 누나였다오. 그 후에 누나는 자기 침대로 가서 펑펑 울었을 것이오.

우리 세 남매 중에서 누나만이 어릴 때부터 자기 자리를 쟁취할 줄 알았소. 사람들 말에, 우리 아버지는 누나에게는 지붕이요 내게는 천장이라고 했다오. 아버지의 동일한 억양에 동일한 내용의 말을 듣고 누나는 안심하고 자신감을 얻었지만 나는 숨이 막히고 당황스러웠소.

수천 번이고 되풀이되었을 같은 장면 하나가 아직도 내 눈에 선하다오.

아버지는 아침에 잠자리에서 일어나면 면도를 하고 머리

를 손질하고 옷을 입고 향수를 뿌려 외출 준비를 마치기 전에는 사람들 앞에, 심지어 내 앞에도 나오는 법이 없으셨소. 먼저 이발사에게 면도를 받고 몸단장을 하고 나서는 문을 살짝 열어 누나를 불렀소. 마치 거울에 비춰 보듯 누나 앞에 아무 말 없이 반듯이 섰소. 그러면 누나가 아버지를 면밀히 관찰했소. 넥타이 매듭을 고쳐 드리거나 실밥을 떼 드리거나 얼룩이 묻었는지 가까이서 살펴봐 드렸다오. 검사를 하는 동안 누나는 입을 삐죽 내밀었고 검사가 끝나면 고개를 끄덕임으로써 일종의 확인증을 찍어 주었는데, 마지못한 표정이었다오. 아버지 역시 불안해하며 누나의 판결을 기다리셨다오.

이 의식이 끝나야 아버지는 방을 나오셨소. 첫 몇 걸음은 주저했지만, 차츰 확신에 찬 태도로 거실까지 나오셔서 커피를 드셨소.

조금 전에 내가 '외출' 준비라고 했을 거요. 그건 단지 말이 그렇다는 거라오. 정확히 말하면 '착석' 준비라고 하는 게 맞을 거요. 아버지는 거의 외출을 하지 않으셨다오. 보통 아침에 일어나면 단지 위층의 열린 창밖으로 몸을 내밀어 아침 공기를 들이마시고 바다와 도시, 소나무들을 눈으로 둘러보셨소. 당신이 여전히 그곳에 있다는 사실을 확인하는 차원에서 한 번 흘끗 보시는 것에 불과했소. 그다음에 계단을 내려와 거실에 다시 자리를 잡고 앉으셨소. 그러면 곧 첫 손님들이 오셨소. 때로는 먼저 와 기다리는 일도 있었고.

어머니가 살아계셨을 때는 매일 아침 어머니가 '거울 역할'을 하셨으리라 생각하오. 누나는 그 역할을 이어받음으로써 나는 도저히 꿈조차 꿀 수 없었을 특별한 영향력을 아버지께 행사하게 되었소. 결국, 아버지는 누나에게 아무것도 강요하지 않으셨다오.

남동생 역시 누나와 마찬가지로 결국에는 아버지의 영향력에서 벗어났소. 다만 누나와는 다른, 훨씬 은밀한 방법을 썼다오. 온갖 짓을 다 해 우리 아버지를 실망하게 하고 아들에 대한 기대를 꺾게 했던 것이오. 동생은 자신이 어머니를 죽게 했기 때문에 아버지가 자신을 태어난 순간부터 미워했다고 믿었소. 아버지가 의식적으로 그런 쩨쩨한 태도를 보이시지는 않았을 것이오. 하지만 그 애가 그런 느낌을 받은 데는 나름대로 이유가 있었소.

일찍부터 남동생과 우리, 즉 나머지 식구들 사이에 뚜렷한 차이가 나타났소. 우리 가족은 모두 날씬하고 당당한 풍채와 우아함을 타고났소. 부유하고 나이가 어느 정도 든 남자라면 피할 수 없는 뱃살만 빼고 몸매가 매우 날씬한 아버지, 살아계실 때의 어머니, 누바르 할아버지, 친할머니와 외할머니, 누나, 그리고 나까지 우리는 모두 체형이 거의 비슷했소. 솔직히 많이 닮았다오. 하지만 남동생만은 예외였소. 그 애는 어릴 때부터 죽 뚱뚱했고, 늘 돼지처럼 먹어 댔소.

동생의 이름을 아직 말하지 않은 것 같군. 그 애 이름은 살렘이오. 이 이름이 그 애가 원한을 품게 된 첫 번째 이유라오! 그 자체로 평범한 이름이라는 것이오. 우리 세 남매 중 자기 이름만 유일하게 특별하지 않다는 말이오. 나와 같은 이름을 가진 사람은 세상에 아무도 없소. 57년을 살았지만 나는 아직도 내 이름에 익숙하지 않아 이름을 소개할 때면 성만 말하고 넘어간다오.

어제 우리가 만났을 때도 내가 단지 '케탑다르'라고만 하지 않았소? 아버지가 내게 어떤 이름을 붙여 주셨는지 당신은 결코 짐작하지 못할 거요. 오시안! 오시안이라오! 그 말은 '불복종, 반항, 불순종'이라는 뜻이오. 자기 아들을 '불복종'이라 부르는 아버지를 본 적 있소? 프랑스에서 살 때 나는 이름을 빨리 발음했소. 사람들은 종종 스코틀랜드의 음유시인 이름 같다고 하더군. 그러면 나는 이름을 지어 주신 아버지의 기벽을 설명하는 대신 무기력하게 고개를 끄덕이고 말았소.

그 이야기는 이쯤 해 두겠소. 나는 그저 내 이름을 감당하기가 버거웠다는 말을 하고 싶었을 뿐이오. 누나의 이름은 할머니와 동일하게 이페트였는데, 그 역시 베이루트에서는 매우 드문 이름이었소. 사람들 대부분이 '이베트'로 알아들었으니 말이오.

양차 대전 사이에, 레바논은 이미 프랑스의 위임 통치 아래 들어간 것이 사실이오. 사실, 4세기 동안 오스만 제국의 지배를 겪고 이어서 바로 프랑스의 위임 통치를 받게 된 것이오. 그런데 하루아침에 아무도 터키어를 쓰려 하지 않았다오!

어쨌든 오스만 가문에 속한 우리가 레바논에서 살기에 최적의 때는 아니었소. 하지만 어쩌겠소. 우리가 선택한 것이 아니라 역사가 우리를 선택한 것이니. 그렇기는 해도 나는 부당하거나 배은망덕하게 처신하고 싶지는 않았소. 베이루트 사람들이 터키어는 잊고 프랑스어를 선호하는 것이 사실이었지만 그들이 우리를 달가워하지 않는다는 느낌을 준 적은 한 번도 없었소. 오히려 어제의 '정복자'가 그들 가운데서 일종의 손님 자격으로 살게 되었다는 사실을 흥미로우면서 흡족하게 생각하는 듯했소. 나는 이웃이나 외부인 등 모든 사람에게 언제나 왕족 대우를 받아 왔소. 강한 느낌을 주지 않으려거나 부끄러움 때문일 때 외에는 내 혈통을 감출 필요를 느끼지 못했다오.

아무튼, 곁길로 샌 것 같군. 아, 내 동생의 이름, 살렘에 대해 말하고 있었지. 그 이름은 내 이름에 비해 평범했소. 하지만 흔하기는 했어도 듣기 좋은 이름이었소. 당신도 알겠지만 '무사하다'는 뜻인데, 그게 자신을 낳다가 어머니가 돌아가신 아이에게 고통스러운 상황을 연상시키고 말았다오.

내 동생은 자신을 그런 이름으로 부름으로써, 죽은 어머니 뒤에 살아남았음을 평생 상기시키고 심지어는 어머니를 '죽였다고' 벌을 준다고 생각했소.

그게 아버지의 의도는 아니었소. 추호도 말이오! 아버지는 그저 그 이름으로, 비극적 출산의 결과 유일하게 행복한 사건, 곧 최소한 아이가 무사히 태어난 일을 축하하려는 생각이셨소. 아무튼, 아이의 이름에 부모의 사상이나 열정, 당시의 관심사를 입히는 것은 매우 고약한 습관이오. 당신이 동의할지 모르겠지만 이름은 깨끗한 백지와 같아야 한다오. 그래서 당사자가 평생 써 나갈 수 있는 것을 쓰도록 해야 하오. 동생의 이름을 그렇게 지은 것은 매우 적절하지 못했다고 생각하오. 하지만 분명 거기에는 동생을 벌준다든가 비난하려는 의도는 전혀 없었소. 더구나 아버지는 처음에는 살렘이나 내게 동일하게, 과도한 야망을 품으셨다오. 동생은 거기에서 벗어나기 위해 온갖 짓을 다 했소. 공부를 등한히 하고, 훌륭한 가정교사나 어른들 거의 대다수에게 불량하게 행동했소. 그리고 이미 말했듯이 걸신들린 듯 먹어 대는 것으로 복수했소. 그보다 더 나쁜 짓도 했다오.

일례로 열두 살 때는 정원사의 아들을 의심하게 만들어 놓은 뒤 미세화가 그려진 17세기의 훌륭한 수사본 두 장을 훔쳐서 골동품 가게에 팔았다오. 진실이 밝혀지자 아버지는 극도의 수치심을 느끼셨소. 평생 처음으로 자녀를 때리셨다오. 허리띠 버클에 긁혀 피가 나도록 심하게 말이오.

동생을 집에서 쫓아내고, 그 애 방을 정원사의 아들에게 줘서 배상하겠다고 맹세하기까지 하셨소. 하지만 정원사 부부와 아들이 조심스럽게 거절했다오. 결국, 아버지는 막내아들을 집에서 쫓아내는 대신 그 애에게 걸었던 기대를 몽땅 버리셨소. 그렇게 함으로써 당신은 벌을 주었다고 생각하셨지만, 오히려 동생은 해방된 셈이었다오.

안타깝게도 나는 아니었소. 그때부터 아버지의 모든 꿈이 오로지 내 어깨 위에 놓였다오.

어마어마한 꿈이었다오! 아버지의 꿈을 가장 근접하게 묘사한다면 이렇소. 예의 바르고 너그러우며 옷차림이 나무랄 데 없는 사람들만 있는 세상. 숙녀들에게 나지막이 인사하고, 인종이나 언어, 종교의 차이는 무시하며, 아이들처럼 사진과 비행, 무선전신, 영사기에 열광하는 세상 말이오.

내 이야기를 신경질적인 웃음이나 냉소로 받아넘겼으면 좋겠소. 내 아버지가 꿈꾸던 세상, 즉 20세기가 좀 더 고상하게 연장된 듯한 21세기를 나 역시 꿈꾸었으니 말이오. 그 점에서 아버지와 나는 닮았다오. 진부한 표현을 용서한다면, 아들과 아들로서 말이오. 하지만 세상을 깨우고 길을 내기 위해서 동양에 발을 디딘 채 서양을 향하는 탁월하고 혁명가다운 사람들이 필요하다고 말씀하시는 데서부터, 더 이상 나는 아버지를 닮지 않았소.

아버지의 시선은 바로 내게 향해 있었소. 사람들이 기적을 바라며 기다리는 구세주가, 아버지는 바로 나라고 여기셨던 것이오.

때때로 누바르 할아버지와 아버지, 두 분이서 합세하셨다오. 두 명의 순진한 노인들, 구제불능이셨다오. 얘야, 넌 위대한 혁명가가 될 거란다! 그들의 시선 아래서 내가 원하는 것은 단 하나, 도망치는 것뿐이었소. 이름을 바꾸고, 다른 나라로 달아나고 싶었소. 나를 향한 그분들의 애정과 지나친 믿음, 유치한 숭배가 날 두렵고 꼼짝 못하게 만든다는 사실을 그분들에게 어떻게 설명하겠소? 내게 앞날에 대한 다른 계획이 있을 수 있다는 사실을 어떻게 설명하겠소? 단언컨대 나역시 그분들만큼 고귀한 꿈이 있었소. 나 역시 세상을 바꾸고 싶었소. 내 방식으로 말이오. 아버지가 내게 알렉산더 대왕이나 시저에서부터 터키의 위대한 선조는 물론이고 나폴레옹, 쑨원, 레닌 같은 위대한 정복자, 혁명가들의 전기를 읽게 하시는 데 집중하신 데 반해, 나의 영웅은 파스퇴르나 프로이트, 파블로프 그리고 특히 프랑스의 신경 병리학자 샤르코였다오.

이 점에서 나는 의사였던 친할아버지와 관심사가 같았소. 친할아버지는 샤르코와 같이 신경학자셨고, 스위스에 체류하시는 동안 그와 실제로 만난 적도 있다고 했소. 정신이상자셨던 친할머니와 어린 시절 내내 한집에서 살았던 것도 분명 내가 정신의학과 신경학에 호기심을 갖는 데 영향을 끼쳤을 것이오.

말하자면, 나는 열두 살 때부터 결심했다오. 밤마다 캄캄한 내 방에서 나 자신과 일종의 계약을 거듭 맺었소. 나는 의사가 되겠어! 아버지가 나를 향한 야망을 말씀하실 때마다나는 나의 진짜 감정을 드러내지 않은 채 아무 말도 하지 않았지만 속으로는 격분해서 외쳤다오. 나는 의사가 될 거야! 정복자도 혁명 지도자도 아닌 의사가 될 거야! 단 하나 망설인 것은 내가 정복하고자 하는 과학 분야에서 최종 목적지를 정하는 것이었소. 때로는 의사로서 슈바이처 박사처럼 아프리카 오지 속의 헌신적인 박애주의자를, 또 때로는 연구실에서 현미경을 들여다보고 있는 연구자를 그려 보기도 했다오.

처음에는 아무에게도 이야기하지 않았소. 얼마 동안이나 나 혼자만의 비밀로 간직했었는지 모르겠소. 2, 3년이 지나서야 누나에게 털어놓았던 것 같소. 누나는 믿을 수 있었소. 날 배신하지 않고, 도울 수 있는 사람으로 말이오. 누나가 말했소. "자신을 가지렴. 때가 되면 넌 다른 어떤 일도 아닌 네가 하고자 결심한 일을 하게 될 거야. 아버지를 설득할 걱정은 말고, 너는 네가 원하는 게 뭔지 묻고, 그 일이 정말로 네가 원하는 일이라는 확신을 가지면 돼. 필요하다면 아버지를 설득하는 일은 내가 맡을게."

정말로 누나가 그 일을 맡아 줬다오. 먼저 필요한 학위를 얻을 수 있도록 2년간 학교에 다닐 수 있게 설득해 줬소. 누나가 즉시 허락을 얻어내지는 못했지만, 외할아버지가 지지해 주셨고, 아버지도 결국에는 허락하셨다오. 하긴 그 덕에 아버지는 큰 위안을 받으시기도 했다오. 개인 교사들에게 교육을 받은 덕에 나는 학교에 들어가자마자 또래 학생들의 수준을 훨씬 뛰어넘었소. 언어와 문학, 수사학, 과학, 역사 등 모든 과목에 쉽게 숙달해서, 아버지의 엉뚱한 견해를 정당화하는 듯했다오. 아버지 덕에 특별히 양질의 교육을 받아 놓고, 내가 그것을 제대로 사용하지 못한 것이 몹시 안타까울 뿐이라오!

나는 다른 학생들보다 더 공부하지 않고도 대학입학 자격시험인 바칼로레아 1차, 2차 시험에서 최고 점수로 합격했소. 그게 1936년과 1937년이었소. 내 이름이 각 신문 제1면에 대서특필되었다오. 아버지는 득의만면하셨소. 아들이 '벌써'부터 다른 사람들을 능가했으니 말이오! 나는 그 결과에 고무되어 학업을 끝까지 밀고 나가, 집이나 아버지의 부담스러운 요구에서 멀리 떠나야겠다는 결심을 굳혔소. 당시에 명성이 높았던 의과대학이 있는 프랑스 몽펠리에를 더욱더 꿈꾸게 되었다오.

이번에도 누나가 아버지를 '맡았소'. 솜씨 좋게 설득했다오. 누나가 내세운 논거는 이랬소. 의학은 사람들을 바꾸길 원하는 사람에게는 이상적인 길이다. 의학을 공부하면 단번에 학자와 현자, 자선가, 심지어 구원자의 이미지를 부여받기에, 모든 면에서 다른 사람들의 신뢰를 얻기 쉽다. 따라서 때가 되면 아주 자연스럽게 사람들을 통솔할 수 있다.

이런 의학 공부야말로 아버지가 내게 꿈꾸는 미래에 도달하는 데 가장 쓸모 있는 길이 아니겠소? 아버지는 이런 생각을 흡족하게 여기셨소. 드디어 나는 7월 말 아버지의 축복을 받으면서 마르세유행 샹폴리옹 여객선에 올라탔소.

나는 지쳤음에도 베이루트 항구 건물이 수평선 너머로 사라지자마자 곧 안도하고 자유를 느끼면서 긴 의자에 쓰러지듯 주저앉았소. 아버지는 내가 혁명 지도자로서의 운명을 은밀히 준비하리라고 믿으실 터였소. 그러나 내게는 단 한 가지 욕구, 공부하고 싶은 마음밖에 없었다오. 물론 가끔은 조금씩 쉬면서 말이오. 다만 더 이상은 아무도 내게 혁명이니 투쟁이니, 동양의 부활이니 빛나는 미래에 대해서 말하지 않기를 바랐소!

나는 신문도 읽지 않기로 결심했다오.

목요일 저녁

나 자신의 어렴풋한 기억을 언급하느라 오시안의 이야기를 끊고 싶지는 않았다. 그렇지만 그의 이야기를 들을수록 내가 보았던 이미지들이 떠올랐다.

　소나무 언덕 위에 적갈색 석재로 지은 그의 집을 나는 안다. 안에 들어가 본 적은 없지만 날마다 통학 차량을 타고서 그 집의 철책 앞을 지나갔다. 지금도 눈에 선한데, 그 집은 다른 집들과는 조금도 닮지 않았다. 현대적이지도, 산악지대의 특성을 지니지도, 그렇다고 터키풍도 아니고 여러 양식이 섞여 있었다. 그러나 지금 기준으로 판단해도 전체적으로 조화로웠다. 지금도 눈앞에 보이는 듯한 그 집은, 보통 철책이 잠겨 있었고 가끔 열릴 때면 검은색과 흰색이 섞인 드소토 자동차가 지나갔다. 풀이 바짝 깎인 정원에는 뛰어노는 아이 하나 없었다.

내가 추억하는 시기는 1950년대 중반까지 거슬러 올라간다. 오시안이 말했던 시기는 그보다 훨씬 전이었다. 그러나 오래된 잡지나 예술 카탈로그에서 케탑다르 가의 집을 보거나 주변 사람들의 대화에서 그 집의 이름이 언급되는 것을 들었다. 내 기억 속에서 그 집은 양차 대전 사이에 중동의 예술적 생활을 유지했던 명소로 남아 있었다. 그곳에서 전람회 개막식이나 콘서트, 시 낭송회가 열렸었다. 틀림없이 사진 전시회도 열렸을 것이다.

지금 나와 이야기하는 상대는 그 집에 대해 별로 이야기하지 않았다. 그의 기억에는 그 모든 풍요로움이 분명 하나의 공간으로 축소되었을 것이다. 귀를 멍멍 울리는 소음과 눈부신 불빛으로. 그는 자기 안에 틀어박혀 여행을 꿈꿨을 것이다.

우리의 첫 대담은 다섯 시간은 족히 걸렸다. 대화 도중 내가 드물게 질문을 하기는 했지만, 대개는 그 혼자 이야기했고 나는 그의 머릿속에서 이미 작성된 글을 받아 적기만 했다. 이어서 우리는 그가 묵는 호텔 식당에서 가볍게 식사를 했고, 그는 낮잠을 자러 호텔 방으로 올라갔다. 나는 그가 몹시 피곤해했기 때문에 다음날 만나자고 할 줄 알았다. 그러나 그는 그날 저녁 6시에 다시 보자고 했다.

나는 서양에서 살면서 낮잠 자는 습관을 잃었으므로 커피숍에 가 앉아, 기록한 것을 조금 정리했다. 그러다 약속한 시간이 되어 그의 방문을 두드렸다.

그는 이미 옷을 갖춰 입고서 나를 기다리며 방 안을 걸어 다니고 있었다. 이야기의 첫 마디도 준비하고 있었다.

마침내 나는 프랑스에서 내 꿈을 이룰 수 있었소. 나만의 식탁에서 식사했소. 그건 단순한 비유가 아니라오. 내가 처음으로 식당의 테라스 차양 아래 자리를 잡고 앉았을 때가 기억난다오. 배에서 내린 뒤 몽펠리에행 기차를 타기 전 마르세유에서였소. 테이블은 작았는데, 두꺼운 나무로 되었고 칼자국이 많이 나 있었소. 나는 행복하다고 생각했다오. 다른 곳에 있는 행복이라! 더 이상은 가족 식탁 앞에 앉아 있지 않은 행복! 구변이나 지식으로 눈에 띄려 애를 쓰는 손님들도 없다. 아버지의 그림자, 곧 내 시선과 접시, 생각 속을 들여다보려는 아버지의 시선도 없다. 내가 유년기를 불행하게 보낸 것은 절대로 아니오. 나는 궁핍을 모르고, 귀하게 자랐소. 하지만 줄곧 부담스런 시선을 받았다오. 크나큰 애정과 기대가 가득한 시선이었지만 또한 요구하는 시선, 부담스럽고 지치게 하는 시선이었소.

프랑스 땅에 도착한 첫날이었던 그날, 나는 마르세유에서 가벼움을 느꼈소. 세 명의 소녀들이 테라스 앞 내 곁을 지나갔소. 그녀들은 나부끼는 원피스 차림에 특이한 밀짚모자를 썼소. 마치 축제 또는 그림 속에서 빠져나온 듯했다오. 모두 활짝 웃고 있었소. 그녀들 중 누구도 내게 눈길을 주지 않았지만 나는 마치 그녀들이 나를 위해 그렇게 차려입고 내 앞을 지나가는 듯한 인상을 받았다오.

나는 곧 한 여자와 사귀게 되리라는 확신이 들었소. 그 세 소녀보다, 아니 세상의 그 어떤 여자보다 더 아름다운 여자와. 우리는 서로 사랑하고, 몇 시간이고 꼭 붙어 있을 것이며, 손에 손을 잡고 해변을 함께 거닐면서 웃을 것이오. 그리고 내가 학업을 마치고 배에 오르게 되면, 그녀는 내 팔에 매달리고, 나는 고개를 숙여 그녀의 블라우스에서 나는 내음을 조용히 들이마실 것이오.

8년 뒤 나는 같은 배를 타고 프랑스를 떠났소. 의학 학위는 없었지만 신성한 저항 운동가의 영예를 입고서 말이오……. 사실 그건 내 꿈이 아니라 아버지의 꿈이었다오!

몽펠리에의 의과대학생들 사이에서 나는 곧 '공부벌레'라는 별명을 얻게 되었소. 다른 학생들보다 더 많이 공부하지는 않았지만, 성적이 더 좋았소. 가정교사들에게 엄격하게 배웠기 때문이라오. 절대로 대충 알고 넘어가지 말고, 이해하고 완전히 흡수하는 데 필요한 시간을 충분히 가지라고 배웠소.

게다가 나는 기억력이 좋았다오. 그것 역시 부분적으로는 가정교사들 덕분이었지만 아무튼 한번 배운 것은 절대 잊어버리지 않았소.

내 자랑을 하려고 이 말을 하는 게 아니오. 결국에는 의사가 못 되었는데 공부를 잘한 게 무슨 소용이 있겠소? 다만 그 얘기를 하는 것은 초반부터 내가 상당한 평가를 받았다고 설명하기 위해서라오. 동급생들보다 나이가 어렸던 나는 일종의 외국인 신동으로 알려졌고, 항상 성적을 제일 잘 받았소. 또한, 늘 상냥하고 미소를 잘 지었으며 적당히 수줍음을 탔소. 요컨대 좋은 학우였다오. 솔직히 날 현혹할 만한 것은 없었지만, 소소하면서도 놀라운 일들이 가득한 새로운 세계에서 나는 무척 행복했다오.

우리가 무슨 이야기를 나누었겠소? 대개는 수업이나 교수님들, 학우들, 방학 때 할 일들에 관해 나눴소. 물론 여자 얘기도 했소. 보통 남학생들만 있는 경우가 많았으니까. 그러면 나는 곧 할 말이 없어졌고, 약간 놀라기도 했다오. 내가 무슨 말을 할 수 있었겠소? 다른 학생들은 자신들이 실제 겪었거나 지어낸 경험을 말했지만 내게는 꿈이나 그 또래가 갖는 흔한 욕구밖에 없었다오. 나는 그저 그들의 이야기를 듣고, 그들과 같이 웃었으며, 때때로 여자의 몸에 대해 자꾸 언급할 때면 낯을 붉히기도 했소.

친구들이 '국제 정세'를 화제로 꺼낼 때면 나는 거의 끼어들지 않았소. 대부분 내가 모르는 이름들이 튀어나왔소. 달라디에, 쇼탕, 블룸, 마지노, 지크프리트, 프랑코, 아자냐, 스탈린, 체임벌린, 슈시니크, 히틀러, 호르티, 베네시, 조그, 무솔리니……. 나는 그들에 대해 조금 들어보기는 했지만 다른 친구들보다 아는 게 없었소. 다른 학우들은 모두 자신들이 누구보다 앞서 있다고 확신했소. 외국인이고 신입생인 나는 그저 듣는 데 만족했다오. 사건의 강도나 발언의 구성에 따라 가끔은 주의를 기울였고, 또 가끔은 내 생각에 빠진 채 들었소. 특히 국제회의나 흥분 섞인 선언, 군대의 움직임에 따라서 긴장감이 고조되었다가 다시 가라앉곤 했다오.

물론 전혀 무관심했던 것은 아니었소. 내가 어떻게 그러겠소? 사실 나는 친구들에게 드러내는 것보다 더 많은 것들을 알고 있었소. 하지만 그들은 그들만의 토의 방식이 있었고, 자기 나라에 있지 않소. 그리고 나는 가만히 듣는 것이 익숙했다오. 가족 식탁에서 나는 늘, 나보다 나이가 많고 아는 게 많으며 자신감이 넘치는 사람들에게 둘러싸여 있었소. 그들이 얘기하는 주제에 대해 의견이 있으면 나는 머릿속으로만 표현하곤 했소. 게다가 아버지가 느닷없이 물으시는 것이 너무도 싫었소. "오시안, 너는 어떻게 생각하니?" 그러면 꼭 마법처럼 나는 아무 생각도 나지 않았소. 머릿속이 캄캄해지고 단어들이 전혀 연결되지 않아, 횡설수설했소. 그러면 식탁에 둘러앉은 사람들은 다시 자기들끼리 토론했소.

그러나 몽펠리에서는 내 영역이 있어 친구들이 내 말에 귀를 기울였고, 나는 어느 정도 존경을 받았소. 어쨌든 우리의 주요 관심사인 전공에 관해 이야기할 때는, 내 의견이 가장 큰 비중을 차지했소. 나보다 나이가 많더라도 모두 내 의견을 존중했소. 생물학이나 화학을 주제로 토론할 때면 외국인과 본국 학생들 사이에 차이가 없었다오.

그렇다면 내가 외국인이라서 어려움을 겪었느냐고? 솔직히 그렇지는 않소. 내가 그런 인상을 주었다면 표현을 잘 못한 탓이오. 외국인이라는 사실은 내가 받아들이고 감당해야 하는 현실이었다오. 여성이 아닌 남성이고, 열 살이나 예순이 아닌 스무 살 청년으로서 말이오. 그 자체로 혐오할 만한 현실은 아니었소. 단지 다른 사람들과 다르게 어떤 행동을 하고 어떤 말을 해야 했다오. 내 혈통과 역사, 언어, 비밀 등 수많은 자랑거리가 있었고, 나 개인의 매력도 있었을 것이오. 그렇소, 외국인이어서 불편했던 점은 없었소. 오히려 나는 내 나라에 있지 않아 행복했다오.

확실히 때로는 고향이 그립기도 했소. 하지만 우리 가족이 사는 집이 그립지는 않았소. 집에는 전혀 가보고 싶지 않았다오. 그래서 한두 달 가 있기로 했던 첫 여름 방학이 다가오자, 나는 아버지께 편지를 써서 모로코와 알제리를 여행할 계획이라고 알려 드렸소. 매우 가깝게 느꼈지만 단지 책이나 상상으로밖에 알지 못했던 그 나라들에 정말로 가보고 싶었소. 하지만 결국에는 그곳에도 가지 않았소. 건강에 문제가 생겨 여름내 하숙방을 지키고 있어야 했다오.

사실 그건 이해할 수 없는 일이었소. 나는 발작적으로 기침이 나고 때때로 밤에는 숨쉬기도 어려울 정도였는데, 의사들이 영문을 알아내지 못했소. 그들은 천식이라 하기도, 결핵이라 하기도 했소. 내가 프랑스에 오기 전에는 그런 문제가 없었다는 사실을 믿기 어려워했소. 한때는 그 모든 게 나의 꾀병이 아닌가 의심하기도 했다오.

그렇지 않았다오. 아시겠지만, 전혀 꾀병이 아니었소. 다만 먼저, 당시 굵직한 사건들이 일어난 해를 잠시 따져 보겠소. 1938년 9월, 뮌헨, 전쟁의 기운은 사라지고 있었소. 1939년 3월, 프라하, 전쟁이 기운이 임박하고 있었소. 하지만 아무도 의심하지 않았고, 내 주변의 청년들 대부분은 제 나라 군대의 강력함과 적군의 무능함을 경쟁적으로 선전하느라 바람이 잔뜩 들어 있었다오. 그런 때 다른 화제는 꺼내기조차 어려웠다오.

그렇다면 내가 다른 이야기를 하고 싶었을까? 솔직히 말해 아니었소. 그때는 말이오. 고백하건대 나는 그들의 이야기에 기꺼이 귀를 기울였고, 그들의 확신을 나도 공유할 수 있어 행복했소. 그들과 같이 나는 믿었다오. 그러다 1940년 6일 독일이 파리를 점령했을 때 그들과 같이 울었소. 나는 상심했다오. 갑자기 나는 더 이상 외국인이라는 느낌이 들지 않았소. 전혀 말이오. 장례식 날과 같았고, 나는 고인의 가족의 일원이었다오. 나는 울었고, 다른 이들이 나를 위로하려 애쓰듯이 나 역시 다른 이들을 위로하려 애썼소.

페탱이 성명을 발표할 때 우리는 귀 기울여 들었소. 그의 말을 요약하면 이랬소. 상황이 안 좋고 우리 모두 고된 시련을 통과해야 하지만 본인이 최악은 면하도록 노력하겠다고 말이오. 우리는 그렇게 이해했다오.

드골과 관련해서는 나나 내 친구들 중 아무도 그 유명한 6월의 호소를 듣지 못했소. 하지만 얼마 지나지 않아, 아마 그 다음 날이었던 것 같은데, 그의 호소 내용을 알게 되었던 것 같소. 그때는 우리가 선택해야 한다는 느낌을 받지 못했소. 하나는, 아직 지킬 수 있는 것은 지켜야 하는데, 그러기 위해서 한동안은 정복자와 함께 때를 기다리는 게 낫다는 페탱 원수의 입장이었소. 다른 하나는 어떠한 화해나 타협도 없이, 연합군의 지지를 받으며 앞으로 있을 설욕의 날을 준비해야 한다는, 런던에 있던 드골의 주장이었소. 이러한 관점은 마치 상중(喪中)에 있는 것과 같은 사람들을 조금이나마 위로했다오. 그게 얼마나 지속되었을까? 어떤 이들에게는 4년, 또 어떤 이들에게는 단 며칠간이었소.

내게는 그해 여름 8월까지 단 한 철이었소. 내 삶을 온통 뒤흔들어 버린 그 사건을 아직도 기억하고 있다오. 몽펠리에에 있는 '발롱 달자스'라는 한 맥주 홀에서였소. 술을 거나하게 걸친 사람들 사이에서 토론이 벌어졌소. 나는 그때도 다만 말 없는 청중으로 있을 수 있었소. 하지만 그날은 말과 눈길, 술이 과했다오. 그 무슨 운명의 장난이었던지!

우리 테이블에는 예닐곱 명이 있었소. 비시 정부에서 유대인의 지위에 관한 법령을 공포한 직후였다오. 그 법령은 특히 교육 분야에 관한 것이었는데, 앞으로는 유대인을 교육에서 배제한다는 내용이 들어 있었소. 한 학생이 그 법령이 얼마나 적절한가에 대해 설명하기 시작했소. 그의 얼굴이 지금도 생생하게 기억난다오. 그는 동급생들보다 나이가 많았고 턱에 염소수염이 나 있었으며 늘 지팡이를 짚고 산책하러 다녔소.

그는 나와 어울리는 친구들 무리에 끼지는 않았지만, 가끔 수업이 끝난 뒤에 우리와 합류했소. 그 친구의 말에 따르면 독일군이 '자유 지역'에 들어가 그곳에 사는 유대인들을 '관리'하겠다고 하자, 페탱 원수가 독일군의 책략을 직감적으로 알아채고는 스스로 이 법령을 공포해 허를 찔렀다는 것이오.

청년은 제 추론에 흡족해하며 손짓으로 맥주 한 잔을 더 주문해 비우고는 내게 몸을 돌려, 내 얼굴을 뚫어지게 쳐다보았소. 왜 나였을까? 나는 그의 맞은편에 있지도 않았는데 내 눈빛이 어쩐지 그의 마음에 안 들었던 모양이었소. "케탑다르, 넌 어떻게 생각해? 네 생각을 통 알 수가 없다고! 말 좀 해 봐. 이번 한 번만이라도 이 법령 공포가 매우 적절했다고 인정해 봐!"

다른 사람들도 끈질기게 나를 바라봤소. 나와 가장 가까운 친구들도, 내 침묵 속에 감춰진 뜻이 무엇인지 알고 싶어 했소. 나는 체면을 잃지 않기 위해 그때 '단 한 번' 말했다오. 가장 겸허한 목소리로 이렇게 말했던 것 같소. "내가 제대로 이해했다면 당신 말은 이런 거군요. 지금 한 사내가 당신을 때려눕히려고 몽둥이를 들고 들어왔다고 칩시다. 내가 그 사내가 다가오는 것을 보고는 이 병을 집어 들어 당신 머리통을 깨부수었소. 그러자 사내는 여기서 더 할 일이 없어진 것을 알고 어깨를 으쓱하고는 가 버렸소. 내가 다 끝냈으니 말이오.”

내가 웃음기 하나 없이, 선생에게 대답하는 학생처럼 주저하면서 공손하게 말하자, 상대는 내가 자신을 비웃고 있다는 것을 바로 깨닫지 못했소. 이렇게 대꾸하기도 했다오. “오, 잘했소, 그건 마치……” 그러자 주위에 있던 사람들이 웃음을 터뜨렸소. 그제야 상대는 얼굴을 붉히고 탁자 위에 올린 두 주먹을 꼭 쥐더군. 하지만 주먹다짐은 없었소. 그는 상스러운 욕설을 몇 마디 내뱉더니 거칠게 의자를 움직여 내게 등을 돌려 앉았소. 나는 곧바로 그 자리를 떴다오.

청년들의 말다툼에 불과하지 않으냐고? 하지만 난 그 일로 큰 충격을 받았다오. 내가 메가폰에 대고 말한 듯한, 그래서 온 도시 사람들이 내 말을 들은 듯한 느낌이었소.

다른 사람이었다면 흔히 말하듯 ‘속에 있는 것을 다 비워내’ 후련해할 수도 있었겠지……. 하지만 나는 아니었다오! 나 자신에게 몹시 화가 났소. 나는 종종 그랬다오. 단어의 맛을 잊을 정도로 오랫동안 잠자코 있다가 돌연, 둑이 터지듯, 속에 담고 있던 모든 것을 쏟아냈소. 억제할 수 없이 지껄이다가 침묵을 되찾기도 전에 후회하면서 말이오.

그날 몽펠리에의 골목길을 걸어가면서 나는 끊임없이 나

자신을 꾸짖었소. 스스로 통제했어야 했다! 내 감정을 조절할 줄 알았어야 했어! 특히 전시처럼 사람들이 갈피를 못 잡을 때는 말이다. 나는 도시를 걸어 다녔소. 회한을 곱씹느라 주위 사람들은 보지 못했소.

나는 간단히 개조해 넓은 창고와 같은 다락방 한 칸에 세 들어 있었소. 집주인은 베루아 부인이었소. 하숙집의 끝나지 않을 듯한 계단을 올라가 커다란 열쇠를 자물쇠에 넣고 돌리면서도 계속 자책했다오. 다시는 그 술집에 가지 않겠어! 다시는 그런 토론에 말려들지 않겠어! 모든 시간을 공부, 오직 공부에 전념하기로 하지 않았나? 내가 지금 외국에 있다는 사실을 잊은 게 잘못이었어. 게다가 전쟁에 져서 반쯤 점령된, 쇠약해지고 혼란에 휩싸인 나라에 있지 않은가.

내가 성이 나서 세포학 공부에 몰두하려고 막 책을 펼쳐 들었을 때 누가 문을 두드렸소. 그날 발롱 달자스에서 우리 옆 테이블에 주인 아들과 함께 앉아 있던 사람이었소. 그 남자가 말했소. "술집에서부터 자네를 따라왔네." 남자는 솔직했소. "자네들의 토론 내용을 엿들었소. 용서하게. 나는 아주 가까이에 있었고, 자네 목소리가 커서 어쩔 수 없었네. 관심이 가는 주제이기도 했고…… 우리 모두 그 문제에 관해서는 관심이 있을 거라 생각하네만."

나는 아무 대꾸도 하지 않았소. 긴장을 풀지 않고 남자를 관찰했소. 그는 몹시 여윈 얼굴에 검은 머리털은 손질이 안 되어 있었고 가운데 타래는 닭의 볏처럼 떠 있었소. 불을 붙이지 않은 노란 담배 싸개를 손가락 사이에 낀 채 만지작거리다가 입으로 잘근잘근 씹기도 했소. 당시에 나는 스물한 살이었는데, 그는 서른은 넘어 보였소.

"조금 전에 자네가 한 말 말일세. 내가 그 토론에 끼어들려 했다면 나 역시 그렇게 말했을 것이네. 한 마디도 빼지 않고." 그의 얼굴에 잠시, 환한 미소가 지나갔소. "다만 나는 입을 다무는 편이 낫다고 생각하네. 적어도 공공장소에서는. 너무 큰 소리로 말하는 사람들은 행동하기를 거부하지. 힘든 시기에는 말에 신중해야 하네. 누구와 말하는지, 매 순간 자신이 뭘 원하는지 그리고 어디로 가는지 알아야 하고. 아직은 모든 게 가능하다네. 아무것도 잃은 게 없네. 책임을 함께 지고 신중하게 행동하는 한 말일세."

그는 내게 악수를 청했고, 나는 내 소개를 했소.

"케탈다르입니다."

"날 베르트랑이라 부르게."

그는 마치 무언의 합의에 조인이라도 하듯 한참 동안 내 손을 쥐고 있었소. 그러고는 나가려고 문을 열었소.

"다시 오겠네."

그가 별 얘기를 하지 않았지만 나는 그의 짧은 방문으로 항독 레지스탕스 운동에 발을 들여놓게 되었소. 오늘까지 내 기억에 남아 있는, 그의 분명한 어조의 의미심장한 표현이 무엇인 줄 아시오? 바로 "날 베르트랑이라 부르게!"라오. 나는 진짜 이름을 말했지만, 그는 가명을 알려주었소. 겉으로는 자신의 신분을 숨기는 것 같았지만, 사실은 그 반대였다오. 스스로 드러낸 거요. "⋯⋯이라 부르게." 이 말은 이건 단지 전시용 이름인데, 다른 사람들 앞에서 진짜 이름인 양 처신하지. 하지만 앞으로는 우리와 한 편인 자네에게는 그렇게 할 필요가 없다는 뜻이었소.

그때 나는 아무 일도 시작하지 않았지만, 이전과는 완전히 달라졌다는 느낌을 받았소. 길을 걸을 때 느낌이 달랐소. 주변을 보거나 다른 사람들의 시선을 받는 것, 나 자신을 표현하는 방식도 달라진 느낌이었소. 수업이 끝나면 나는 서둘러 다락방으로 돌아와 베르트랑을 기다렸소. 나무 계단에서 삐걱거리는 소리가 날 때마다 나는 문쪽으로 다가갔소.

그리 오랫동안 기다리지 않아도 되었소. 그가 이틀 뒤에 다시 찾아왔던 것이오. 그가 내 방에 있는 하나뿐인 의자에, 나는 침대 위에 앉았소. 그가 알려 주었소. "소식들이 그리 나쁘지 않네. 영국 비행기들이 기적을 이뤘어." 그가 격추된 비행기들의 숫자를 말했고, 덕분에 우리는 둘 다 기분이 좋아졌소. 그는 또한 영국인들이 셰르부르를 폭격했는데, 그 전략은 부분적으로만 마음에 들었다고 했소. "군사적으로 볼 때 틀림없이 필요한 일이었을 거네. 하지만 우리 프랑스인들을 적과 혼동해서는 안 되었지……." 그러고는 조심스럽게 내 출신과 생각에 대해 몇 가지 물었소. 나는 그게 일종의 입단 시험이라는 것을 알았지만, 그는 줄곧 서로에 대해 잘 알고자 하는 친구 사이의 대화처럼 끌고 나갔소.

그는 나의 대답 가운데 하나를 듣더니 깜짝 놀랐소. 아마 내 표현이 서툴렀던 것 같소. 나는 독일인과 프랑스인 간의 끝없는 싸움에, 어쨌든 피를 토할 정도로까지 큰 관심은 없다고 말했소. 선대의 할아버지가 독일 남부 바바리아 출신의 모험가와 결혼한 이후 전통적으로 우리 가문은 늘 프랑스어와 독일어를 동시에 배웠고, 두 나라의 문화를 같게 평가했소. 그리고 내 언어와 사고 체계에서는 점령이나 점령자라는 단어들에 대해 프랑스인이 느끼는 것처럼 즉각적인 반발심이 일어나지 않는다고도 말했던 것 같소. 나는 오랜 역사에 걸쳐 지속적으로 점령이 있었던 지역 출신이고, 내 조상 역시 수세기에 걸쳐 지중해 유역을 폭넓게 정복했었으니 말이오. 그러나 내가 혐오하는 것은 특정 인종에 대한 증오와 차별이오. 내 아버지는 터키인이고 어머니는 아르메니아인인데, 두 분이 대량 학살이 벌어지는 가운데서 결혼하실 수 있었던 것은 두 분 다 증오를 거부하셨기 때문이오. 그 점을 나는 물려받았다오. 그게 나의 조국이오. 나는 나치주의를 싫어하며, 나치가 프랑스를 침략한 날이 아닌 독일을 점령한 날을 증오한다오. 나치주의가 프랑스 또는 러시아 또는 내 조국에서 개화했더라도 마찬가지로 나는 나치를 증오했을 것이오.

내 말을 다 들은 베르트랑은 자리에서 일어나 두 번째로 나의 손을 잡았소. 그러고는 마치 보이지 않는 어떤 권위를 상대하듯이 나를 보지 않은 채 작은 소리로 짧게 말했소. "이해하네!"

그는 자신의 활동이나 조직에 대해, 그런 게 있는지 그리고 내게 무엇을 기대하는지에 대해서는 여전히 아무 말도 하지 않았소. 이번에는 다시 오겠다는 말도 하지 않았다오.

이처럼 내가 레지스탕스에 입단하는 절차는 다소 무덤덤했다오.

그는 한 달 뒤에 다시 왔소. 그동안 연락을 주지 않은 것에 대해 내가 가볍게 탓하자 흡족한 미소를 지으며 주머니에서 작고 푸르스름한 종이 뭉치 하나를 꺼냈소. 그때까지만 해도 나는 그것을 '나비'라고 부른다는 것을 몰랐소. 그가 내게 읽어 보라며 한 장을 건넸소. 내용은 간단했소. "11월 1일 자유 프랑스군 비행사가 독일 수상비행기 한 대를 격추시킴. 당신은 어느 편인가?" 오른쪽 아래편 구석에 '자유!'라는 단어가 느낌표와 함께 따옴표로 묶여 있어, 이게 단순한 외침이 아닌 서명임을 알 수 있었소.

"어떻게 생각하나?"

내가 할 말을 찾고 있자 그가 곧 덧붙였소.

"이건 시작에 불과하네."

그러고는 내게 어떤 방식으로 일해야 하는지 설명했소. 쪽지들을 눈에 띄지 않게 우편함이나 문 밑에 밀어 넣는 일이었소. 하지만 의심을 사지 않도록 아직 학교나 내가 사는 동네는 안 되었소. 나는 이 첫 임무를 훈련으로 여겨야 했고, 내 정체를 들키지 않는 게 중요했소. "나비 백 장을 주머니에 넣고, 마지막 한 장까지 돌리게. 한 장도 집에 두지 않도록 해야 하네. 혹시 한 장, 단 한 장이 남게 되면 길에서 주운 것처럼 더럽게 만들게. 하지만 절대로 뭉치 전체를 집에 가지고 오면 안 되네. 다 돌리지 못한 나비들은 버리게."

나는 그의 지시를 그대로 따랐고, 그리 나쁘지 않게 일을 해냈소. 베르트랑은 나비나 전단 또는 좀 더 두툼한 인쇄물들을 여러 차례 가지고 왔소. 나는 그것들을 돌리거나 벽에 붙였소. 붙이는 일은 요령도 있어야 했지만, 손이고 옷이고 곳곳에 풀이 묻어 별로 마음에 들지 않았소. 그것은 자신이 벽보를 붙인 범인이라는 증거를 몸에 붙이고 다니는 셈이었으니 말이오. 그래서 싫기는 했지만, 그 일을 꺼리지도 않았소. 선전 활동과 관련해서는 도시 곳곳의 벽에 분필로 재빨리 휘갈겨 쓰는 일까지 포함해서 거의 모든 일을 했소. 그 일도 손이나 주머니 안쪽에 흔적을 남겼다오.

내가 프랑스에 처음 오면서, 신문도 읽지 않겠다고 나 자신과 약속했다고 했소! 너무 성급한 맹세였다오. 내 출신과 내가 받은 교육을 생각할 볼 때 나는 주변에서 일어나는 일에 무관심하게 있을 수가 없었소. 그런데 특정한 상황 또한 필요했다오. 결국, 술집에서의 다툼이 있었던 이후 나는 이미 말했듯이 다시는 토론에 휩쓸리지 않겠다고 결심했고, 엄숙한 결단을 내릴 참이었소……. 그때 베르트랑이 나타난 거요. 우연이 아니겠소? 섭리라고 할 수도 있을 것이오. 그 자리에 그가 없었다면 나는 몇 달간 학업에 전념하며 보냈을지도 모르오. 그러나 그때 그가 그 술집, 내 옆 테이블에 앉아 있어서 우리의 대화를 듣고 나를 따라와 '입단'시키게 되었소. 슬그머니 돌려 말하면서 말이오. 만일 그가 내게 입단하기를 원하느냐고 직접적으로 물었다면 나는 생각할 시간을 갖고 결국에는 거절했을지도 모르오. 그러나 그는 아주 능숙해서 단 한 번도 내게 항독 레지스탕스 운동에 가입하지 않겠느냐고 직접 묻지 않았소.

베르트랑과 함께하니 모든 것이, 감지하지 못하는 사이에 진척되었소. 내가 이미 여러 차례 작은 임무들을 해낸 뒤 어느 날, 그가 내 하숙집에 들렀소. 그가 떠나기 직전에 물었소. "다른 친구들에게 자네 얘기를 할 때 진짜 이름을 대지 않는 게 좋을 것 같네. 자네를 뭐라고 부를까?" 그는 내 가명을 궁리하는 듯했소. 그러다 이내 나보고 제안하라고 했소. 나는 "바쿠가 좋겠군요." 하고 말했소. 그때부터 그게 내 전시(戰時)용 이름이 되었다오.

바쿠, 그렇소. 아제르바이잔의 수도 이름이라오. 하지만 그 도시와는 아무 관련이 없소. 실은 누바르 할아버지가 붙여 주신 애정 어린 별명이라오. 다른 누구도 아닌 할아버지만 불러 주셨던 이름이었소. 처음에는 할아버지가 날 '아바카'라 부르셨소. 아르메니아어로 '미래'라는 뜻이오. 그런 식으로 할아버지는 내게 모든 희망을 거셨소. 할아버지마저도! 그러다가 그게 몇 가지 애칭을 거쳐 '바쿠'가 된 것이오.

그때 베르트랑이 이끌던 조직의 모든 조직원은 각자 전시용 이름과 분명한 역할을 갖고 있었소. 나비와 벽에 휘갈겨 글귀를 적는 초기 단계의 작업이 끝나자 우리는 곧 더 높은 단계로, 우리 조직만의 진짜 신문을 매달, 상황에 따라서는 그보다 더 자주 만들어 인쇄하고 배포했소.

신문의 이름은 '자유!'였소. 그게 우리 조직의 이름이기도 했소. 어둡고 침울한 때에는 가장 빛나는 간판이 필요했다오.

'자유' 첫 호가 발행되자 나는 배포를 맡아 리옹 도심의 한 중산층 아파트에 가야 했소. 한 동지와 동행했소. 그는 술집 주인의 아들 브뤼노로, 건장하고 키가 컸으며, 때 이르게 대머리가 되었고 권투선수처럼 코뼈가 내려앉은 청년이었소. 나는 그와 나란히 걸어가자 왠지 모르게 안전하다는 느낌이 들었다오.

2호부터는 배포 방식을 달리했소. 맥주 배달용 트럭에 신문 뭉치들을 싣고 발룽 달자스 술집까지 운송했소. 그건 매우 기발한 생각이었다오. 우리가 술집에 도착하면…… '우리'라고 한 것은, 베르트랑이 나 말고도 몽펠리에에서 학생 셋을 더 조직원으로 모집했기 때문이라오, 우리의 작은 조직은 꽤 효과적이었는데 너무 빨리 해산되었소. 아무튼, 우리는 술집에 도착하면 브뤼노의 신호에 따라 각자 지하 저장고로 가서, 각자 30부 또는 50부를 집어 들고서 아무렇지도 않은 태도로 다시 나왔소.

　이런 방식은 1년 이상 아무 사고 없이 지속되었소. 학교와 시내 곳곳에서 사람들이 '자유!'에 대해 언급했소. 기사들에 대해 평하고 최근호를 받았는지 서로 물었다오. 여론이 움직이고 있었소. 충분히 느낄 수 있었다오. 페탱 원수는 여전히 많은 사람의 지지를 받았지만 분명 그의 체제나 각료들은 그렇지 못했소. 여전히 그를 옹호하는 사람들은 그가 거동이 자유롭지 못하고 나이가 많고 군인이라는 신분을 고려해 몇 가지 실수가 있더라도 이해해야 한다고 했소.

　나는 조직원 밖의 누구도 내 활동을 의심하는 사람이 없으리라고 확신했다오. 그런데 하루는 평소처럼 최신호를 가지러 발롱 달자스 술집에 거의 이르렀을 때 맥주 트럭을 경찰차 세 대가 에워싸고 있는 광경을 보았소. 모자를 쓴 경관들이 왔다 갔다 하며 신문 뭉치들을 옮겼소. 술집 앞에는 플라타너스들이 심어진 작은 공원이 있는데, 때때로 날씨가 좋고 온화할 때면 주인이 나무 아래 식탁을 내놓기도 했었소. 그곳에 이르는 길이 여섯 갈래로 나 있었소. 나는 최소한의 조심성을 발휘해 그 여섯 갈래의 길들 중에서 늘 다른 길로 다녔다오.

　그날 나는 꽤 먼 길을 택해 온 덕분에 술집 앞 상황을 제때 알아챘고, 다른 사람의 눈에 띄지 않게 길을 되돌아 나갈 수 있었소. 나는 즉각 발길을 돌렸소. 처음에는 천천히 걷다가 점점 걸음을 빨리했소. 거의 뛰다시피 했다오.

나는 두려움이나 쓰라린 패배감을 넘어 죄책감이 들었소. 언제나 그런 상황에 부닥칠 가능성이 있었지만, 그날 내가 느낀 것은 모호한 느낌 이상이었소. 경찰들이 내게서 뭔가 낌새를 알아채고 나를 미행한 것은 아니었을까, 내 실수 때문에 술집이 집결소라는 사실이 발각된 게 아닐까 하고 줄곧 의심이 들었소.

왜 내 실수냐고? 몇 주 전에 사건이 하나 있었소. 당시에는 약간 걱정하기는 했지만 별로 중요하게 여기지 않았었소.

어느 날 오후 나는 하숙집에서 나오다가 망을 보고 있었던 듯한 제복 입은 경찰 하나와 마주쳤소. 그는 나를 보고는 당황하며 계단 밑에 숨으려 했소. 나는 그 일이 마음에 걸려서 조심해야겠다고 마음먹었지만 결국에는 그냥 무시해 버리고, 브뤼노나 베르트랑에게 이야기하지 않았소. 그 일이 몹시 후회됐소. 고통스러울 정도로 말이오.

그날 나는 술집에서 도망쳐 나오면서 무의식적으로, 몽펠리에 사람들이 '달걀'이라고 부르는 코미디 광장 옆 하숙방이 있는 동네로 향했소.

정말이지 어떻게 하는 게 좋을까? 사실 세 가지 방법이 있었소.

잡히지 않도록 당장 역으로 달려가, 구체적 목적지도 정하지 않은 채, 만나는 첫 기차를 타고 달아나는 게 한 가지였소.

아니면 침착하게 하숙방으로 돌아가 문제가 될 만한 서류들을 치운 뒤, 아무도 내 이름을 발설하지 않기를 바라면서 더는 불안해하지 않고 예전의 삶으로 되돌아갈 수도 있었소.

마지막으로 절충안이 있었소. 내 방으로 돌아가 짐을 정리하고 몇 가지 필요한 물건들을 챙긴 뒤 집주인 베루아 부인에게, 시골에 있는 친구의 초대를 받아 며칠 떠나게 되었다고 말하면 갑자기 사라져 버려 의심을 사는 일도 없을 터였소.

나는 공포와 과신(過信) 사이의 마지막 방법을 택하기로 했소. 쉽게 뒤를 밟히지 않도록 길을 빙 돌아서 집으로 갔소.

나는 하숙집을 몇 미터 남겨둔 거리에서 제복 입은 경찰이 건물로 쑥 들어가는 것을 보았소. 경찰의 턱에서부터 눈가까지 갈색 흉터가 길게 나 있는 것도 알아챘다오. 그는 바로 지난번에 보았던 그 경찰이었소! 나는 그 자리에서 뒤로 돌아 곧장 역으로 달려갔소.

어디로 갈까? 머릿속에 단 하나의 주소밖에 떠오르지 않았소. 몇 달 전 신문 배포를 위해 브뤼노와 함께 갔던 리옹의 중산층 아파트 말이오. 그 집은 다니엘과 에두아르라는 젊은 부부가 살고 있었소. 운이 좋다면 그들이 아직 그곳에 있을 테고, 그들이 나를 베르트랑과 다른 조직원들과도 만나게 해 줄 터였소.

그날 밤 내가 그 집의 문을 두드렸을 때는 9시가 다 되었을 것이오. 남자가 당황하며 들어오라고 했소. 나는 지난번에 만난 일을 상기시키고, 그날 있었던 일을 설명했소. 그는 정중하지만, 몹시 경직된 태도로 고개를 끄덕였소. 특히 내가 미행을 당하지나 않았을까 불안해했소. "그런 느낌은 받지 않았습니다."라고 내가 대답하자 뾰로통해했소. 마치 이렇게 말하는 듯했소. "느낌만으로 충분하지 않소!" 이내 그의 아내 다니엘이 좀 더 상냥하게 맞아 주었소. "미리부터 겁먹을 필요는 없어요. 다 잘될 겁니다. 아직 식사, 안 하셨겠지요……" 식탁에는 주인 부부와 젊은 여자 한 명, 이렇게 셋이 있었소.

여자가 자신을 소개했는데, 전시용일 게 분명한 이름을 부자연스럽게 발음했소. 내 차례가 되어 나는 '바쿠'라고 소개했소.

"바쿠라, 멋진 이름이군요." 안주인이 대꾸했소.

"할아버지가 지어 주셨습니다. '미래'를 뜻하는 단어의 애칭이죠. 이 이름을 반복해서 부르면 신이 내게 가장 멋진 미래를 보장해 주시리라 확신하셨답니다."

"그게 당신의 진짜 이름이라는 뜻이에요?" 하고 아가씨는 놀랍다는 듯 물었소.

"아닙니다. 이름은 가명이지만 이야기는 사실입니다."

몇 초 동안 모두 날 뚫어지게 바라보았고, 이내 우리는 모두 소리 내어 진심으로 웃었소. 그 후 여자가 말했소. "이렇게 웃어본 지가 몇 달 만이군요."

그러면서 여자는 또 웃었는데, 주인 부부는 돌연 웃음을 그쳐 버렸소.

식사가 끝날 때까지 대화는 당시에 일어났던 주요 사건, 곧 세바스토폴 전투와 러시아군이 그 도시에서 모든 저항을 포기했다는 베를린의 발표를 중심으로 이어졌소. 주인 부부는 독일의 발표에도 불구하고 동쪽 전선이 열리고, 미국이 참전하여 이미 그 영향력이 미치고 있으니 희망을 품을 수 있다는 데 의견이 일치했소. 그들의 이야기를 들으며 나는 그들이 공산주의 성향을 띠고 있음을 짐작했소. 그래서 조금 놀랐다오. 그들과 내가 공통으로 알고 지내는 베르트랑은 드골파요 가톨릭 신자이며 공산주의에 대해서는 약간 경계했기 때문이오.

식사가 끝나자 주인 에두아르는 자기 방으로 들어갔고, 안주인 다니엘이 내가 잘 방을 보여 주었소. 침대 위에는 벌써 잠옷과 깨끗한 수건 한 장이 준비되어 있었소. 그녀는 또 다른 손님이었던 젊은 여자와 내게 거실에서 코냑을 한 잔씩 하자고 제안했소.

나는 그 여자에게 호기심을 느꼈소. 그녀는 꽤 호리호리했고, 짧은 흑발에 밝은 초록빛 눈동자의 약간 당겨 올라간 눈은 웃을 때마다 감겼다오. 젊고 윤기 있는 얼굴에 웃을 때마다 양 눈가에는 마치 퍼져 나가는 햇살처럼 잔주름이 졌소. 나는 계속 그녀만 바라보지 않으려고 애를 썼지만 다른 곳으로 눈을 돌리기가 쉽지 않았소. 내 눈길은 그녀의 두 눈에서 머리 사이를 오갔소. 그녀에게서는 자신감과 상냥함이 함께 배어 나왔소.

그녀는 프랑스어를 정확하게 구사했지만 어디 출신인지 알 수 없이 나보다 더 강한 악센트를 썼소. 나는 그녀가 누구인지, 어디 출신이고 왜 이 리옹의 아파트에 있는지 등을 묻고 싶었소. 하지만 그때 상황에서 우리는 그런 질문들은 하지 않는 게 상례였소. 전쟁의 추이, 여론이나 저항 정신의 동향, 몇몇 괄목할 만한 공적을 화제로 삼았지만, 자신들에 관해서는 전시용 이름만 알려 주는 게 다였소. 각자의 말과 억양으로 출신지를 짐작할 뿐이었다오. 국적이나 지역, 배경, 문화권에 대해서 말이오.

우리의 대화는 북아프리카 전투, 그리고 무솔리니가 승승장구하며 이집트에 입성할 참이라는 따끈따끈한 소식에 이르렀소. 언제부터인가 하품을 하던 안주인은 자리에서 일어났소. "두 분은 더 계셔도 됩니다. 편하게 마저 드세요."

안주인이 나가고, 우리는 다시 아무 말 없이 있었소. 대화의 끈을 잇기가 어려웠다오. 이윽고 내가 말했소. 마치 책을 읽듯이 말이오.

"다니엘이 가면서 뜻하지 않게 대화마저 가져갔나 봅니다."

그러자 식사할 때 들었던 여자의 웃음소리가 터져 나왔소. 쾌활하면서도 서글프고, 거리낌이 없으면서도 억제된 웃음이었소. 아, 세상에서 가장 감미로운 음악이었다오! 그리고 그 웃음과 함께 감기는 두 눈이란!

돌연 그녀가 물었소.

"무슨 생각 하세요?"

내가 "당신이오!"라고 대답하기에는 뻔뻔스러울 정도의 용기가 필요했을 것이오. 나는 돌려 말하는 편을 택했소.

"전쟁을 저주하고 있었소. 바깥에서 일어나고 있는 이 악몽과 두려움 없이, 쫓기는 신세가 아닌 우리가 이 거실에 앉아 코냑을 홀짝이며 다른 얘기들을 나눈다면 얼마나 좋겠소."

"아시겠지만 우리가 쫓기는 신세가 아니었다면 여기, 이 아파트에 와서 함께 코냑을 마실 수도 없었겠지요."

침묵이 흘렀소. 나는 눈길을 아래로 향했소. 이번에는 그녀가 날 응시했기 때문이었소. 나는 내 잔 바닥에 남은 갈색 액체만 바라보았다오.

돌연 이런 말이 들려왔소.

"내 진짜 이름은 클라라, 클라라 엠덴이에요."

그 상황에서 그 말이 무엇을 의미했겠소? 이렇게 우리는 신중해야 한다는 규칙을 어기며 일종의 사적인 친밀함 속으로 들어갔소. 우리는 각자 자신의 안락의자에 깊숙이 파고들었지만, 생각으로는, 그리고 눈길로는 서로에게 바짝 기댔소.

나 역시 실제 이름을 밝혔소. 성과 이름 전체를. 그리고 내 가문과 관련된 많은 것과 출신, 학업, 야망 등 지금껏 아무에게도 발설하지 않았던 것들에 대해서 말했소. 심지어 나 자신도 몰랐던 것들에 대해서. 그렇소, 어떤 것들은 내 안에 꼭꼭 숨겨져 있어서 그날 밤 그녀에게 털어놓는 순간에야 나도 알게 되었다오.

그녀도 그녀에 관해 이야기했소. 어린 시절, 고향인 오스트리아 그라츠라는 도시, 가족에 대해서. 처음 얼마 동안 우리는 함께 웃으며 상상 속에서 이곳저곳을 돌아다녔소. 기이한 광기를 지녔거나 엉뚱한 직업을 가졌던 조상들, 루블린, 오데

사, 비테스, 플젠, 메멜과 같이 먼 곳을 꿈꾸게 하는 이름들. 그러다 돌연 그녀가 다른 이야기를, 다른 장소들을 말하기 시작했소. 거주지나 이주지가 아닌 암흑의 장소였소. 우리의 여행은 끝이 났소. 이제 길은 도시들을 연결하지 않았고, 기차는 역 사이를 운행하지 않았소. 지도는 뿌예졌고, 이제 더는 어디가 어딘지를, 사람들의 얼굴을 알아볼 수 없었소. 단지 함석과 가시철조망이 있는 풍경 속에서 제복을 입거나 죄수복을 입을 사람들만 머릿속에 떠오를 뿐이었소.

클라라는 자기 가족의 행방을 놓치고 말았다오.

당시에 우리가 수용소에 대해 몰랐다고 생각하지 마시오. 우리가 발행했던 '자유!'에서 유대인에 대한 약탈과 학살에 대해 줄곧 고발했으니 말이오. 우리는 많은 것을 알고 있었소. 거의 전부를 알았다고도 할 수 있다오. 핵심, 즉 모든 것의 귀착점, 파악되지 않는 그것만을 제외하고는 말이오. 그것은 우리로서는 도저히 의심할 수 없었고, 나치들이 보기에도 너무나 끔찍한 계획, 즉 유대 민족 전체를 완전히 말살시키겠다는 의지였소. 수많은 일을 겪은 클라라도 그것만은 말하지 않았소. 역사상 그 어느 때보다 훨씬 더 잔인한 박해라고만 언급했지 '최종 해결책'이라는 말은 입에 올리지 않았소. 자기 안에 사악한 뭔가를 지닌 사람이 아니고서는 그런 가능성을 상상조차 할 수 없었다오.

그녀는 온 가족을 잃었소. 잃었다는 의미가 가족마다 조금씩 달랐소. 몇몇은 죽고, 또 몇몇은 끔찍한 곳으로 흩어졌소. 어쩌면 몇몇은 거기서 빠져나왔을지도 모르겠다고, 그녀는 희망을 버리지 않았소.

식구들이 체포될 때 그녀는 가톨릭 신자인 친구 집에 숨어 있다가, 곧 스위스로 탈출하는 데 성공했소.

스위스는 완벽한 곳이었소. 전적으로 안전한 그곳에서 그녀는 리옹까지 왔소. 다른 사람들은 싸우고, 가까운 가족들을 비롯해 또 다른 사람들은 죽어 가는데 자신만 안전한 곳에 머물러 있다는 사실을 못 견뎠던 것이오. 결국, 우리 조직원 중 누군가에게 연락해 리옹으로 왔다오. 우리가 만난 날밤, 그녀는 신분증을 기다리고 있었소. 어디로 가기 위해서였을까? 어떤 작전을 수행하려고 했을까? 여기서 속내 이야기는 끝이 났다오. 과거 얘기는 전부 털어놓을 수 있지만, 앞으로의 일은 조금도 발설해서는 안 되었다오. 그렇지만 그녀는 싸우려고, 자유로운 스위스에서 점령당한 프랑스로 돌아왔다는 사실만은 분명했소.

"내일 누가 와서 내게 신분증을 줄 거예요. 그가 당신 것도 만들어 주려면 먼저 몇 가지 질문을 할 거예요. 위조서류장이 자크라고 했던 것 같아요."

아침 7시에 그가 문을 두드릴 때까지도 클라라와 나는 이야기를 나누고 있었소. 두 사람 모두 의자에서 움직이지 않았다오.

남자는 우리를 따로따로 보길 원했소. 클라라는 그와 이야기를 나눈 뒤 곧바로 떠났소. 우리는 뺨에 동지로서의 입맞춤을 두 번 한 뒤, 우연의 끈에 매달린 "또 만나요"라는 막연한 인사를 끝으로 헤어졌소.

위조서류장이 자크는 내게 새 신분증을 만들어 주기 위해서 사진을 한 장 찍고, 몇 가지 세부사항을 알고자 했소. 나이나 신체 특징 외에 억양이나 학력 같은 것을 말이오. 그런 점들을 세심히 고려해야 했기 때문이오. 그 외에 내게 할례를 받았는지도 물었소.

그는 수첩에 몇 가지를 적어서 갔다가, 3일 뒤 내 신분증을 가지고 돌아왔소. 나의 새 신분과 관련된 사항을 구체적으로 설명해 주었소. 나는 1919년 베이루트에서 프랑스군 장교 아버지와 이슬람교도 어머니 사이에서 태어난 것으로 했소. 그래야 나의 다양한 특성들이 설명되었기 때문이었소. 성은 피카르, 이름은 피에르 에밀이라 했소. 천재성이 돋보이는 부분은 나를 위해 고른 직업이었다오. 전기기사, 구체적으로는 '의료기기 수리기사'였다오. 내 고용인까지도 찾아 두었는데, 그는 툴루즈 근처에 사는 병원 및 의료 기관용 전기기기 제조업자이자 레지스탕스 조직원이었소. 그는 내가 그의 회사에서 일하고 또 그의 집에서 숙식하면서 프랑스 남부 전역에 퍼져 있는 고객들의 기기를 점검 및 유지, 수리하러 늘 돌아다닌다고 증언해 줄 준비가 되어 있었소. 그런 내용을 신빙성 있게 만들기 위해 재치 있는 대비책을 갖춰야 했소. 따라서 나는 내 고용인 역할을 할 그 사람을 만나러 갔소. 그는 기기들의 기능에 대해 전문적 내용을 가르쳐주었고, 간단한 작업 내용을 완벽히 알아 두라고 충고했소.

이런 생각을 해낸 사람은 바로 베르트랑이었다오. 몽펠리에에서 내가 효율적으로 임무를 완수한 데 대해 감명을 받고, 위험이 닥쳤을 때 기민하게 대응한 방식을 만족스럽게 여겼던 것 같소. 그래서 내게 연락책, 간단히 말해 배달꾼 역할을 맡기기로 했던 것이오.

구체적으로 내가 무슨 일을 했느냐고? 우리 조직의 국내 지도자들과 지역 책임자, 다른 저항 조직들 사이에 소통이 잘되려면 명령이나 지침, 청원, 정보, 자료, 위조 신분증, 아주 가끔은 권총 또는 탄창을 전달해야 하는 일이 필요했소. 그래서 끈기 있고 능수능란하며 믿을 만한 젊은이들이 많이 필요했다오. 베르트랑이 내게 그런 자질이 있다고 여겨 이상적인 가짜 신분을 생각해 낸 것이오. 그렇게 해서 나는 업무용 설명서와 안내서로 채운 가방을 들고서 일 년 내내 프랑스 전국을 누비고 다닐 수 있었소. 더욱 안전을 기하기 위해 나는 지역마다 찾아가는 의료기관을 한 곳씩 두고 기기를 점검했다오. 실제로 수리를 하는 경우도 종종 있었다오.

나는 그런 체계에 꽤 숙련이 되었소. 조직에서 중요한 배달물이 있으면 나, 바쿠에게 맡겼다오.

피카르가 아닌 바쿠에게 말이오. 피카르는 내 공식적인 이름일 뿐이었소. 여러 사람 앞에서는 조심스레 그 이름을 썼소. 그러나 조직 안에서나 문서상으로 나를 지칭할 때는 피카르라는 이름을 언급해서는 안 되었소. 피카르가 그 전설적 바쿠임을 아무도 몰랐다오.

전설적이라는 표현은 농담이오. 하지만 우리의 작은 조직 안에는 실제로 전설이 하나 있었소. 바쿠는 어떤 편지든 어느 곳에라도 전달할 수 있고, 입에 꽃을 문 채 어떤 검열이라도 통과할 수 있다.《레미제라블》의 가브로슈처럼 말이오.

요컨대 터무니없이 과장된 내 공적들에 대해 정확하게 정리해야 할 필요가 있다오. 나는 단 한 번도 진짜 전투에 참여한 적이 없소. 무기를 지녀본 적도 없다오. 무기가 있으면 오히려 이동하는 데 위험했기 때문이오. 그래서 어제 당신이 "참전했느냐"고 물었을 때 솔직히 "그렇소"라고 대답할 수 없었소. "적을 피해 몸을 숨겼다"라는 표현도 적절하지 않소. 나는 주로 기차를 타고 다녔으니 말이오! 가끔은 내가 가방을 들고 기차를 타고 다니면서 전쟁을 났다는 느낌이 든다오. 요컨대 나는 우체부나 배달꾼, 베일에 싸인 심부름꾼이었다오.

내가 한 일들이 대단하지는 않았지만, 쓸모 있었다고 생각하오. 내게 잘 맞았다오. 아버지께는 죄송하지만 나는 '지도자'나 영웅의 역할은 하지 못했소. 단지 성실하고 열의 있는 청년이었을 뿐이오. 레지스탕스의 잡역부라고나 할까. 알다시피 말이오.

실망하셨다 해도, 이해합니다. 흥미진진한 사례들을 얘기해줄 수 있는 사람들이 많이 있을 것이오. 나는 확실히 눈길을 끌 만한 활동에 연루된 적은 단 한 차례뿐이었소. 당시에 일어났던 용맹스런 사건 중의 하나였다오. 하지만 그때도 나는 조그만 역할 하나도 감당하지 못하고, 단지 혜택만 받았을 뿐이오. 그렇기에 나는 그 사건을 내 공적에 넣지 말기를 부탁하는 것이오.

1943년 10월이었소. 내가 사고 없이 '배달꾼' 일을 한 지가 그때 벌써 15개월이 넘었다오. 마르세유에서 만난 베르트랑이 내게 최근에 레지스탕스에 들어온 리옹의 한 퇴역 군 장교에게 편지 한 통을 긴급히 전달하라는 일을 맡겼소. 편지는 드골 장군이 있는 알제에서 온 것 같았소.

지정된 주소에 도착한 나는 의심할 만한 사항을 전혀 알아채지 못하고 계단을 올라갔소. 계단에는 붉은 와인색 카펫이 깔려 있었는데 진흙이 군데군데 묻어 있었소. 그날 낮에 비가 왔었기에 전혀 이상하게 여기지 않았소. 그러나 가끔 그렇듯이 의례적인 차원에서 약간 조심했소. 장교가 있는 곳은 4층이었는데 나는 3층에서 멈춘 다음 가방에서 편지를 꺼내 바닥깔개 밑에 밀어 넣었소. '주변에 아무도 없다'는 것을 확인하면 나는 언제든 편지를 10초 만에 회수할 수 있었소.

하지만 그날은 그렇지 못했소. 문을 연 사람은 친독 의용대 제복을 입고 손에는 권총을 들고 있었소.

"의사 선생님 계십니까?"

"무슨 의사 말이오?"

"르페브르 의사 선생님이요. 심장박동계를 고쳐 왔거든요. 절 기다리고 계실 겁니다."

"르페브르 의사라는 사람은 여기 없소."

"그래요? 분명 4층 10호라고 했는데요."

"여기는 8호요."

"죄송합니다. 제가 혼동했군요."

나는 이제 빠져나갈 수 있으리라 믿었소. 사내가 내게 가방을 열어보라고 했을 때도. 가방 안에는 해가 될 만한 물건은 하나도 없었으니 말이오. 사내가 졸린 눈으로 안내서들을 획 훑을 때 안에서 외치는 소리가 들렸소. "놈을 데려와!"

나는 도망칠 수도 있었소. 하지만 끝까지 결백한 체하는 게 분별 있는 행동 같았소. 나는 순순히 안으로 들어갔소. 내가 만나려고 했던 장교는 의자에 앉아 있었소. 두 손목이 결박당하고 목덜미에는 총구가 겨냥된 채로 말이오.

"이 자를 아는가?"

"아니, 처음 보는 사람이오."

그의 말은 사실이었소. 아마 나를 기다리지도 않았고, 내가 누구인지 짐작도 못 했을 것이오. 어쨌든 내가 그의 집 문을 두드렸으니, 친독 의용대원들은 단순한 실수로 치부하지는 않으려 했소.

그들은 장교와 나를 감방으로 끌고 갔는데, 그곳에는 이미 서른 명 정도가 잡혀 와 있었소. 나는 몇 명의 얼굴을 알았지만 모두 처음 보는 사람들인 양 대했고, 완전히 결백한 체했소. 우리는 나치의 비밀경찰 게슈타포의 손아귀에 있었으니 말이오.

나는 정식 심문을 기다리고 있었소. 그런 때에 누구나 하게 되는 질문들을 끝없이 떠올렸소. 비밀 저항운동에 발을 들여놓는 순간부터 수없이 나 자신에게 해 봤던 질문들을 말이오. 내가 고문을 받아도 입을 열지 않을 수 있을까? 조직 전체를 와해시키고 수많은 동료를 붙잡히게 할, 내가 아는 수십 곳의 주소를 발설하지 않을 수 있을까? 그러자 그때까지 내게 귀중한 자산과도 같았던 기억력이 돌연 원수처럼 느껴졌소. 기억력을 꺼버릴 수만 있다면, 아니 완전히 비워내어 백지 상태로 만들 수만 있다면 얼마나 좋을까!

내게는 단 하나의 방어책, 즉 모든 것을 부인하는 방법밖에 없었소. 나는 의료기기 수리기사 그 이상도 이하도 아니다. 정전 때문에 기기들이 자주 고장이 나서 일이 많아졌다고 하면 되었소. 물론 그들이 툴루즈에 있는 내 고용인까지 조사할 수도 있었소. 하지만 나 때문에 그렇게 멀리까지 갈 정도로 나는 그렇게 중요한 인물이 아니었소.

하룻밤을 감방에서 보낸 다음 날 오후, 나까지 십오 명 정도가 호송차에 탔소. 나는 심문 받을 곳으로 데려가는 것이라고 추측했소. 그러나 우리는 그곳에 도착하지 못했소.

차가 출발한 지 몇 분 지나지 않았을 때 요란한 총소리가 들려왔소. 우리를 태운 차가 리옹 시내 한복판에서 레지스탕스들에게 공격을 받은 것이오. 나중에 자세한 이야기를 들었지만, 당시에는 단지 맹렬한 연속 사격 소리에 뒤이어 문이 열리고 이렇게 외치는 목소리만 들렸소. "여러분은 자유입니다. 나오세요! 뛰어요! 흩어져요!" 나는 차 밖으로 뛰어내려 달렸소. 매 순간 총에 맞아 쓰러질지도 모른다는 생각을 하면서 말이오. 하지만 그 이상 사격은 없었소. 몇 초 뒤 나는 예배당 안으로 피했고, 이내 통행이 잦은 거리로 나갔소. 무사히 한 고비를 넘긴 것이오. 당장에는 말이오. 하지만 나는 신분증을 빼앗겼고, 동지들을 위험에 빠뜨리지 않고 찾아갈 만한 데가 아무 데도 없었소.

다행히 양말 속에 약간의 돈을 숨겨 두었던 터라, 최고의 식사라도 할 요량으로 근처의 작은 식당 문을 밀고 들어갔소. 배가 부르면 미래가 덜 암울해 보일 테니 말이오.

식사 때가 아니었기에 손님은 내가 유일했소. 점심을 먹기에는 너무 늦고, 저녁을 먹기에는 약간 이른 시간이었소. 그래도 나는 입구 옆 선반에 놓여 있던 메뉴판을 집어 들고 메뉴를 들여다보았소. 주인이 다가왔을 때, 이미 괜찮은 듯한 이름의 요리 세 개를 골랐소.

"저녁 식사를 하고 싶은데, 너무 일찍 왔나요?"

"지금도 가능합니다."

"잘됐군요. 그렇다면……"

나는 마음을 끄는 요리들을 환희에 차서 열거했소. 주인은 내 말을 끊지 않고, 또 적지도 않고 들었소. 그 요리들을 언급하는 것만으로도 기쁘다는 듯 보란 듯이 흡족한 미소를 지으면서 말이오. 그는 내가 주문을 마쳤는데도 여전히 미소를 지은 채 그대로 있었소. 나는 서둘러 달라는 뜻으로 마른기침을 하고 덧붙였소.

"이상입니다!"

그제야 주인은 소스라쳤고, 긴장한 듯 몸을 꼿꼿이 세웠소.

"나흘째 재료 공급을 못 받고 있는 터라 렌즈콩 수프와 눅눅한 빵밖에 없습니다."

주인이 너무나 서글퍼 보여 오히려 내가 위로해야만 할 듯했소.

"수프면 됩니다. 그게 바로 내가 원했던 겁니다."

어쨌든 나는 그 자리에서 일어나 나가지 않아도 되었잖소!

김이 모락모락 나는 수프가 나왔소. 나는 냄새를 맡고 첫 술을 떴소. 그냥 렌즈콩 수프가 아닌 커민 향신료를 넣은 렌즈콩 수프였소! 고향에서처럼 커민을 아낌없이 흩뿌린 수프 말이오. 나는 이상하다는 생각이 들었소. 그게 리옹식 요리법 가운데 하나였을까? 아니오, 나는 분명 그 맛이 어디서

온 것인지 정확히 알았소. 주인에게 묻고 싶었소. 나는 주인을 부르려다가 마음을 고쳐먹었소. 주인에게 내가 무슨 말을 할 수 있었겠소? 수프에서 고향의 맛이 난다고? 내가 고향이 어디이고, 언제 떠나왔으며, 언제부터 리옹에 왔다고 말할 수 있었겠소? 절대 그러지 못했다오. 그때, 신분증도 없이 도망자 신세인 내가 처한 상황에서 피해야 할 한 가지가 모르는 사람과 이야기하는 것이었소! 내 정체에 관해 이야기하는 일 말이오! 결국, 나는 궁금증을 삼킨 채, 눅눅한 빵을 찍어 먹으며 마지막까지 수프를 즐기는 데 만족했소.

조금 뒤 주인 대신 그의 아내가 그릇을 치우러 왔소. 나는 수프 그릇 바닥이 반들거릴 정도로 깨끗하게 먹어 치운 참이었소. 그녀는 그릇을 가져가더니 아무 말 없이 수프 한 그릇을 더 가득 채워 가져왔소.

"감사합니다. 무척 맛있군요!"

그녀가 말했소.

"고향의 요리법대로 만든 겁니다."

세상에! 그녀는 나와 억양이 같았다오! 터키의 억양이었다오! 나는 정말이지 고향이 어디냐고 무척이나 묻고 싶었소. 하지만 그래서는 안 되었기에, 또 참았소. 다만 애써 태연한 체하며 반복해서 말했다오.

"고맙습니다, 정말 맛있습니다."

그녀가 주방으로 가리라 예상하고 다시 그릇 바닥에 시선을 고정한 채 수프를 먹었소. 그러나 그녀는 움직이지 않았소. 그 자리에서 나를 뚫어지게 바라보았다오. 그녀가 단박에 모든 것을 알아챘을 거라고 나는 확신한다오. 내가 어디 출신이며, 왜 아무것도 묻지 못하는지 말이오. 한순간 나는 눈을 들었소. 그녀가 한없는 애정을 담은 눈길로 나를 품고 있었소. 아무도 나를 그런 어머니의 눈길로 오래도록 바라봐준 적은 없었다오. 나는 그녀의 어깨에 기대어 울고 싶었소.

이윽고 그녀는 마치 내 무언의 물음들을 듣기라도 한 듯 말했소. 남편은 예전에 구로 장군과 함께 중동에 주둔한 군인이었는데, 그들의 숙소가 그녀의 고향 마을에서 멀지 않았다. 그는 가끔 그녀 부모의 농장으로 와 달걀을 사갔다. 그때 두 사람은 가끔 얘기를 나누다 알게 되었다. 두 사람은 전쟁 직후 결혼해서 베이루트에서 10년을 살았고, 1928년에 프랑스로 건너와 그 식당을 차렸다고 말이오.

그녀가 이야기하는 동안 나는 줄곧 이런 생각을 멈추지 못했소. 이 여자와 남편이야말로 내 위조 신분증의 사내인 '피카르'의 부모가 될 수 있겠구나! 나는 여전히 아무 말도, 아무것도 밝히지 않았지만 더는 눈길을 피하지 않았소. 어머니와 같은 그녀의 눈 속에 빠져들고 말았소. 그녀가 물었다면 나는 다 털어놓았을 것이오. 하지만 그녀는 아무것도 묻지 않았소. 단지 전통적 인사로 빌어 주었을 뿐이라오. "신이 당신을 지켜 주시기를!" 그러고는 가 버렸소.

그 뒤로 그녀는 다시 모습을 보이지 않았소. 내가 식사를 마칠 때까지 그녀의 남편이 와서 시중을 들었소. 그 역시 한 마디 말은 안 했지만, 줄곧 공모의 미소를 짓고 있었소. 그 여자, 그 여자와의 짧은 만남이 나를 변화시켰소. 나는 이제 도망자, 쫓기는 자가 아니었소. 순간의 두려움 위로, 나 자신을 넘어 훨씬 위로 올라섰다오. 순간순간 내 시야는 넓혀지고 있었소.

나는 상황이 그리 나쁜 것도 아니라고 확신하게 되었소. 확실히 나는 쫓기고 있었지만 그건 바로 내가 자유롭기 때문이었다오! 그날 아침까지만 해도 나는 최악의 상황, 고문과 굴욕, 죽음을 기다렸는데, 저녁에는 자유롭게 식당에 앉아 음식을 주문해 먹고 마시며 즐기고 있었소.

그리고 무엇보다 중요한 것은, 감히 말하건대, 우리가 전쟁에서 이기고 있었소! 며칠 전에 코르시카가 해방되었다는 소식을 들었소. 이탈리아에서는 무솔리니가 타도되었고, 이탈리아군도 나치 독일에 대항해 연합군 진영에 합류했으며, 동쪽에서는 러시아군이 공격을 재개해 코카서스를 탈환했고 크림 반도 쪽으로 진군하고 있었소. 또한, 미군이 모든 전선에 가공할 무기들을 배치했고 영국 해안에서는 상륙을 준비하고 있다고 했소. 한편 프랑스에서는 여론이 대거 우리 편으로 기울었소. 단지 노 원수에 대해서는 국민이 관대함을 보일 뿐이었소. 여전히, 그리고 이따금 그를 용서하자는 사람들이 있었지만 그를 따르지는 않았소. 반면에 레지스탕스는 날마다 강력해지고 더욱 대담해졌소. 나를 자유롭게 해준 그 습격 사건 역시 그 증거였다오.

식사를 마치고 커피를 주문할 때 나는 완전히 다른 사람이었다오. 조상들에게 부끄럽지 않은 정복자로서 속으로 노래를 불렀소. 두려움은 지나갔고, 불안도 더는 몰려오지 않았소. 자유의 몸이 된 기쁨만 남았소.

나는 그 작은 식당에 오래 머무르고 싶었소. 그곳이 완벽하게 안전하다는 느낌이 들었다오. 또한, 조직 전체를 위험에 빠뜨리지 않고 내가 어디로 갈 수 있을지, 어느 집 문을 두드릴지 전혀 모르기도 했소. 기차도 탈 수 없었소. 신분증 없이는 첫 검문도 통과하지 못할 테니 말이오.

행운을 또는 신의 섭리를 믿소? 터키에는 사람마다 생명의 등잔이 하나씩 있는데 그 속의 기름이 다 떨어지면 그 등

잔 주인이 죽는다는 내용의 이야기들이 여러 편 전해 내려오고 있다오. 아무튼, 내 등잔의 기름은 아직 남아 있었던 것 같소. 내가 식당을 나와서 누굴 봤는지 아시오? 자크였다오! 위조서류장이 자크! 우리는 눈길을 마주쳤다가, 곧 돌렸소. 그의 눈에서는 놀라움의 섬광이 번쩍했고, 내 눈에서는 기쁨의 빛이 반짝였다오. 나는 그를 뒤따라갔소. 그는 멀리 가지 않았소. 식당 건물에 인접한 어느 건물 3층에 그의 '작업실'이 있었소. 여덟 명의 사내들이 거기 상근하고 있었소. 그가 이미 다 알고 있었기에 나는 내가 어떤 처지인지 일일이 설명할 필요가 없었소. 내가 호송차에서 뛰어내릴 때 대원들이 날 알아봤지만 급박한 총격전 중이라서 날 챙길 틈이 없었던 것이오. 하지만 자크는 내가 그리 멀리 가지 않았을 거라고 예상하고 있었다오.

물론 나는 다시 길을 떠나려면 새로운 신분, 새 신분증이 필요했소. 그런데 내 구원자에게 불현듯 더 좋은 생각이 떠올랐다오. 바로 날 고용하는 것이었소. 그에게는 혼자 다 수행할 수 없을 정도로 일이 많았소. 처음에는 그 혼자 시작했는데, 현재는 나이대가 다양한 일곱 명의 동지들의 도움을 받고 있었소. 그리고 마침 사람이 더 필요했던 참이었소. "단, 의사의 필체가 아니면 좋겠는데 말이야." 그가 날 시험해 보았소.

나는 적응했다오. 내게 놀라운 위조자의 재능이 있는 것 같았소. "아아, 엄격한 도덕 기준 탓에 평화 시에는 자넬 써먹을 수 없다는 게 안타깝군. 자네보다 더 완벽할 순 없을 거네." 자크의 말이었소. 그는 내게 많은 것을 가르쳐주었고, 나는 그에게서 더 배우고 싶었소. 그의 퉁명스런 유머까지 말이오.

위조서류 작업장에 대해서는 감동적인 추억으로 영원히 기억할 것이오. 그곳은 조용한 개미집과 같은 곳으로 다른 어떤 것으로도 대체할 수 없는 역할을 감당했소. 단지 서류를 위조하는 일이 다가 아니었소. 절대 권력을 가진 적에 맞서 또 하나의 세계를 창조하고 관리하여 신빙성 있게 만들어야 했소. 자크와 그의 동료들의 세밀한 작업이 없었다면 어떤 저항 운동도 불가능했을 테고, 지하운동 조직이라는 개념조차 상상할 수 없었을 것이오. 그럼에도 그들의 이름은 여전히 가려져 있다오. 최소한의 물질적 또는 정신적 보상도 기대하지 않으면서 매 순간 생명의 위협을 받는 그런 거친 일에 헌신하는 사람들을 당신은 어떻게 설명하겠소? 그들 중에는 신을 믿지 않아 내세의 보상조차 바랄 수 없는 사람들도 있었다오.

내가 그들과 함께한 것에 대해 자부심을 느끼느냐고? 그건 그렇소. 자부심을 느낀다오. 단호히 그렇다고 말할 수 있소! 전쟁이 끝난 직후, 나는 이따금씩 레지스탕스의 이런 드러나지 않은 면에 관심을 가진 사람들과 만나면, 우리가 했던 일들에 대해서 몇 시간이고 세세히 설명했다오.

반면에 나의 '영광스런' 탈주에 대해 몇 번이고 얘기해 달라는 사람들을 만나면 짜증이 났소. 대체 내가 무엇을 했단 말이오? 60미터를 달린 뒤 훌륭한 식사를 했고 천만다행으로 동지를 만났소. 그것으로 난 영웅이 되었소! 하지만 내가 수도 없이 죽음을 무릅쓰고 한 일은 손에 펜을 쥐고서 필체를 위조하고 편지를 전달하는 일이었소.

보다시피 난 초연하다오. 수많은 행위가 별것 아닌 것으로 평가되었지만 하나의 행동이 수천 배로 부풀려졌으니, 결국 손해는 보지 않은 셈 아니겠소!

커민 수프를 만들어줬던 식당 부부를, 아쉽게도 다시 만나지 못했소. 처음 한동안은 내가 작업실을 떠나지 않았소. 사람들이 음식을 가져다줬고 잠도 거기서 잤기 때문이고, 몇 달 뒤 내가 위험을 무릅쓰고 밖으로 다닐 때에는 그 식당 앞을 지나지 않도록 길을 돌아서 다녔기 때문이오. 당시에는 내가 처한 상황을 고려할 때 누군가 아끼는 사람이 있다면 그 사람에게 문제가 생기지 않도록 피해 다니는 게 상책이었다오. 해방되고 나서야 그곳에 들렀소. 식당은 이미 수개월 전에 문을 닫은 듯했소. 그 '중위'는 그르노블 근처 고향으로 떠났다고 이웃이 알려 주었소.

나는 위조서류 작업장에 머물렀소. 해방을 맞을 때까지 줄곧 그곳에 있었다오. 우리는 샴페인을 터뜨리며 축하했소. 자신했던 자크가 해방되기 여러 주 전에 미리 샴페인 몇 병을 준비해 두었던 것이오. 우리는 모두 행복하면서도 약간은 서글펐다오. 지하운동이 끝남과 동시에 우리의 멋진 모험도 끝이 났소. 대의(大義)를 위해 나쁜 짓을 할 기회가 인생에서 그리 자주 오는 것이 아니니까 말이오.

후에 나는 몽펠리에로 갔소. 바로 간 것은 아니었소. 베르트랑이 내게 다양한 임무를 맡기며 석 달 동안 리옹의 자기 곁에 있게 했기 때문이오. 마침내 몽펠리에로 돌아갔을 때는 마치 내 집에 온 것 같았소. 전쟁이 나기 전에 살았던, 곧 내가 아직 바쿠가 아니었을 때 살았던 곳이 몹시 궁금했다오.

그 사이에 물론 소식들을 들었소. 브뤼노와 그의 아버지는 맥주 트럭 사건이 있던 날 체포되어 두 달간 구금되었소. 1년 뒤에는 더욱 중대한 사안으로 다시 체포되어 유형에 처해졌소. 아버지는 돌아왔지만 브뤼노는 돌아오지 못했소. 그 술집 근처의 작은 광장은 이제 그의 이름이 붙어 있다오.

먼저 가 본 데가 그곳이라오. 나를 본 술집 주인은 또 다른 아들을 되찾은 듯 한참 동안이나 나를 꼭 끌어안았다오. 그

때까지 우리는 두세 번 악수만 했지 내가 맥주를 주문하거나 계산을 할 때를 빼고는 제대로 얘기를 나눈 기억도 없었다오. 그의 아내도 전쟁 중에 죽었소. 아마 그녀는 자기 아들이 다시는 돌아오지 못할 것을 예감했던 것 같소.

나는 술집을 나와서, 내가 하숙했던 베루아 부인 댁에 갔소. 부인 또한 나를 품에 안아 주었소. 그녀가 나에 관해 떠도는 소문을 들려주었는데, 그 소문에 대해 나는 그날 오후 의과대학에 가서 확인해야 했소. 내가 갑자기 사라졌기 때문인지, 독특한 내 출신 때문인지 아니면 몇 가지 소문과 사건들이 결합되어서인지 잘 모르겠지만 모두 케탑다르라는 청년이 레지스탕스 영웅이 되었다고 믿고 있는 듯했소. 몇몇은 지어낸 것이지만 대부분은 실제 사건들에 근거한 무훈을 내게 돌리고 있었다오. 실제 사건들에서 내가 한 역할을 터무니없이 부풀려서 말이오.

베루아 부인 얘기로 돌아갑시다. 감격이 가라앉자 그녀는, 시내에 떠도는 그 모든 소문에도 불구하고 자신에게 나에 대해 물으러 오는 사람이 한 명도 없었다는 사실을 의아해했소.

"제가 떠난 뒤에 아무도 제 방을 수색하러 오지 않았다는 말씀이에요?"

"아무도 안 왔어."

"친독 의용대건 경찰이건 독일군이건 말입니까?"

"그렇다니까! 자네 물건은 전부 지하실에 정리해 놓고 아무
도 손대지 않았다우. 알다시피, 그 방을 세 놓아야 해서 물건
들을 내려다 놓기만 했네."

내가 볼 때 그 사실은, 당국에서 나의 하찮은 비중을 제대
로 간파했다는 뜻이었소. 하지만 하숙집 아주머니의 어조에
담긴 뜻을 고려해 볼 때, 아주머니는 그것을 오히려 사람들이
내게 부여한 전설적 노련함을 보여주는 최종적 증거로 여겼
소. 절대로 잡히지 않는 바쿠이니 말이오.

당신은 묻고 싶을 거요. 하지만 내가 도망치던 그날, 하숙
집 건물 안으로 경찰이 들어가지 않았느냐고. 바로 지금 그
얘기를 할 거요. 베루아 부인에게 제르멘느라는 적갈색 머리
의 예쁜장하지만, 평판은 별로 좋은 않은 딸이 하나 있다는
말을 내가 했던가? 아니, 안 한 것 같군. 중동 출신의 수줍음
때문이었다고 할까. 내 친구들은 종종 그녀 얘기를 했소. 짓
궂은 질문을 했지. 사실 나는 언제나 여자들 앞에서는 몹시
수줍음을 탔고, 먼저 접근한 적이 없었소. 가끔 제르멘느와
마주치면 정중한 미소로 인사했고, 그녀 역시 그렇게 답했소.
그러고선 나는 뺨이 약간 붉어진 채 계단을 마저 올라가곤
했소.

아무튼 베루아 부인이 이야기했소. "자네가 없는 동안 내 딸이 결혼한 걸 아시우? 내 사위를 소개해 주리다. 자네 같은 사람과 알게 되면 사위가 좋아할 거유."

나는 베루아 부인의 거실로 들어갔소. 어떤 일이 벌어졌는지 한번 상상해 보시오. 제르멘느의 남편은 경찰 제복을 입고 있었소. 뺨에는 턱에서부터 눈꼬리까지 흉터가 있었고, 그가 자리에서 일어나 활짝 웃으며 내게 악수를 청했소.

"계단에서 한두 번 마주쳤던 것 같군요. 제르멘느를 쫓아다닐 때 말입니다. 당신 때문에 약간 겁을 먹기는 했었죠."

결국, 나는 아무것도 아닌 일로 도망쳤던 것이라오! 그날 내가 경찰이 건물 안으로 들어가는 것을 못 봤다면 내 인생은 완전히 다른 방향으로 흘러갔을 것이오.

최선 아니면 최악이었을까? 아직 살아서 이런 질문을 하는 것을 보면, 최악은 아니었다는 뜻일 거요.

또 하나의 놀라운 사실이 나를 기다리고 있었소. 나는 향수에 젖어 내가 살던 방을 잠깐이나마 보려고 주인아주머니와 함께 계단을 올랐는데, 어느 정도 올라가다 보니 돌연 곰팡내가 콧속으로 확 들어왔소. 숨쉬기가 힘들 정도였소. 곧나는 이 다락방을 떠난 후로 호흡기나 폐에 아무 문제가 없었다는 사실을, 일종의 놀라움과 함께 불쑥 깨닫게 됐소. 이곳에서 살기 전에도 마찬가지고. 오래된 재 냄새와도 같은 곰팡내는 처음에는 났지만, 시간이 지나자 더는 느껴지지 않았소. 그 냄새에 중독되었던 것이오.

나는 아무것도 눈치채지 못한 부인에게 숨을 헐떡이며 말했소.

"내려가야겠습니다."

그녀는 문을 잠근 뒤 나를 걱정스럽게 바라보았소.

"천식 발작이 여전히 일어나는 거구려."

"가끔씩요."

"자네만 그런 게 아니라오, 그려! 자네 다음으로 이 방에 들어왔던 청년도 천식이 있었네. 내가 두 차례나 한밤중에 의사를 불러 줬다네."

그러고는 덧붙였소.

"지금 방이 비어 있다오. 자네만 원하면 오늘 밤에 자고 가도 된다오. 이번에는 하숙생이 아니라 손님으로 말이오."

"정말 친절하십니다. 하지만 저는 오늘 저녁에 마르세유행 기차를 타야 해서요."

물론 거짓말이었소. 나는 다음날 출발할 예정이었으니 말이오. 하지만 그 빌어먹을 다락방에 다시는 묵고 싶지 않았다오.

나는 그날 밤을 의과대학 친구 집에서 지냈소. 거기서 나는 내가 했다고 떠돌아다니는 모든 무훈의 주인공이 실상은 내가 아니라고 이해시키려다 하얗게 밤을 새우고 말았다오.

사실 관점에 따라서 내게 피해 또는 이득을 준 상황을 하나 말해야겠소. 하나의 오해가 기상천외한 소문들을 더욱 설득력 있게 만들어 줬던 것 같소.

해방 직후 각계각층의 저항운동 조직들 그리고 자리를 잡기 시작한 당국 간의 수많은 모임이 있었소. 숙청과 그에 따른 부작용, 수용소에서 돌아온 이들에 대한 처리, 레지스탕스의 무장해제, 생필품 보급 등 한없이 계속되는 문제들을 해결하기 위해서였다오. 저항운동 조직 중의 하나인 '자유'의 책임자들 중에는 참석할 수 있는 사람이 없었기에 베르트랑이 내게 대신 참석해서 무슨 이야기가 오갔는지 기록해 달라고 했소. 그런데 예상과 달리 다른 조직들에서는 최고 지도자들을 보내기로 했소. 게다가 리옹 언론사의 사진기자들까지 와 있었소. 그것은 간밤에 유명한 대독 협력자가 체포되어, 원래 의례적이었던 그 모임이 돌연 여론에 중요하게 비춰졌기 때문이었소. 그렇게 해서 내가 레지스탕스의 숨은 지도자들이라는 설명과 함께 〈프로그레〉 제1면에 사진이 실렸다오.

몽펠리에서 아무도 그게 오해였다는 사실을 믿으려 하

지 않았소. 당신이 영웅이 아니라고 부인하려 들면 명성은 조금도 타격을 입지 않고, 오히려 겸손하다는 인정까지 받게 된다오. 겸손이야말로 영웅의 최고 덕목이라고 하면서 말이오.

금요일 아침

나는 오시안이 자신의 공훈을 최소화하려 애썼다는 게 사실이라고 확신했다. 그는 사람들이 자신을 '지도자'로 삼으려는 생각을 어릴 때부터 못 견뎌 했다. 전적으로 반대했다. 너무 격렬하게 거부해 상대가 당황하고 의심할 정도로 말이다.

　아무튼, 나의 반응이 그랬다. 그와 헤어지고 오랜 시간이 흐른 뒤, 나는 그의 이야기를 기록한 내 노트를 읽으면서 그 문제를 확실하게 다루고 싶은 갈망이 생겼다. 그 고난의 시기를 보내며 항독 지하단체, 약탈, 비밀 이야기, 조직 활동을 그와 함께 경험한 사람들을 찾아 남프랑스로 떠났다. 한 달간의 놀라운 만남들과 자연스러운 탐문 사실 확인 작업 끝에 나는 몇몇 곳에서 '바쿠'라는 이름과 연관된 전설 같은 일화들이 있고, 레지스탕스에서 그의 역할이 그저 단순한 '심부름꾼'에만 그쳤던 게 아니었음을 확인했다.

하지만 그 사실이 정말로 중요한 것일까? 아무튼, 역할의 중요성은 평가에 따른 문제 아닌가. 오시안은 내게 진실을 말했다. 사건과 그에 따른 감정들을. 누군가 자기 이야기를 할 때 객관성을 띤다는 것은 오히려 거짓이 아닐까?

나는 더 이상 조사하고 확인하려 애쓰지 않겠다고 다짐했다. 오로지 그의 얘기에 만족하고 산파로서의 내 역할에 충실하기로 했다. 진실의 산파와 전설의 산파는 엄청나게 다르지 않은가!

"이제 프랑스를 떠나 고국으로 돌아갈 무렵에 이르렀군요. 베이루트에서 선생님을 무척 기다렸을 것 같은데……."

어떤 배를 타고 갈 것인지 아무에게도 알리지 않았지만, 아버지가 어떻게 하셨는지 알아내셨소. 그리고 온 도시에 알리셨소. 또한, 그곳에서도 레지스탕스 활동을 하는 동안 내 활약상과 관련해 수많은 소문이 퍼졌소. 나의 전시용 이름, 바쿠까지 사람들 입에 오르내렸다오.

바쿠, 자크, 베르트랑, 위조서류장이, 전쟁, 레지스탕스……. 당시 나는 스물일곱도 안 되는 나이였지만 내 인생은 이미 파란만장했소. 그리고 내 앞에는 다른 인생들이 기다리고 있었소. 그렇고말고.

항구에 도착했소. 수많은 사람이 부두에 모여 있었소. 배에서 내릴 때 내 눈은 젖어 있었다오. 한 여자아이가 내 목에 화환을 걸어 주기 위해서 머리카락을 나풀거리며 다가왔소. 나는 고개를 숙였소. 아이의 맨팔이 내 뺨을 스쳤소. 나는 고개를 들었소. 뒤에서 낯선 목소리들이 뒤섞였소. 사진사가 내게 그대로 있으라고, 그대로 웃으면서 렌즈를 바라보라고 신호를 보냈소. 모두가 몇 초간 숨을 죽이고 움직이지 않았소. 아무 말 없이. 이윽고 천천히 움직임이 되살아났고 소리도 다시 높아졌소. 박수와 환호 소리. 이내 붉은색 펠트 모자를 쓰신 아버지가 나오셨소. 파티 때 쓰는 모자 말이오. 아버지가 나아오시도록 사람들이 비켜섰소. 아버지와 나의 눈이 마주쳤소. 옛날에는 내 어깨를 그렇게도 짓눌렀던 기대에 찬 눈길이 그날에는 훨씬 가벼워진 것 같았소. 아버지는 모자를 벗고 나를 안으셨소. 꼭 껴안으셨다오. 다시 박수갈채가 터졌소. 아버지는 나를 품에서 떼고 내 손을 잡으신 채 나를 뚫어지게 바라보셨소. 그때 나는 돌연 아버지의 눈에서 예상했던 기쁨이나 자랑과는 다른 것을 읽었소. 아버지가 나를 다시 껴안으실 때 나는 더듬더듬 물었소. 아버지가 대답하셨소. "나중에, 집에 가서 다 설명하마." 나는 갑자기, 조금은 과도하다 싶을 만큼 강렬한 기쁨을 맛본 사람이 느끼는 불안감을 느꼈소. 불행이, 질투에 찬 경쟁자가 다음 교차로에서 기회를 엿보고 있는 듯한 느낌이었소. 그 예감을 넘어서, 모인 사람들 중에 없는 사람이 너무 많았다오.

우리 가족 중에서 오로지 아버지만 그 자리에 나오셨던 것이오. 다른 사람들은 다 어디 계셨을까? 우선 터키 제일의 사진사셨던 외할아버지는 기회가 되면 우리를 죽 세워 놓고 들볶으면서 직접 사진을 찍으려 하셨소. 무슨 일이 있어도 이 장면을 놓치지 않으려 하셨을 터였소.

그렇소, 무엇보다도 그 사실, 즉 사진을 찍을 사진사가 없다는 것이 내 기쁨을 망쳐 버렸소! 대기하고 있던 자동차에 올라타면서도 나는 눈으로는 줄곧 할아버지를 찾았소.

"할아버지는 어디 계세요? 안 보이시네요."

"누바르는 떠났단다."

70세 된 노인에 대해 말하기에는 불길한 표현이었소. 나는 두려워했던 말을 듣게 될까 봐 감히 더는 묻지 못했소.

진실을, 눈물을 몇 초라도 더 늦추려고 말이오.

그때 아버지가 말씀하셨소. "네 외할머니와 아람 삼촌과 함께 미국으로 떠나셨단다."

나는 마음이 놓였소. 마치 외할아버지가 돌아오시기라도 한 듯 기쁘기까지 했소. 꿈에서 사랑했던 사람이 죽었는데,

갑자기 그 모든 일이 악몽이었음을 깨달았을 때가 있지 않소? 잠시 동안 내가 그런 기적 같은 경험을 한 느낌이었다오.

그렇지만 궁금증은 가시지 않았소. 나는 누바르 할아버지가 이민 계획을 오래전에 포기하셨다고 믿고 있었다오.

그리고 또 다른 사람이 걱정되었소.

"이페트 누나는요? 누나도 안 보이네요."

"누나는 이집트에 있다. 전쟁 초에 결혼했는데, 네게 미처 알리지 못했구나."

"매형은 어떤 사람이에요?"

"네가 모르는 사람이다. 마흐무드라고 하는 하이파(팔레스타인의 항구 도시였으며, 1947년 UN 분리안에 의해 이스라엘에 점령됨-옮긴이)의 오래된 가문 가르말리 가(家) 자손이다. 이곳 영국계 은행에서 일했는데, 얼마 전 카이로로 전속되었단다. 그의 부친도 이스탄불에 있는 터키계 은행에서 일했었지. 우리 사위는 정직한 사람이란다. 청렴하고 친절하고. 하지만 약간…… 그렇단다."

아버지는 마지막 말을 하시면서 이따금 내가 보았던 몸짓을 하셨소. 마치 절하는 모습을 흉내 내듯 손바닥과 얼굴을 하늘로 향했다가 반대로 돌리고 다시 하늘로 향하는 동작을 빠르게 연달아 두세 번 하셨소. 이것은 '광신자'나 '맹목적 신자 같은 사람들을 표현할 때 쓰는 아버지만의 방식이셨소. 하지만 아버지의 표현을 곧이곧대로 받아들일 필요는 없었다오. 아버지는 묵주를 돌리며 중얼거리는 사람만 봐도 그렇게 익살스럽게 표현하셨기 때문이라오.

"적어도 누나가 불행하지는 않지요?"

"그래. 매형은 네 누나가 선택한 사람이고, 나도 두 사람이 잘 어울린다고 생각한다. 이페트는 존중받는 법을 아니까, 그 애 걱정은 하지 마라. 근심거리는 그 애가 아니란다……. 내가 근심거리라고 했냐? 내가 지난 몇 년간 겪은 건 근심거리 그 이상이었다. 네가 고향에 돌아온 기쁨을 망치고 싶지는 않다만 너도 알아야 하겠기에 말하마. 큰 불행이 우리를 덮쳤구나. 오늘 나는 4년 만에 처음으로 행복을 맛본 거란다. 두고 봐라, 앞으로 우리 집에 사람들이 득실거릴 게다."

나는 집안이 사람들로 붐비는 것을 늘 경험해 왔던 터라 일종의 짜증과 함께 속으로 야유를 보냈소. 사람들의 북적임, 쉴 새 없는 오고 감에 대해 좋지 않은 기억을 품고 있었기 때문이오.

그런데 아버지가 전혀 다른 반응을 보이셨소. 돌연 눈가에 눈물이 가득 맺히셨던 거요. 그러고는 분노에 차서 힘껏 두 손을 마주 쥐셨소.

"4년 전부터 아무도 우리 집에 발을 들여놓지 않았다. 내가 어릴 때 아다나에서 살 때처럼 말이다. 마치 우리가 페스트 환자라도 되는 양!"

나는 아버지의 손에 내 손을 얹었소. 내 두 눈에도 눈물이 고였다오. 우리 집에 어떤 재난이 덮쳤는지 채 듣기도 전에 마음이 몹시 아팠소.

"네 동생…… 살렘이…… 그 애가 태어난 날이 저주받기를!"

"그런 말씀 마세요!"

"왜 안 되냐? 그 애가 내 핏줄이라서? 내 속에 날 갉아먹는 암 덩어리가 있으면, 그게 내 살이고 피이기 때문에 사랑해야 하냐?"

나는 아버지를 말리기를 포기했소. 내 항변은 순전히 형식적이었고, 나 역시 동생에게 큰 애정이 없었기 때문이었소.

내가 전쟁이 일어나기 전 집을 떠날 때 살렘은 둔한 뚱보에 공부를 멀리하고 게으르며 심술궂고 밥만 축내는 십 대 소년에 불과했소. 그 아이에게는 기대할 게 전혀 없다는 데 모두 동의했소. 그런 아이에게 어떤 미래를 기대하겠소? 나중에는 틀림없이 자기 몫의 유산을 탕진하고 제 형이나 누나에게 얹혀살 게 뻔해 보였다오.

우리는 모두 그 애를 과소평가했소. 그 애가 해를 끼치는 능력을 말이오. 모두 알다시피 전쟁이 어떤 사람들에게서는 지성과 힘을 일깨운다오. 가끔 최선의 경우가 있긴 하지만 최악의 경우가 더 빈번하게 일어난다오.

전쟁이 계속되는 동안 세계 곳곳의 다른 나라와 마찬가지로 터키에서도 식량 부족으로 배급이 확산되었소. 그와 동시에 밀수를 비롯해 온갖 물품의 암거래도 횡행했소. 어떤 이들은 생존을 위해서 또 어떤 이들은 부를 축적하기 위해서 그 일을 했소. 하지만 내 동생이 암거래에 전념한 목적은 생존도, 축재도 아니었소.

그 애는 자주 집을 나갔소. 그 애 방은 우리 집 가장자리에 있었기에 비밀 문을 통해 밤이고 낮이고 어느 때나 드나들 수 있었소. 아버지는 아무것도 눈치채지 못하셨다오. 누나가 함께 살았다면 틀림없이 뭔가 일이 벌어지고 있다는 것을 알아챘을 거요. 어쩌면 살렘이 그렇게까지 엇나가지 않았을지도 모르고. 아무튼, 누나도 떠나고 없으니 그 애가 제 성향을 따라가는 것을 아무도 막지 못했다오.

그렇게 어느 날, 일어날 일이 일어나고야 말았소. 프랑스군 소속의 군인들이 와서 집을 포위하고는 집 안 사람들 모두 저항하지 말고 손들고 밖으로 나오라고 확성기에 대고 말했소.

마치 적진을 공격하는 것 같은 정식 습격이었다오. 아버지는 최소한의 설명을 요구할 수도 없었소. 다만 방 창문을 열고서 틀림없이 오해가 있을 거라고 소리치셨소. 그러다가 군인들이 우리 집 창고에서 황마 자루와 궤짝, 양철통, 상자들을 내오는 모습을 질겁해서 바라보셨소. 그것들이 폐쇄한 차고, 계단 및 벽장 심지어 내 동생의 침실 안의 장, 침대 밑에서 줄줄이 나왔소. 그 녀석이 우리 집을 밀수업자들의 소굴로 만드는 동안 아버지는 의심조차 못하셨던 것이오. 녀석은 외할아버지의 사진 작업실도 밀수품으로 가득 채워 놓았고, 외할아버지 역시 그날 같은 방식으로 포위되셨소.

　　상황이 더욱 심각하게 꼬이려고 그랬는지, 수도 남쪽 밀수업자들이 자주 이용하는 작은 만 근처에서 전날 충돌이 발생했었소. 세관 하나가 죽고 밀수업자 둘이 부상을 당한 채 붙잡혔는데, 당국에서 이들을 밤새 심문해서 내 동생의 이름을 얻어냈던 것이오. 동생은 고귀한 케탑다르 가문의 특별한 영광에 걸맞게도, 그 밀수 갱단의 우두머리 가운데 하나였다오. 총격전이 벌어졌을 때 동생도 물건을 기다리던 이들과 함께 그 기슭에 있었소. 바로 그들이 세관들에게 총을 쏜 뒤 도주했소. 동생도 직접 총을 쐈을까? 동생은 부인했지만 아무도 그의 말을 입증해 주지 않았소. 집안에 소총들이 있었지만 모두 상자 속에 있었고, 전부 다 사용한 적이 없는 것들이었소. 범죄에 사용된 총은 영영 찾아내지 못했다오.

모두 감옥에 수감되었소. 내 동생과 아버지, 외할아버지, 아람 외삼촌까지. 외삼촌은 아메리칸 대학(American University of Beirut로 미국인 선교사가 Syrian Protestant College 란 이름으로 설립했으며, 1920년에 대학의 이름을 바꾸었는데 지금도 레바논의 명문대학이다-옮긴이)의 화학 교수로 늘 모호한 공식들과 함께 사는 순수한 학자이며, 자신에게 무슨 일이 닥쳤는지 내 아버지보다도 더 이해를 못 하는 분이셨소. 정원사와 그의 아들 역시 철창신세를 져야 했소.

"네 동생은 부족한 게 전혀 없었다! 어째서 우리에게 그런 짓을 했을까?" 하고 아버지는 몇 번이고 물으셨소.

동생에게 무엇이 부족했는지 아버지께 어떻게 설명할 수 있었겠소? 나 역시 청소년기에는 때때로 그 집에 빠져나갈 희망도 없이 갇혀 있다는 느낌을 받지 않았던가? 가구고 손님들이고 벽이고 전부 허물어버리고 싶지 않았던가? 그럼에도 내가 참을 수 있었던 게 무엇 때문이었겠소? 내가 사랑받고 있다는 것을 알았던 것이오. 물론 지나친 헌신의 대상이 되었고, 그 때문에 가능한 한 멀리 떠나고 싶었지만, 나 자신의 열망을 확신하고 그것을 앞세울 수 있을 만큼 성인이 되면 돌아온다는 것을 전제로 했소. 그러나 만일 내가 사랑받고 있다는 확신이 없었다면 쓰라린 감정이 내 속에서 자라 언젠가는 전쟁을 틈타서라도 선을 넘어 버렸을 것이오. 남을 죽이거나 자신을 죽이는 일 같은 것으로 말이오. 실제로 살렘의 흉책들은 다 연관이 있었다오.

그 애는 그런 살인과 자살을 어느 정도 성공했소. 당시와 같은 전쟁 중에는 밀수범을 가볍게 봐 주지 않았고, 특히 무기나 군수품 밀매는 더욱 엄격히 처벌했소. 그러나 천만다행으로 그 사건을 담당한 프랑스 장교 엘루아르 대령은 우리 아버지와 잘 아는 사람이었소. 전쟁이 발발하기 전에 우리 집에 전시회나 토론에 참석하러 한 번 이상 왔었다오. 파리의 동양어학교 출신인 그는 교양을 갖췄고 옛 사진 수집가이기도 했소. 아버지와 누바르 외할아버지가 독특하면서도 남에게 전혀 해를 끼칠 줄 모르는 사람들인 줄을 모르지 않았고, 반면에 내 동생은 어릴 때부터 집안에 갖가지 문제들을 일으켜 왔다는 사실도 잘 알고 있었소. 따라서 그가 신경을 써서 아버지와 외할아버지를 가능한 한 빨리 석방해 주었다오. 그런데도 아버지와 외할아버지는 감옥에서 35일이나 보내셨다오! 아람 삼촌을 비롯해 다른 사람들은 몇 달 뒤에나 풀려났고 말이오. 물론 동생은 예외였소. 다만 대령이 애를 써서 목숨은 구해 주었소. 동생이 사건을 일으킨 당시, 스무 살이 안 되었다는 점을 참작한 결과였소. 밀수범 중 세 명이 사형 집 행을 당했고, 동생 살렘은 징역 15년을 선고받은 뒤 나중에 3분의 2를 감형받았소.

우리 가족 모두에게 그 일은 최악의 굴욕적 사건이었소. 그 사건이 있기 전 우리 집에 드나들던 모든 사람이 같이 체포될 지도 모른다는 두려움 속에서 여러 달을 지냈소. 결국, 케탑 다르 가가 밀수범의 소굴이고 불법 물건들의 창고였다면 그 집에 드나들던 모든 사람도 같은 혐의를 받지 않겠소? 내 아 버지가 출감하셨을 때 극히 적은 수의 사람만 축하해 주러 왔 소. 아버지는 "한 손의 손가락만으로도 꼽을 수 있었던" 그 몇몇 사람들에게 영원히 변치 않을 고마움을 느끼셨소. 예전 에 마치 우리 집 식탁의 붙박이인 것처럼 빈번히 드나들었던 다른 사람들에 대해서는 절대로 다시 보지 않겠다고 맹세하 셨다오.

그런 분위기 속에서 외할아버지가 미국으로 가시기로 결 정하셨던 거요. 외삼촌은 그처럼 품위를 떨어뜨리는 사유로 수감생활을 했다는 사실에 충격을 받아 더 이상 학생들 앞에 설 용기를 잃으셨소. 다행히 대학 학장이 찬사 가득한 추천서 를 써 준 덕에 단 며칠 만에 가족까지 이민 허가장을 받을 수 있었소. 분명 외삼촌의 화학자로서의 독보적인 자질이, 전시라는 상황에서 중요한 역할을 했을 것이오. 외삼촌은 미국에 도착하자 바로 델라웨어 주에 있는 폭탄 제조 공장에 취직되셨소.

그 뒤로 아버지는 혼자셨던 것이오. 내 누나도, 누바르 외할아버지도, 나도, 늘 주변에 붙어 있던 추종자들도 없이. 제정신이 아닌 노모와 단 둘뿐이셨소. 할머니에게는 간호사 겸 말상대가 되어 주는 여자가 늘 붙어 있었음에도 이따금 아버지가 직접 돌봐 드리셨소.

출감하시고 몇 달 뒤 엘루아르 대령에게서 그 무엇보다도 위로가 되는 소식을 전해 듣지 못하셨다면, 아버지는 그 수치스런 시절을 견뎌 내지 못하셨을 거라고 나는 생각하오. 그 소식은 장남 오시안이 레지스탕스의 작은 영웅이 되었다는 것이었소.

대령은 어떻게 그 소식을 알아냈을까? 여러 사정이 일치한 결과였소. 엘루아르 대령은, 1941년 영국군의 도움으로 페탱파를 물리치고 터키를 정복한 자유 프랑스군 소속이었소. 밀수 사건을 마무리 짓고 얼마 뒤 프로방스에서 비밀 임무를 수행했는데, 그때 베르트랑과 만났소. 두 사람은 터키와 그 나라의 과거, 오스만 가 이야기를 하다가 내 이름을 언급하게 된 것이오.

아무튼, 아버지 얘기로 돌아가 봅시다. 이런 맥락에서 내가 레지스탕스에 참여했다는 사실이 아버지에게 매우 중요한 의미를 띤다는 것을, 나는 항구에 도착한 그날은 짐작도 하지 못했소. 다만 아버지의 신념 그리고 나를 '혁명 지도자'로 만들고자 늘 품고 계셨던 엉뚱한 꿈 때문에, 내 행동에 대해서 기뻐하시리라고 생각했다오. 그 꿈은 죽지 않고 여전히 아버지 속에 있었는데 단지 더욱 절박한 다른 관심사 아래 묻혀 있었을 뿐이오. 당시 내게 기대하신 것은 우선적으로 우리 가문의 명예를 회복하는 작업이었소. 동생이 우리 가문의 이름을 더럽히지 않았소? 그런 상황에서 내가 레지스탕스에 참여했던 일이, 그 오점을 씻어 주었다오. 불명예로 인해 사람들이 우리 집에 등을 돌리지 않았소? 나의 영광스러운 귀향이 그들의 발길을 우리에게 다시 돌아오게 할 것이었소. 아버지는 더는 앙심을 품지 않고 오로지 설욕에 대한 갈망으로 그들을 맞이할 준비를 하고 계셨다오.

내가 돌아온 다음 날이 성대한 파티를 열 기회였소. 우리 집은 손님들로 북적댔소. 초대를 받고 온 사람들 또는 자기 스스로 온 사람들이 거실과 현관, 실내 계단까지 들어찼소. 오랫동안 정원을 거닐며 유쾌하게 이야기를 나누는 사람들도 있었다오.

아버지는 으스대며 다니셨소. 그런 상황에서 나는 내가 사람들이 생각하는 대로 영웅이 아니라고 더는 강력히 부인할 수가 없었소. 그날은 절제와 겸손의 미덕을 따르며 정확하게 내 공덕을 평가하는 대신 짓밟힌 내 아버지와 우리 가문의 명예를 회복시켜야 했소. 물론 나는 거짓이나 과장되게 말하지 않았소. 나의 많은 단점 중에 허풍은 없었으니까. 그렇소. 거짓말을 하지는 않았지만 부인하지도 않았다오. 그들이 말하고 믿게 그냥 놔두었소. 아버지의 되찾은 웃음소리를 듣는 게 행복했다오.

열흘 뒤 할머니가 돌아가셨소. 불운했던 이페트 할머니는 당시 87세였고, 몇 달 전부터 거동을 못하셨소.

"어머니가 작년에 돌아가셨다면 나 혼자 장례를 모셔야 했을 게다." 이게 아버지의 첫 마디였소. 그렇소, 일종의 안도의 말이었지만 그렇다고 해서 아들로서의 효심에 조금도 반하는 뜻이 있었던 것은 아니었소. 아무튼, 그 말을 하시고 아버지는 소리 내 우셨다오.

아버지는 늘 실성한 상태였던 당신의 어머니와 둘만의 은밀한 관계를 맺으셨소. 가끔 나는 어리둥절한 광경을 목격했지만, 그것에 대해서 아버지께 감히 묻지는 못했소. 가령 내가 학업을 계속하러 프랑스로 가는 일을 허락할 것인지를 결정하실 때 아버지는 할머니와 상의하셨소. 그런 일이 그때가 처음이 아니었소. 내가 분명하게 기억하는 이유는, 내가 있는 자리에서 상의하셨기 때문이라오.

아버지가 할머니 귀에 대고 뭐라고 속삭이면 할머니는 주의 깊게 들으시는 것 같았소. 이어 할머니는 입을 여셨소. 말씀을 하시려는 듯했소. 하지만 한동안 입을 동그랗게 벌려 검은 구멍만 보이신 채 아무 말도 하지 않으셨소. 아버지는 참을성 있게 기다리셨소. 이내 확실하지 않은 소리가 흘러나왔지만 내가 들을 때는 뱃속에서 나오는 꾸르륵 소리 아니면 헐떡임에 불과했소. 아버지는 그 소리를 주의 깊게 들으셨소. 진지하게 고개까지 끄덕이면서. 그러고 나서, 내가 유학 가는 것을 할머니가 괜찮다고 하신다고 하셨소. 익살극 같다고? 그렇게 보였을지 몰라도 단언컨대 절대 그렇지 않았소. 아버지는 이페트 할머니를 절대로 웃음거리로 만들려고 하지 않으셨소. 아버지는 실제로 할머니께 의논을 드리신 거라오. 그게 아버지가 당신의 어머니와 교류할 수 있는 유일한 가교였으며, 두 분 사이에는 두 분만 이해할 수 있는 언어가 있었다오.

할머니를 생각하고 운 사람이 내 아버지뿐만은 아니었소. 갑자기 나도 할머니가 몹시 보고 싶었다오. 70년 동안 실성한 상태로 살아온 귀족 여인, 할머니는 우리 집안의 축복 같은 존재였소. 순수한 어린아이같이 공상에 빠져 콧노래를 부르셨던 할머니. 할머니 덕에 우리는 인생과 시간, 지혜, 이성에 대해 자연스럽게 의심과 역설의 철학을 품게 되었다오.

평생 숨어 사신 할머니의 장례를, 아버지는 수치 속에서 치르고 싶어 하지 않으셨소. 그래서 출신을 막론하여 터키 최고의 고관들을 부르고 싶어 하셨소. 잘못 알려진 내 무훈과 금의환향 덕분에 그런 일이 다시 가능해졌소. 그 때문에 내가 조금 전에 '안도'라고 표현했던 것이오. 게다가 추도문에서 사람들은 내 할머니가 군주의 딸로 태어나 영웅의 할머니로 죽었다는 점을 빠뜨리지 않고 강조했다오.

아버지는 어머니를 잃은 슬픔과 마지막 순간 그분의 혈통에 맞는 장례를 치러 드렸다는 만족감을 동시에 느끼시는 것 같았소. 나는 아버지를 지켜보았소. 아버지는 흐느낌을 힘겹게 참느라 어깨를 잔뜩 웅크린 채 생각에 잠기시는가 하면, 눈물에 젖은 성인처럼 고개를 들어 모인 사람들을 둘러보셨소. 평상시 같았으면 아버지는 그렇게 행동하지 않으셨을 거요. 아버지의 상처가 그만큼 깊었던 것이라오.

장례식 다음날, 나는 거실에서 아버지 오른편에 앉아 문상객을 받고 있었소. 그때 한 '낯선 여인'이 날 만나러 왔는데 상

황이 상황인지라 들어오지 못하고 있다고 누군가 내게 귓속
말로 알려 주었소.

낯선 여인이란 바로 클라라였다오!

나는 그녀를 두 팔로 꼭 껴안고 싶었소. 하지만 그렇게 할
수가 없었소. 지난번에 말했듯 각자의 의자에 앉아 하룻밤
을 지새운 뒤 각자의 길로 떠났던 우리의 관계로 보나, 복상
기간이어서 검은 옷을 입은 조문객들로 가득한 집 안이라는
상황으로 보나 그것은 불가능했소. 우리는 다시 만난 기쁨을
드러나게 표현할 수조차 없었다오. 그녀는 슬픈 날에 갑자기
'들이닥친 것'에 대해 미안해했소. 나는 정원을 산책하자고 제
안했소.

그녀는 그저 지나가는 길이었소. 그녀가 탄 배가 전날 베이
루트 항에 잠시 정박했는데, 바로 저녁에 하이파로 다시 떠날
예정이라고 했소. 그녀는 팔레스타인에 머물 것인지는 확실
히 정하지 않았지만, 나이 드신 삼촌을 모셔다 드리러 가는
길이었던 것이오.

우리는 마치 우리 자신에 대해 얘기하는 것이 겁이 나는
듯 이번에는 그녀의 삼촌을 화제로 삼았소. "삼촌에게는 나
이 든 독신자 특유의 편집증이 있다고 벌써 20년 전에 우리
부모님께서 말씀하셨어요. 여섯 명의 딸에 이어 늦둥이로 태

어난 외아들로서, 삼촌은 막대한 유산을 물려받아 평생 일을 하지 않아도 되셨어요."

"우리 아버지와 마찬가지군요." 하고 나는 집 안쪽을 바라보며 중얼거렸소.

"우리 스테판 삼촌은 가정을 불편해하셨다는 점만 빼고 그렇네요. 그라츠의 집에서 살 때 삼촌은 숙달된 집사의 시중을 받았어요. 그 집사가 몇 시에 커피를 내오고, 저녁에는 위스키를 어떻게 배합해 갖다 드려야 하는지 잘 알았지요. 살아 계실 동안 애써 일을 하셔야 했던 우리 아버지는 삼촌에 대해 얘기할 때면 불만스러워 하셨고, 어머니 역시 아이들에게 나쁜 본을 보인다며 동생인 삼촌을 편들려 하지 않으셨어요. 더구나 그라츠에 살던 모든 유대인이 스테판 테메를레스 삼촌을 좋게 생각하지 않았고, 삼촌 역시 그들을 그렇게 대하셨어요. 삼촌은 유대인 친구가 단 한 명도 없었는데, 그것을 자랑으로 여기셨다니까요.

삼촌이 수용소에 보내졌다는 소식을 듣고, 나는 삼촌이 거기서 어떻게 살아남으실 수 있을지 걱정했어요. 논리적으로 볼 때 삼촌이 제일 먼저 숨을 거두실 게 분명했거든요. 우리 가족 전부가 죽었어요……. 오로지, 스테판 삼촌만 빼고요.

삼촌이 어떻게 살아남으셨는지 나는 몰라요. 삼촌도 그 얘기는 절대로 안 하세요. 나 역시 악몽 같은 일을 다시 떠올리시게 하고 싶지 않아요. 그래서 삼촌과는 행복했던 시절 이야기만 하지 그 시기에 대해서는 절대로 얘기하지 않아요. 삼촌과 있을 때는 상상 속의 가족 사진첩을 줄곧 뒤적이는 느낌이에요. 삼촌은 한마디 말도 없이, 어떤 감정도 드러내지 않고 '바라보세요.' 기쁨도, 놀람도, 향수 섞인 한숨도 전혀 보이지 않으시죠. 그러면 나는 삼촌이 이런 무기력 덕에 살아남았을지도 모른다는 생각이 들기도 해요. 그래요, 무기력이요. 다른 사람들은 갈망, 욕구, 야망, 희망을 가졌었는데, 그것들로부터 배반을 당하자, 찢기고 만 것이에요. 하지만 삼촌에게는 그런 게 없었어요. 아무것도 기대하지 않고, 남이 가져다주는 것만 받았어요. 다행히 아무도 삼촌에게 죽음을 가져다주지 않았지요. 이제 삼촌이 내게 남은 유일한 혈육이에요. 삼촌이 내게 미숙한 윗사람인지 아니면 나이 든 아랫사람인지 잘 모르겠어요. 양쪽 다 조금씩인 것 같아요."

그녀가 계속 말했소.

"내가 수용소에서 살아남은 사람들을 돌보는 어떤 협회를 통해 삼촌을 찾고 나서, 앞으로 무엇을 할 계획인지 삼촌에게 물었어요. 삼촌이 그라츠로 돌아간다는 것은 생각도 할 수 없는 일이었어요. 삼촌은 팔레스타인으로 떠나고 싶어 하셨죠. 그래서 그곳으로 모시고 가는 중이에요.

　조금 전까지 삼촌은 호텔 테라스에서 위스키를 큰 잔으로 마시고 계셨죠. 바텐더와 친해지셨어요. 오늘 아침에 삼촌이 그분과 길게 얘기하시는 것을 보고 나는 깜짝 놀랐어요. 내게는 별말씀을 하지 않으셨거든요. 두 분은 아마 전쟁 전 여자들의 모자나 잘 정제된 위스키 얘기를 하고 계실 거예요."

　클라라는 우리 집까지 찾아오는 데 어려움이 없었다고 했소. "여기서는 모든 사람이 당신을 알고 있는 것 같아요."

　나는 그녀에게 나의 귀향과 관련해서 온 마을 사람들의 환영, 작은 신화 같은 이야기들에 대해 말해 주었소. 그러자 그녀는 나보다 더 열광했소. "정말 멋져요!" 나는 어깨를 으쓱했소. 이내 우리는 우리의 '옛 전우들'과의 추억을 떠올렸소.

　우리는 1시간 넘게 계속 거닐었소. 나는 며칠 밤낮을 그렇게 걸어도 전혀 싫증이 나지 않을 것 같았소. 우리 자신이나 다른 사람들 또는 이제 막 열리고 전환되는 역사의 장면들, 세계의 흐름에 대해 우리가 나눈 말 한 마디 한 마디가 우리를 가까워지게 했소. 4년 전 리옹에서처럼 우리는 떨어져 있었지만 서로 몸을 바짝 붙이고 있는 듯한 느낌이었다오! 건들거리는 우리의 손도 거의 스칠 듯했소.

　그때 나는 '내가 그녀를 사랑하고 있다'는 생각을 하지 못했소. 그런 생각조차 못했기에 그녀에게 말도 하지 못했소. 내 얘기가 노인의 이야기처럼 우습게 들릴 수도 있을 거요. 내게는 격정적 사랑에 빠진 모든 증상이 나타났는데도 그게 '사랑'이라는 것은 도무지 머릿속에 떠오르지 않았다오. 그 순간에는 속내 이야기를 나눌 수 있는 친구가 필요할 것 같았소. 그 친구가 마구 놀려대면서 '사랑에 빠졌다'고 소리 내어 말하면 우리 자신에게 질문을 던져 보지 않았겠소. 그랬다면 대답은 너무나 뻔했을 테니 말이오.

하지만 그녀가 자기 손목시계를 봤소. 그것은 마치 내 동맥이 뽑히는 것과 같았다오. 실제로 나는 심장 한 켠이 아팠소. "아직은 안 돼요!" 하고 나는 애원하듯 말했소. 그러자 그녀는 다시 걸으면서 얘기했소.

몇 분 뒤 그녀는 또다시 시계를 들여다보고는 멈춰 섰소.

"삼촌을 너무 오랫동안 혼자 계시게 할 수가 없어요. 그리고 당신도 사람들이 기다리고 있을 테니……."

집 정문 앞에 이르니, 조문객들이 계속 들어오고 있었소. 우리는 사람들이 보고 있어서 작별 키스도 나눌 수 없었다오. 프랑스가 아니었으니……. 그저 악수만 했다오. 그러고 나서 나는 그녀가 멀어지는 모습을 바라봤소.

나는 거실로 돌아가 아버지 옆에 앉았소. 내가 자리를 비웠을 때 와서 거실 주변에 있던 사람들이 하나 둘 다가와 나를 포옹하며 위로의 말을 건넸소. 나는 사람들에게 친절하게 대하려 애를 쓰면서도 신경은 온통 다른 곳에 가 있었소. 당연히 그때까지도 나는 그녀를 생각했지만 달콤했던 순간에 머물거나 그녀가 가 버린 것을 슬퍼하고 있을 수만은 없었소. 속에서부터 분노가 치밀어 올랐소. 나는 생각했소. 처음에 우리는 우연이 다시 만나게 해줄 것을 기대하며 각자의 길로 떠났소. 당시는 전쟁 중이었고, 우리는 레지스탕스 활동을 하고 있었으니 달리 방법이 없었소. 오늘 우리는 기적처럼 다시 만났소. 그런데 또다시 우연에 맡기며 그냥 헤어진 것이오.

만일 우연이 우리를 저버린다면? 다시는 그녀를 만날 수 없다면? 그녀가 그렇게 떠나가도록 가만히 있으면 안 되는 것 아닌가? 악수 한 번으로 내 인생과 행복이 어쩌면 영원히 가 버린 것일 수도 있었소. 그런데 나는 아무렇지 않게 바라보고만 있었다니!

그녀가 팔레스타인 어디에, 그리고 얼마나 머물 것인지 아직 그녀 자신도 몰랐으므로 나는 편지도 쓸 수 없었소. 어쩌면 그녀에게 편지를 보낼 방법이 있을지도 몰랐으나 우리는 그럴 생각도 하지 않았소. 함께 있는 동안 우리는 나란히 서서 영원히 함께 산책할 것처럼 이런저런 얘기를 나눴소. 특히 그녀의 삼촌에 대해서. 그러고는 고통스러운 작별의 시간을 피하려는 듯 짧게 인사하고 헤어졌다오.

생각하면 할수록 나는 화가 치밀어 올랐소. 하지만 겉으로는 아무런 티도 내지 않으려 애를 썼소.

그러다 돌연, 얘기를 나누던 중에 나는 벌떡 일어났소. 상대와 아버지께 죄송하다고 횡설수설 둘러댔소. 그러고는 거의 뛰다시피 해서 밖으로 나왔소. 차에 올라탔소. "항구 근처 팔미르 호텔로 가 주시오!"

도중에 나는 기사의 말에 기계적으로 대답하면서, 머릿속으로는 갑자기 찾아온 것에 대해 클라라에게 둘러댈 말을 찾느라 애를 썼소. 호텔에 도착해 직원이 그녀에게 내가 왔다고 알리러 간 사이 계단 밑에서 기다리는 동안에도 할 말을 궁리했소. 가능한 덜 멍청해 보이고 싶었던 거요.

그녀가 약간 불안해하며 내려왔을 때 나는 이 말보다 더 나은 말을 찾아내지 못했다오. "내게 편지 쓰겠다는 약속을 받아내는 걸 깜빡했지 뭐요!" 고백하건대 굉장히 멍청해 보였을 것이오. 하지만 다행히 그런 상황에서는 멍청해 보일수록 더욱 감동적인 법이니까.

클라라는 눈썹을 찡그리고 고개를 끄덕이며 내 말을 들었소. 마치 내가 뭔가 아주 심각한 얘기를 하고 있는 듯 말이오.

그러고는 좌우를 살폈소. 복도에는 우리 말고 아무도 없었소. 그러자 그녀는 내게 입을 맞췄소. 새의 부릿짓처럼 순간적으로.

깜짝 놀란 내가 정신을 차렸을 때 그녀는 이미 계단을 달려 올라가고 있었소. 나는 호텔을 나왔소.

그날 하늘은 얼마나 푸르렀던지!

두 달 뒤 그녀가 편지를 보내왔소. 편지는 일곱 쪽인가 여덟 쪽인가 되었지만 나는 약간 실망했소. 아니, 실망했다기보다 뭔가 만족스럽지 않았다고 해야 할 것 같소. 그 이유를 나는 알았소. 편지 내용이 마치 우리의 입맞춤이 없었던 것 같은 투였기 때문이오. 더한 것은, 뜰을 산책할 때 자연스럽게 말을 놓았었는데, 편지에서 그녀가 나를 허물없는 '두 비스트(du bist)' 대신 딱딱한 '지 진트(Sie sind)'라 부르고 있었소. 우리 사이가 더 뒤로 간 셈이었다오.

그렇소, 그녀는 편지를 독일어로 썼소. 리옹에서 만난 이후 우리는 보통 프랑스어로 대화를 나눴었소. 그녀는 가끔 틀리기는 했어도 프랑스어를 정확하게 구사했다오. 하지만 글을 쓸 때는 스탕달보다는 괴테가 더 편했던 모양이오.

결국, 그녀는 우리의 입맞춤을 후회하는 듯 내게 높임말을 썼소. 내용도 우리 두 사람에 관한 사적인 얘기가 전혀 없었소. 여전히 그녀의 삼촌에 대해서 그리고 적당한 집을 구하기가 어렵다는 얘기뿐이었소. 예전에 살던 그라츠의 집 같은 곳을 찾고 있었던 것일까? 그녀의 삼촌은 급하게 지은 아파트의 1층에, 방 두 개와 부엌이 겸한 거실 그리고 다른 두 세대와 공동으로 쓰는 욕실이 딸린 집밖에 구할 수 없었소. 그리고 하이파에서는 아랍인과 유대인 간의 긴장이 점점 고조되어 가벼운 충돌이나 습격이 일어나지 않는 날이 단 하루도 없었소. 그곳의 폭력 상황이 그 정도일 줄은 미처 예상하지 못했던 클라라는 '비극적인 오해'가 퍼져 있다고 두세 차례나 언급했소.

나치주의가 패배한 직후 히틀러가 증오했던 두 민족이, 각자 자기 민족만이 부당함의 유일한 희생양이고 따라서 권리가 있다고 확신하면서 서로 대립하고 일어나 상대를 죽이는 지경까지 이르렀다는 사실을, 그녀는 참을 수 없어 했소. 유대인은 한 민족이 겪을 수 있는 최악의 상황, 즉 민족 말살 시도를 당했고 따라서 그런 일이 다시는 재발하지 않도록 결단해야 하기 때문에, 아랍인은 자신들은 유럽에서 자행된 범죄와 아무 상관이 없음에도 자신들의 희생을 바탕으로 잘못에 대한 보상이 이루어지고 있기 때문이라며 들고 일어섰던 것이오.

유대인이나 아랍인 양측의 원한은 이미 최고조에 달했지만, 편지를 쓴 클라라는 어느 쪽의 입장도 취하지 않고 정황을 침착하게 평가했소. 더욱이 그녀는 분석하는 데 그치지 않고 행동을 취했소. 전쟁 때처럼 저항했다오. 이번에는 전쟁 자체에 저항한 것이오.

사실 첫 편지에 대해 내가 어느 정도 실망했던 이유는 이렇소. 기대한 것은 연애편지, 그것도 아니라면 최소한 우리의 관계가 시작되고 있음을 인정하는 내용이었는데 받은 것은 '동료 투사'의 편지였기 때문이었소.

클라라는 주변에서 벌어지고 있는 분쟁에 크게 동요한 듯했고, "그것을 극복하기 위해" 온 힘을 다해 싸울 결심이 되어 있다고 했소. 그래서 PAJUW, 즉 '팔레스타인 아랍유대통합노동회의'라는 단체에 가입했다고 내게 엄숙히 알렸고, 단체의 목적에 대해 길게 썼소. 확실히 그들의 의도는 좋았소. 그들은 용감한 소수가 모인, 말 그대로 소수집단에 불과했지만, 역사의 흐름을 바꿔 놓고 싶어 했다오.

그 단체를 내가 회의적으로 보았느냐고? 지금 내가 하고 있는 말에서 암시되는 정도까지는 아니었소. 30년이라는 분쟁의 세월이 흐른 지금, 그때 PAJUW와 같은 용감한 연합회가 존재했었다는 생각만 해도 웃음이 나온다오. 빈정대는 이들도 있겠지만 내 웃음은 측은한 마음에서 나오는 웃음이라오. 당시에 나는 이렇게 반응하지 않았소. 당시의 내 정신 상태를 떠올리는 게 결코 쉽지는 않지만, 클라라와 그 동료들의 계획에 박수갈채를 보냈던 것 같소. 그게 그녀의 생각에서 나왔을 뿐만 아니라 내 이상과도 맞았기 때문이오.

이름에서 드러나듯이 그 연합회는 분명히 좌파였소. 당시에는 인종적 또는 종교적 증오에 맞서는 사람들이 내세울 수 있는 구호가 "노동자들이여, 단결합시다!" 외에 없었으니 어떡하겠소. 그 구호가 큰 효과를 내지는 못했어도 "서로 죽이지 맙시다!"라고 말하는 유일한 방법이었던 것 같소.

클라라와 그녀의 편지 얘기로 돌아갑시다. 나는 당장에 답장을 썼소. 그날 아니면 그다음 날이었던 것 같소. 프랑스어로 말이오. 그녀도 우리의 관계를 인정하고 앞으로는 그렇게 하기를 바라면서 곧장 말을 놓았소. 하지만 그 외에 더 친밀한 내색은 하지 않았소. 나도 그녀처럼 지난 몇 주간 무슨 일을 하며 지냈는지에 대해 썼소. 요컨대 '내가 겪은 전쟁'에 대해 얘기했던 강연들에 대해서 말이오.

아직 말하지 않았지만, 당시에는 강연을 다니는 게 내 주된, 아니 유일한 활동이었고 그것을 통해서 내 이름이 나라

전체에 알려지게 되었소.

그건 우연히, 어떻게 보면 뜻밖의 사고로 시작되었다오. 우리 집에서 그리 멀지 않은 곳에 스포츠문화협회가 있었는데, 아버지와 친분이 있던 그곳의 지도자들이 나와 같은 '용감한 레지스탕스 활동가'에게 경의를 표하는 뜻에서 파티를 열기로 했소. 그래서 홀을 하나 빌려 경비를 지불했소. 그런데 계획한 날 일주일 전에 할머니가 돌아가신 거요. 당연히 파티는 생각할 수 없었다오. 음악도 틀 수 없었고. 하지만 모든 행사를 취소하는 대신에 '내가 겪은 전쟁'과 관련해 몇 가지 일화를 비롯해 생각나는 대로 이야기하고 질문에 답하면 어떻겠느냐는 제안이 들어왔소. 그런 일이라면 상중이라도 전혀 문제가 되지 않았으니 말이오.

원래 무도장으로 예정되었던 곳에 의자들을 줄지어 갖다 놓았소. 그리고 나를 위해서는 작은 탁자에 물 한 잔을 가져다 놓았고.

나는 아무 준비도 못 했소. 그냥 머릿속에 떠오르는 대로 몇 가지 사건들을 비밀 이야기를 털어놓듯 쉬운 말로 풀어놓았소. 연설 비슷한 강연에 익숙했던 사람들은 조용했소. 나는 청중의 침묵, 호흡, 한숨 그리고 가끔씩 터져 나오는 동의나 놀람의 음절들에서 그들과 나 사이에 뭔가가 흐르고 있음을 느꼈소. 그날 저녁 나는 세 건의 또 다른 강연 초청을 받았고, 그다음 주에는 시내 전역과 연안의 다른 도시들, 산악지방의 몇몇 마을에서 스무 건, 서른 건, 예순 건의 초청을 계속해서 받았소. 곳곳에서 사람들이 두세 시간 동안 주의력을 잃지 않고 내 이야기에 귀를 기울였소. 그리고 거기서 나는 그때까지 몰랐던 일종의 기쁨을 느꼈다오. 청중은 매혹 당했고, 그 사실에 나는 감탄했소. 나는 그 일에 결코 시간을 아끼지 않았다오.

나를 향해 꿈을 품고 계셨던 아버지가 그 시간 동안 죽 나를 어떤 눈길로 바라보셨을지는 말할 필요도 없을 거요. 새로운 점은, 나 자신도 사람들을 이끄는 '지도자'의 운명에 대해 약간은 믿기 시작했다는 것이오. 레지스탕스에 참여했던 모험에 이은 그런 새로운 경험으로, 어쨌든 내 운명에 대한 누바르 할아버지나 아버지의 예감이 어느 정도는 맞을지도 모른다고 나 역시 난생 처음으로, 그리고 어쩔 수 없이 믿게 되었다오. 결국에는 내게 그런 운명과 같은 미래가 정해져 있었는지도 모르오. 내가 이런 생각을 하게 된 것은, 거듭 말하지만, 그런 나의 미래에 저항감이 들었기 때문이라오.

전쟁이 끝난 뒤 내가 더는 공부를 할 수가 없었다고 어제, 아니 그저께 말했던가? 아마 그와 같은 도취감 때문이었을지도 모르오. 맞소, 틀림없이 그 때문에 시작되었소. 내 앞에 모든 길이 열려 있다는 느낌이 들었다오. 장애물이란 것이 전혀 존재하지 않는 듯 나는 그저 걸어가기만 하면 되었소. 그렇게 전락(轉落)의 길이 마련되었다오.

얘기가 약간 앞질러 나왔소. 그때는 아직 전락의 길에 있지 않았다오. 여전히 나는 비상하고 있었고, 환희를 맛보고 있었소.

어느 날 동네 영화관에서 강연하던 중 회중 뒤쪽에서 클라라의 시선을 얼핏 느낀 것 같았소. 그녀가 내게 온다고 알리지도 않았는데 말이오.

나는 더 이상 침착할 수가 없었소. 사랑에 빠진 내가 얼마나 행복했던지! 하지만 강연자로서는 재앙이었다오. 마치 무대에 선 배우처럼 고도의 집중력과 필사적 재능을 발휘해 내 안에 침잠해서 강연을 계속해야 했다오. 그날 그녀를 알아본 순간부터 내 마음은 둥둥 떠다니기 시작했소. 물어볼 것, 떠오르는 그림이 너무 많았고, 너무나 조바심이 났소. 결국, 나는 강연 내용을 단축해 결론을 향해 내달렸소. 그리고 참석자들에게 질문에 답해줄 수 없어 죄송하다고 했소. 사회자가 '집안 사정' 때문이라고 설명하면서 내게 다음 기회에 다시 오겠다는 약속을 하게 했소.

반 시간 뒤 그녀와 나는 우리 집 거실에 앉아 있었소. 내가 먼저 클라라를 아버지께 소개했소. 아버지는 그녀와 몇 마디를 나눈 뒤 점잖게 자리를 피해 주셨소.

그녀는 계획을 하나 가지고 왔소. 곧 창간호를 발행할 연합회 신문에, 여러 점령국에서 나치에 맞서 싸운 아랍계 및 유대계 레지스탕스 활동가들의 경험담을 싣겠다는 계획이었소. 의도가 분명했소. 양쪽이 같은 편에 서서 공동의 미래를 위해 함께 싸워야 한다고 설득하려는 것이었다오. 그런 관점에서 나의 증언이 관심을 끌 만했던 것이오.

클라라는 우리 집 거실에서 제일 딱딱한 의자에 자리를 잡았소. 내가 다른 의자를 권했지만, 그녀는 글을 쓰기에 좋을 것 같다고 했소. 곧 그녀는 수첩을 꺼내 무릎 위에 올려놓았소. 초록과 검은색 체크무늬가 있는 긴 주름치마에 흰색 블라우스를 입고 있었소. 어딘가 모르게 여학생 같았다오. 그녀는 내가 전쟁 중에 겪은 일, 프랑스에 도착해서부터 고국으로 돌아올 때까지 처음부터 끝까지 얘기해 주길 원했소. 몇 주 전부터 줄곧 많은 청중에게 그런 이야기를 해왔던 내게 그 일은 무엇보다 쉬웠을 게 분명했소. 하지만 나는 어디서부터 말을 꺼내야 할지 헛되이 궁리하느라 입을 다물고 있었다오.

침묵이 길어지자 클라라는 내가 쉽게 접근할 수 있도록 도

우려 했소. "홀 안을 가득 메운 청중 앞에 있다고, 또 청중은 당신이 어떻게 살아왔는지 아무것도 모른다고 생각하고 시작해 봐요."

"좋소, 시작하겠소. 당시 상황에 대해 많은 것을 알고 있는 당신과 단둘이 거실에서 그렇게 하기는 쉽지 않지만 말이오. 하지만 해보겠소. 잠시 집중할 시간을 주시오."

다시 긴 침묵이 흘렀소.

"클라라, 한 가지 약속을 해 주면 좋겠소. 내가 무슨 얘기를 하든 어떤 경우에도 끝났다고 말하기 전엔 절대로 내 말을 끊지 말아 주시오. 무엇보다도 나를 쳐다보지 말고 당신 수첩만 바라보고요."

"약속할게요!"

그녀는 나의 어린애 같은 요구에 미소를 지었소. 당황했고, 어쩌면 나를 측은히 여겨서 그랬을지도 모르오. 다시 침묵이 이어졌소. 이내 나는 말을 했는데, 아직까지 그 말을 잊지 않고 기억한다오.

"지난번 우리가 마지막으로 만난 이후로 많이 생각해 봤는데, 내가 당신을 사랑한다는 사실에 추호도 의심할 여지가 없다는 것을 이제야 알겠소. 당신이 내 인생의 여인이고, 앞으로 내 인생에서 다른 여인은 절대 없을 거요. 당신이 곁에 있을 때나 없을 때나 온 마음을 다해 당신을 사랑하오. 하지만 당신이 나와 같은 마음이 아니라면 강요하지 않겠소. 이 감정은 너무나 강력하고도 자발적이어서, 완전히 점령당해야 하지 시간이 흐른다고 생기는 게 아니라오. 따라서 당신이 나와 같이 느껴지지 않는다면 곧바로 다른 이야기로 넘어갑시다. 더는 당신을 난처하게 하지 않겠소. 하지만 만일, 다행히도 당신도 나와 같이 느낀다면 나는 세상에서 가장 행복한 사람이 되는 거요. 이제 묻겠소. 클라라, 내 아내가 돼 주겠소? 죽을 때까지 당신을 사랑하겠소."

나는 그녀가 내 말을 중단시킬까 봐, 내가 중간에 말을 더듬을까 봐 단숨에 전부 말해 버렸소. 그러면서 그녀에게 한 번도 눈길을 주지 않았소. 말을 마치고 나서도 바라보지 않았소. 그녀의 눈에서 무관심이나 연민 비슷한 감정을 보거나 놀란 기색이라도 알아챌까 봐 겁이 났소. 내 고백에 대해 놀란 그녀의 감정이 어떤 식으로든 표출되고, 그것을 내가 알아챈다면 우리는 더 이상 이전과 같을 수 없을 테고, 그녀는 내게 예의를 차리고 위로하는 태도밖에 취할 수 없을 것 같았기 때문이오.

그래서 나는 보지 않았소. 눈을 피하듯이 귀도 피할 수 있었다면 그렇게 했을 거요. 그녀의 눈길만큼이나 그녀가 내뱉는 말과 어조에서 무관심이나 연민을 느낄까 봐 두려웠다오. 탄식과도 같이 더운 공기를 내뿜는 그녀의 숨소리만 들렸소.

"예."

그녀가 "예"라고 대답했소.

가장 아름다우면서도 간단한 대답이었지만 예상하지 못한 대답이었소.

그녀는 이 상황에서는 이러저러한 이유 때문에 가능할 것 같지 않다고 돌려 말할 수도 있었소. 그러면 나는 단박에 그녀의 말을 끊고 "그 얘기는 이제 하지 맙시다!" 하고 외쳤을 거요. 그녀는 아무튼 우리는 좋은 친구로 남을 수 있을 거라고 말할 수도 있었소. 그러면 나는 "물론이죠." 하고 대꾸했겠지만 다시는 그녀를 만나지 않고 그녀에 대해서는 이름조차 듣지 않으려 했을 거요.

반대로 그녀는 우리가 처음 만난 이후로 그녀 역시 나와 같은 감정을 느꼈다고 고백할 수도 있었소. 그랬다면 나는 무슨 말을 하고 어떻게 행동할지 알았을 거요.

하지만 단순하고 건조한 "예"라는 그녀의 대답은 내게서 할 말을 앗아갔다오.

나는 이렇게 묻고 싶었다오. "뭐에 대해 예라는 말이오?" 왜냐하면, 그녀는 단순히 "예, 알았어요." 아니면 "예, 인정해요.” “예, 생각해 볼게요.”라고 말하고 싶었을 수도 있기 때문이오.

나는 조마조마하고 믿기지가 않아 그녀를 바라보았소.

그것은 진짜 “예” 가장 순수한 “예”였다오. 그녀의 눈에는 눈물이 고였고, 얼굴에는 사랑받고 있는 여인의 미소가 어려 있었소.

금요일 저녁

그 순간 나는 오시안을 두고 방을 나왔다. 약속이 있는데 취소할 수가 없었다는 핑계를 대고서……. 자리를 비켜 줘야 한다고 느꼈기 때문이다. 그때의 장면을 떠올린 그가 혼자 있을 수 있도록 말이다. 그 순간을 연장하여 그 말을 다시 듣고 사랑하는 여인의 얼굴을 몇 번이고 다시 보게 말이다. 뒷이야기는 곧 들을 수 있을 것이다.

그는 고마움의 표지로 방문을 손수 열어 주었고, 노란 카펫이 깔린 좁고 먼지 낀 복도로 몇 걸음 걸어 나와 엘리베이터까지 배웅해 주었다.

저녁 무렵 내가 다시 왔을 때까지도 그의 기쁨은 꺼지지 않았다. 그가 "오늘 아침에 어디까지 얘기했었소?" 하고 물은 것은 맥을 잃어버려서가 아니라, 그저 다음과 같은 내 대답을 듣고 싶어서였던 것 같았다.

　"그녀가 '예!'라고 대답했다는 데까지 했습니다."

　나는 앞서 대화를 시작할 때마다 그랬듯 만년필 뚜껑을 열고 새 수첩을 펼쳤다. 첫 장에 '금요일 저녁'이라 적고 페이지를 넘겼다. 그때까지도 오시안은 할 말을 고르고 있는 듯했다.

　"기록은 조금 뒤에 해도 되겠소?"

　나는 만년필 뚜껑을 덮고 기다렸다. 계속. 이윽고 그의 목소리가 들렸다. 마치 먼 데서부터 들려오는 것처럼.

　"클라라와 나, 우리 둘은 키스했소."

　확신하건대 이런 고백을 하면서 그는 얼굴을 붉혔을 것이다. 나 역시 눈길을 아래로 향했다. 그는 이런 속내 이야기를 하는 일이 힘들었을 것이다. 이내 아무 말 없이 방 안을 빠르게 왔다 갔다 하기 시작했다. 속으로 얼마간의 감미로운 여정을 마친 듯, 그리고 불현듯이 내가 옆에 있다는 사실을 깨달은 듯, 손바닥을 펼쳐 보이며 말했소.

　"그랬다오!"

　나는 그가 이것으로 내밀한 이야기를 끝낸 것으로 이해했다. 그래서 일상적인 동작으로 수첩의 면들을 손바닥으로 펴며 그의 이야기를 받아쓸 준비를 했다. 하지만 망설이면서 손동작을 멈추고 말았다. 그의 눈에 어린 희미한 빛이 그가 아직 머릿속의 순례를 끝내지 못했음을 말해 주었기 때문이다. 결국, 나는 또다시 만년필 뚜껑을 덮고 보란 듯이 내 웃옷 안주머니에 넣었다. 펼쳤던 수첩도 덮고 팔짱을 끼었다. 그는 미소를 지었다. 넥타이도 느슨하게 풀었다. 내 시선은 그의 목울대에 고정되었다.

그의 인생에서 이 부분을 떠올리는 것이 그를 다시 젊어지고 흥분하게 하며 약간은 대담하게 만들어 주는 듯했다.

내가 그의 의도를 왜곡하지 않고 그의 비밀스러운 이야기들에 대해 어떻게 말할 수 있을까? 오, 그는 가장 엄격한 레반트 식의 겸양을 넘어선 말은 한 적이 없다. 그래도 난 내가 그의 앞에서 받아 적지 않았던 말들을 마치 그의 입에서 나온 것처럼 쓰고 싶지는 않다. 난 그 장면을 대강 묘사해야만 할 것 같다.

그는 지난번처럼 클라라가 묵고 있는 팔미르 호텔까지 그녀를 배웅했다. 그들은 그녀가 놀란 그의 입술에 입을 맞추었던 그 장소를 지나갔다. 이번에도 복도에 그들 말고는 아무도 없었다. 따라서 이번에는 오시안이 키스했다. 그때와 같이 새의 부릿짓처럼 순간적으로. 그리고 그들은 깍지를 낀 채 서로의 눈을 바라보며 계단을 올라갔다.

4층에 자리 잡은 방의 커다란 창 왼편으로 항구의 건물들이, 오른편으로는 해안선과 바다가 펼쳐졌다. 클라라는 창문을 열어 놓았다. 도시의 소음과 함께 미지근한 바람이 들어왔다. 그들의 축축한 손은 서로를 안심시켰고, 눈은 기쁨과 수줍음으로 꼭 감겨 있었다.

그가 이야기하는 동안 나는 받아 적는 대신에 그를 관찰했다. 그가 키가 크며 늘씬하다는 것을 이미 알고 있었지만, 이때는 갑자기 마치 몸 전체가 늘어난 것처럼 길어 보였다. 특히 다리와 팔, 상체, 그리고 백발이지만 어린아이같이 작은 머리에 비해 목이 턱없이 길어 보였다. 아마도 그 때문에 그는 항상 머리를 한쪽으로 기울이고 있는지도 몰랐다. 그렇게 그는 내 앞에, 역사책의 오래된 사진 속의 모습처럼 서 있었다.

그는 내 시선을 의식하지 못한 채 연인을 가슴에 품고 이야기를 이어나갔다.

"그날 저녁 우리는 생조르주 만(灣)의 절벽 위로 나가 거닐면서 혼인에 대해 의논했소."

그렇소, 그날 저녁에 바로. 우리가 무엇하러 기다리겠소? 잡기 어려운 밧줄 같은 행복이 우리 손안에 들어왔으니, 그것을 꼭 잡아야 했소. 더는 다음번 만남을 우연에 맡길 수 없었다오.

우리 두 사람 모두는 앞으로 매 순간을 함께 살고 싶었고, 그렇게 하려는 의지가 있었소. 영원히 말이오. 장애물이 있다면 제거할 것이었소. 오, 우리가 극복하지 못할 것은 하나도 없을 것 같았소. 몇 가지 결정을 내리고 선택해야 했소. 먼저, 어떤 혼인식을 치를 것인가? 베이루트에서는 민법상의 혼인식이란 게 없었소. 그런데 우리는 종교적 혼인식을 하고 싶지 않았소. 우리가 하나가 되는 데 거짓으로 하고 싶지가 않았던 거요. 그녀와 나는 종교들을 숭고하게 생각하지 않는데, 왜 그런 척을 하겠소?

더구나 우리의 혼인식을 위해 어떤 종교를 선택해야겠소? 내 가족의 종교? 아니면 그녀 가족의 종교? 어느 쪽을 선택하든 해결해야 할 과제들이 산더미 같았소! 그건 아니었소. 내게 좋은 생각이 있었소. 위조서류장이 자크가 떠오른 거요.

"위조 혼인증을 원하는 거예요?" 클라라가 하얗게 질려 물었소. 내가 설명했소. 전쟁이 일어나기 전 자크는 원래 파리의 한 작은 구의 구청장이었소. 종전 후 그와 한 번 연락이 닿았는데, 그는 이미 자리에 복귀해 있었다오. 의도하지는 않았지만, 우리를 처음 만나게 해 준 그 말고 누가 우리를 더 잘 연합시킬 수 있겠소? 그날 밤 리옹에서 클라라와 나, 두 사람 모두가 기다렸던 사람이 그 아니었소? 우리는 신속히 결정을 내렸다오. 우리 단둘이서만 프랑스로 가서 간단하게 혼인식을 치른 뒤 고향으로 돌아와 가족들과 함께 혼인 잔치를 열기로 말이오.

우리의 계획을 알려 드리자 아버지는 조금도 망설이지 않고 말씀하셨소. "똑똑하고 예쁘고 사랑스러우며…… 혁명적이기까지 한 아가씨로구나! 더 이상 뭘 바라겠니?" 아버지는 무척 기뻐하셨소. 처음 본 순간부터 클라라를 딸로 받아들이셨소. 그녀 역시 찬사를 보냈소. 별나시고 목소리도 쩌렁쩌렁하시지만, 마음은 여린 새로운 아버지를 찾은 듯 좋아했다오.

스테판 삼촌이 남아 있었소. 클라라는 삼촌이 어떻게 나오실지 확신하지 못했소. 그녀는 삼촌을 존중하는 뜻에서 동의를 구하고 싶어 했지만 만일 반대하신다고 해도 개의치 않기로 마음을 굳혔다오. 우리는 몇 주간 떨어져서 각자 가족에게 알리고 필요한 서류들을 준비하며 꼭 필요한 일들을 처리한 다음, 며칠 몇 시에 파리 어디에서 만나기로 합의했소.

그러니까 6월 20일 정오 파리의 오를로주 강변에서 만나기로 말이오.

어째서 오를로주 강변이냐고? 그건 내가 리옹의 '작업장'에서 지낼 때 한 동료가 해준 이야기 때문이었소. 그 동료는 전쟁이 터지기 전 한 쌍의 연인이 오를로주 강변의 '두 시계탑 사이'에서 다시 만났다는 얘기를 해주면서 지도를 펼쳐 센 강변의 바로 그 장소를 손으로 짚어 주었소. 아마 거기서 어떤 의미를 발견했던지 그때 일이 기억에 남아 있었소. 그래서 클라라와 만날 장소를 선택해야 했을 때 그곳이 떠올랐던 거요.

파리에서 모든 일이 계획대로, 아니 그보다 더 잘 진행되었다오. 클라라와 나는 같은 시간에 탑 근처에 도착했소. 그녀는 기슭 저쪽에서, 나는 이쪽에서 말이오.

위조서류장이 자크가—그는 존경받을 만한 직책에 복귀하고 시민의 신분으로 돌아갔지만 이렇게 부르지 않을 수가 없다오—직접 결혼식 증인들에게 연락해 주었소. 내 쪽의 증인으로 베르트랑이, 클라라 쪽 증인으로 우리가 처음 만난 리옹의 아파트 안주인 다니엘이 섰소.

구청 안이 너무 어둡고 사람들도 적어, 마치 다시 지하 생활로 되돌아간 것 같았소. 내 친구들은 그게 싫지 않은 듯했소. 그들 모두는 몸짓 하나에도 큰 의미를 두었던 바로 얼마 전 시기를 회상하면서 가슴이 찌릿했다오. 가령 눈에 띄지 않고 길을 다니는 것은 영원히 잊히지 않는 일종의 기술이 되었소. 지금은 그렇게 걷는 게 곤궁한 일상이 되어 버렸다오. 4년 동안 향신료를 잔뜩 넣은 음식을 먹다 어떻게 갑자기 밍밍한 음식을 좋아하겠소?

그때 나는 그들과 같은 권태감을 느끼지는 않았소. 나는 레지스탕스 조직에서 중요한 인물이 아니었고 일개 조직원에 불과했었소. 따라서 그들처럼 꿈속에서 급작스레 현실로 추락하는 듯한 느낌을 경험하지 않았소. 지하 운동에서 나오자마자 나를 모르는 사람이 없는 조국으로 돌아갔으니까.

그리고 무엇보다도 내게는 클라라가 있었소. 우리가 만난 것은 전쟁 때문이었지만 나는 평화로운 세상에서 함께 살고 싶었소. 나는 향수에 대해 일종의 경외감을 품고 있었지만 숭배한 것은 미래였다오. 우리 두 사람이 함께할 바로 눈앞의 미래 말이오. 앞으로 내 성(姓)을 갖게 될 동반자와 함께 내딛는 첫걸음, 우리가 처음으로 함께하게 될 모든 일, 매번 처음이라고 말하면서 하게 될 그 모든 일, 사랑의 약속 그것도 이미 지킨 사랑의 약속들 말이오. 내가 클라라를 껴안거나 그녀의 손을 잡을 때 느낀 감정은 이미 보고 경험하며 거쳐 온 것이 결코 아니었소. 이미 사랑해 봤던 느낌이 아니었소. 그 사랑은 아무 흠 없이 순수했고, 감정 역시 그랬다오. 달이 가고 해가 가도 말이오. 싫증이 날 정도로, 인생이 그렇게 긴 것은 아니니까 말이오.

프랑스에서 돌아오자 아버지는 케탑다르 가에서 그때까지 있었던 중 최고로 멋진 잔치를 열어 주셨소. 나는 집을 떠나기 전 아버지께 너무 과하게 준비하시지 말라고 당부했었소.

아버지는 그저 이렇게 대꾸하셨소. "이 기쁨을 내 맘껏 즐기겠다!" 나는 아버지를 말릴 수 없었소. 아버지는 내가 걱정했던 대로 일을 크게 벌이셨다오. 동양식과 서양식, 두 종류의 악단들이 번갈아 가며 곡을 연주하도록 고용하셨고, 수백 명의 하객을 초대하셨으며, 어마어마하게 높이 쌓아올린 웨딩 케이크를 주문하셔서 안 그래도 턱이 높은 식당으로 들일 때 바닥까지 내려야 했다오. 화려한 장식등이며 넘쳐나는 음식을 비롯해 전부 묘사하기가 망설여질 정도였소. 벼락부자들을 통렬히 비난하셨던 아버지가 평생 처음으로 그들처럼 행동하셨던 거요. 어쨌든 아버지가 행복해하셨고, 클라라 역시 그랬으니 뭘 더 바라겠소?

나? 나는 행복하지 않았냐고? 까다롭게 보이고 싶지는 않지만 나는 그런 시끌벅적한 잔치에는 관심이 없는 사람이오. 그럼에도 나 역시 행복했소. 그렇게 혼인 잔치를 벌이는 것 자체가 행복했소. 때때로 클라라의 손을 잡고 서로 눈길을 주고받을 때, 가까이서 들려오는 그녀의 웃음소리를 들을 때, 연회가 끝날 즈음 피곤하다며 그녀가 내 어깨에 머리를 기댈 때 나는 행복했소. 혼인 잔치에 참석하려고 이집트에서부터 남편과 함께 온 누나를 비롯해 오랫동안 만나지 못했던 사람들을 다시 보게 된 것도 행복했소. 매형은 그때 처음 만났다오.

물론 스테판 삼촌도 계셨소. 내 아버지가 직접 편지를 써 보내셨고, 타고 오시라고 자동차도 보내 드렸소. 하이파에서 베이루트까지 거리가 150킬로미터도 채 되지 않아, 당시에는 정거장에 몇 번 들러도 4시간이면 올 수 있었다오. 스테판 삼촌은 정오쯤, 꽤 일찍 도착하셨소. 하객들이 들이닥치기 전까지 서로 인사할 여유가 있었다오.

내가 스테판 삼촌과 만나는 것을 두려워했냐고? 별로 그렇지는 않았소. 오히려 클라라가 무척 신경을 썼다오. 클라라는 삼촌에 대한 자기 부모님의 불신을 그대로 물려받았던 것이오. 스테판 삼촌에게 뭘 탓하겠소? 부유한 집에서 태어나 독신으로 살며 괴벽이 있고 무위로 지낸다고? 나는 스테판 삼촌이 내 아버지와 잘 맞겠다는 확신이 들었소. 그들은 둘 다 20세기에 잘못 들어온 19세기 사람들로서 공통의 향수를 발견할 수 있을 듯했다오.

다만 오전에 집을 비웠던 누나가 매형과 팔짱을 끼고 거실로 들어섰을 때 약간 불안하기는 했소. 한번 상상해 보시오. 한쪽은 하이파에서 대대로 살아왔지만, 아랍인과 유대인 사이에 팽배한 긴장 때문에 그곳을 떠났다가 십중팔구 다시는 고향에 돌아가지 못할 것을 예감하고 있는 이슬람교 가문의 자손 마흐무드, 다른 한쪽은 바로 그 도시로 이주해온 중앙

유럽 출신의 유대인 스테판. 이 두 사람이 새 신랑 신부의 가까운 가족이었다오.

나는 두 사람을 서로에게 최대한 간결하게 소개하기로 마음먹었소. 매형 마흐무드 가르말리, 그리고 처숙부 스테판 테메를르라고. 둘은 악수했소.

이어 내 아버지가 프랑스어로 크게 말씀하셨소.

"두 사람은 공통점이 있군요. 우리 사위는 하이파에서 살았고, 우리 사돈은 지금 그 하이파에 살고 있으니까요."

클라라와 나는 눈이 마주쳤소. 우리는 마치 곧 몰아칠 광풍에 함께 대비하려는 듯 서로의 손을 꽉 잡았소.

아버지가 계속 말씀하셨소.

"두 분이 같이 앉으시죠. 분명 할 얘기가 많으실 테니."

지나친 요구라고요? 부주의나 요령 부족으로 그렇게 말씀하셨다고 생각하지는 마시오. 오히려 도전이고, 어떤 의미에서는 허세라고 할 수 있었소. 아버지는 터키에 널리 퍼져 있는 태도, 즉 가문이나 소속같이 민감한 사항을 '배려'하는 척하는 태도를 철저히 경멸했소. 가령 손님들에게, "아무개는 유대인이니 조심해요!" "아무개는 기독교인이에요!" "아무개는 이슬람교도예요!"라며 수군대고, 평소에 하던 말을 애써 스스로 검열하려 하는 태도 말이오. 다른 사람을 존중하는 체하지만 실제로 '저희끼리'는 경멸과 반감만 드러내는 달착지근한 얘기들을 지껄인다오. 마치 저희는 다른 부류에 속한다는 듯이.

만일 그 두 사람이 나란히 붙어 앉았다가 서로 치고받는다면? 그럴 만해서 싸울 테니 할 수 없다오. 결국에는 같은 배를 타고 모험을 하게 된 그들을 내 아버지는 똑같이 인간답게 대우하는 게 의무이니까. 그들이 서로 존중하지 않는다면, 그들 자신에게 안타까운 일이라오. 그 때문에 혼인 잔치가 망쳐진다면? 그 또한 어쩔 수 없다오. 우리에게 그런 잔치가 어울리지 않기 때문일 테니 말이오!

클라라와 나의 첫 반응은, 한바탕 소동이 벌어질까 봐 걱정하는 것이었소. 용감한 태도는 아니었지만 그래도 한번 우리의 입장이 돼 보시오. 우리는 그저 우리의 두 가문 사이에서 원한이 폭발하는 것을 원치 않았소. 당시 정황으로 볼 때 우리의 연합 자체가 벌써 쉬운 일이 아니었소. 그러니 더욱더 우리는 주변에 팽배한 반감으로부터 멀찌감치 떨어져 있어야 했다오.

하지만 이런 불안감은 본능적인 첫 반응이었을 뿐이오. 그녀와 내가 마주친 눈길 속에는 불안감만큼 장난기도 어려 있었다오. 우리는 아무 말 없이 그 자리를 떴소. 거의 뒷걸음질

해서 말이오.

우리는 한 시간 뒤에 돌아왔소. 그때까지 두 사람이 같은 자리를 지키고 앉아서 연신 큰소리로 함께 웃고 있는 데에 놀라지 않을 수 없었소. 그들이 웃는 이유는 알 수 없었지만, 클라라와 나는 안도했고, 지나치게 걱정했던 것을 부끄러워하면서 멀리서나마 그들과 함께 웃었소.

잠시 뒤, 우리의 존재를 의식하고 당황한 표정을 알아차린 매형과 스테판 숙부는 동시에 우리를 향해 잔을 살짝 들어 올렸소.

누가 보면 그들이 세상에 둘도 없는 친구 사이인 줄 알 정도였소. 정말로 그랬으면 하고 나는 간절히 원했다오……. 불행히도, 그렇지는 못했소. 이미 너무 늦어 버린 것 같았소.

그렇다고 그들이 서로 싸운 것도 아니었소. 전혀 그렇지 않았다오. 두 사람은 끝까지 서로에게 정중하게 대했소. 각자의 의자에 나란히, 조용히 앉아 한담을 나눴소. 클럽에서 만난 신사들처럼 영어로 이런저런 이야기들을 했다오. 특히 매형이 상대의 즐거워하는 반응에 고무되어 몸짓과 표정을 풍부하게 섞어가면서 쉰 목소리로 사소한 일화들을 하나씩 풀어냈소.

그러나 한순간에 뚜렷한 이유도 없이 상황이 나빠졌소. 다른 손님들이 두 사람에게 다가왔고, 그들은 서로 소개하고 인사를 나눴소. 그다음에 매형은 죄송하다고 중얼거리더니 자리를 떴다오.

잠시 뒤 나는 바람이 약간 쌀쌀해 스웨터를 가지러 위층으로 올라갔소. 매형이 거기, 어둑한 소파에 앉아 있었소. 슬픔에 짓눌린 채 말이오. 울고 있는 것 같았소. 나는 무슨 일이냐고 물으려다가 매형이 당황할 것 같아 그만두었고, 못 본 척하고 그냥 나왔소. 매형은 그날 저녁 내내 사람들 앞에 다시 나오지 않았소.

도대체 무엇이 매형을 그런 상태로 몰아넣었을까? 나는 아래층으로 내려와 누나에게 알렸소. 누나는 걱정스러운 눈치였으나 조금도 당황한 티를 내지 않았소. 요즘 들어 매형이 자주 그런 모습을 보였던 것이오. 누가 그 앞에서 하이파 이야기를 꺼내면 들떠서 과거 이야기들을 늘어놓기 시작했소. 먼 과거이면서 매형 자신의 어린 시절 이야기를 말이오. 그럴 때 매형의 눈은 빛이 났소. 그런 매형의 얼굴을 보며 얘기를 듣는 것은 무척 기분이 좋았다오. 하지만 잠시라도 침묵이 자리를 잡으면 매형은 돌연 눈살을 찌푸리고 침울한 표정이 되었소.

매형은 자신의 속마음을 결코 털어놓는 법이 없었다오. 어느 날 누나가 그렇게 멋진 추억들을 담아 책을 한 권 써 보면 어떻겠냐고 넌지시 권했더니 매형은 손사래를 치며 거부했다는 것이오. "추억이라고? 나는 무덤 파는 인부가 흙덩이들을 파내듯 이야기들을 꺼내고 있는 것이오."

스테판 삼촌에게는 마흐무드 매형과의 대화가 전혀 다른 효과를 자아냈소. 즉, 정반대의 효과 말이오. 삼촌은 보통 말수가 적고 투덜대는 편이었는데, 그날 저녁에는 말 그대로 기분이 들떠서 젊은 사람들과 농담을 주고받고, 여자들에게 농을 걸면서 눈으로는 사라진 말동무를 줄곧 찾아 헤맸소.

잔치가 끝나갈 무렵에는 클라라를 보고, 얼른 달려가 그녀를 한쪽으로 불러내 심각하고 은밀하게 물었다오.

"화해할 방법이 있을 것 같지 않니? ……그들과 말이다."

"주위를 보세요, 삼촌. 우리는 이미 화해했어요!"

"그 얘기가 아니다. 너도 잘 알지 않니!"

그날 저녁 수년 만에 처음으로 누나와 이런저런 얘기를 나눌 수 있게 된 나는, 매형이 정말로 아버지 표현대로 끊임없이 기도 카펫에 엎드리는 독실한 신자인지 물었다오. 누나는 소리 내어 웃고는 설명해 주었소. 어느 날 우리 아버지가 그의 종교를 맹렬히 비판하시자 인상을 썼던 것뿐이라고. 이런 점에서 아버지와 내가 달랐다오. 우리가 같은 생각을 하는 경우라도, 나는 함께 있는 다른 사람의 기분을 건드리는 말은 피했소. 하지만 아버지는 옳다고 확신한다면 곧장 돌진하셨소.

어떤 태도가 더 나을까? 이제 나는 아버지처럼 하지 않았던 것을 후회한다오. 그랬던 것은 분명 나 자신이 아버지의 바람대로 혁명가가 되지 못할 거라는 강력한 내면의 목소리를 들으며 살아왔기 때문일 테지만 말이오.

그 혼인 잔치 후에 하이파에서도 잔치를 한 번 더 열었소. 첫 번째보다 규모나 화려함이 훨씬 덜했지만, 무척 감동적이었다오. 처음에는 거기서 또 잔치를 벌인다는 것이 내게는 물론이고 클라라에게도 불필요하게 여겨졌소. 스테판 삼촌이 베이루트에 와서 혼인 잔치에 이미 참석하셨기 때문이었소. 하지만 PAJUW 연합회 회원들이 하이파에서도 반드시 잔치를 벌여야 한다고 고집을 부렸소. 그들에게는 그 잔치가 매우 중요한 듯했고, 우리 역시 그들을 거스르고 싶지 않았다오.

잔치에 유대인과 아랍인 이십여 명이 왔소. 아마 유대인이 아랍인보다 조금 더 많이 온 듯했소. 연합회 회원 중에 나임이라는 회원이 간단히 연설했는데, 클라라와 나의 연합, 우리의 사랑이 일종의 귀감이 되는 사건으로서 증오에 대한 거부를 표현한다고 했소.

연합회에서 나임은 특이한 인물이었다오. 잿빛 머리에 지치지도 않고 줄담배를 피워 대던 그는 알레포의 대리석 느낌이 나는 사람이었소. 노동자도, 그렇다고 지식인도 아닌 파산한 기업가였소. 다른 회원들은 계급 기원에 대한 그들 자신의 이론에 따르면 당연히 그를 경계해야 했지만, 전혀 그렇지 않았다오. 그의 심오한 동기나 헌신에 대해 아무도 의심하지 않았고, 심지어 모임에서는 모두가 그에게 상석을 내주기까지 했소. 그의 집안이 과거에는 그 도시의 절반을 소유했다고들 했소. 이것은 부유하다는 말을 할 때 쓰는 중동 지방 특유의 표현 방식이었다오. 그러나 30년에 걸친 전쟁으로 그의 집안은 다른 집들과 마찬가지로 파산했소. 나임의 아버지와 어머니, 삼촌들 모두가 원통함과 고통으로 차례차례 죽고 말았소. 결국, 그가 채권자들을 만족시키기 위해 선대의 재산을 처분하는 불쾌한 작업을 해야 했소. 그는 연안의 저택 하나를 제외하고는 전부 팔았다오. 오스만 왕조 시대에 지은 오래된 그 건물은 넓고 과거에는 화려했으나 더는 유지할 방법이 없어, 내가 가 보았을 당시에는 이미 상당히 파손된 상태였소. 벽에 곰팡이가 슬고 어떤 부분은 허물어졌으며, 뜰에 잡초가 무성하고 실내에 가구라고는 거적과 낡은 매트리스뿐이었으며, 지붕 곳곳에 구멍이 뚫려 있었소. 그래도 여전히 고급스럽고 차분한 분위기가 나며 매혹적이었다오. 바로 그 저택에서 우리의 두 번째 혼인 잔치가 열렸소.

잔치 중에 먼 데서부터 폭발음이 두 번 들려왔소. 오로지나만 놀란 듯했소. 그 소리에 익숙한 다른 사람들은 폭발음의 진원지를 태평하게 추측했다오. 춤은 몇 초 동안 중단되었다가 빌려 온 축음기의 음악 소리에 맞춰 다시 시작되었소.

그 여름에 잔치를 벌이다니! 그 혼란 속에서 클라라와 나는 매 순간 떠오르는 진지한 물음을 피했소. 바로 어디에서살 것인가라는 문제였소. 단 하나 확실하게 갖고 있던 생각은당연히 우리가 함께 살아야 한다는 것뿐이었소. 하지만 어디서 산다는 말이오?

지금 그런 결정을 내려야 한다면 나는 어떻게 할지 분명히안다오. 그 여름이 끝나는 대로 몽펠리에로 떠나 나는 의학,클라라는 역사학 공부를 다시 시작하는 것이오. 그게 우리가 선택할 유일한 길이었음을 지금은 확실히 알고 있소. 젊었던 내게 현재처럼 노인의 지혜가 있었다면, 그 지혜의 목소리가 외쳤을 것이오. "달아나! 아내의 손을 꼭 잡고서 달아나,달아나라고!" 하지만 젊었던 나와 클라라에게는 그 시대에대한 환상 외에 다른 조언자가 없었다오. 회오리바람이 중동지방에 몰아치려는데 우리는 그것을 맨손으로 막으려 했다오! 정말이지 그랬다오. 수십 년, 아니 수 세기 동안 아랍인과 유대인들이 서로 죽고 죽이는 것을 전 세계가 그저 보고만 있었소. 영국인, 소련인, 미국인, 터키인 등 모두가 체념하고 있었소. 우리 두 사람 그리고 우리와 같은 몇 안 되는 몽상가들만 빼고 모두가 말이오. 우리는 그저 충돌을 막고 싶었소. 우리의 사랑이 또 다른 길을 상징적으로 보여주기를 바랐다오.

용감했다고요? 아니오, 무모했소! 평화와 화해에 대한 기대를 표현할 수는 있소. 그것은 칭찬할 만하고 아름다우며 존중할 만하다오. 다만 모든 것을 잃을 수도 있다는 것을 단한 순간도 고려하지 않고서 그것에 자기 존재와 행복 그리고 우리의 사랑과 연합, 미래를 건다면 어떻겠소? 이제 나는 그런 행동을 '불합리하고 비정상적이며 무분별하고 어리석으며 심지어 자살 행위나 다름없다'라고 말하겠소! 그러나 당시에 나는 다르게 생각했소. 우리가 프랑스에서 3, 4년을 지낼 수도 있다는 생각을 하지 못했소. 그때가 1946년이었으니, 프랑스에서 폭풍이 지나가길 기다릴 수도 있었는데 말이오. 제발 날 말려 주시오. 정말이지 수없이 곱씹었던 후회의 말들을 언제까지 지루하게 늘어놓을지, 나도 모른다오!

그러니까 우리는 중동에 머물기로 했소. 하이파와 베이루트를 오가면서 살기로 했다는 말이오. 국경이 막히지 않았던 당시 해안가 육로를 통하면 두 도시 사이는 멀지 않았소. 우리에게는 과거에 붙여진 이름처럼 '항구들', 즉 두 개의 모항(母港)과 몇 군데 집이 있었다오. 우리 둘만을 위한 집들은 아니었지만 말이오. 하이파에서 지낼 때면 스테판 삼촌의 아파트나 나임의 저택에서 묵었소. 베이루트에서는 당연히 우리 아버지의 집에서 지냈소. 그곳은 무척 넓은데 아버지 혼자 지내셨으니, 자연스럽게 그곳에다 살림을 차리게 되었다오. 그곳은 클라라의 집이 되었고, 클라라는 여주인으로서 그 집을 관리했소. 나는 클라라에게 푹 빠져 있었고, 내 아버지도 그녀를 아껴 주었다오.

우리가 베이루트의 집을 더 좋아했느냐고? 아마 그럴 수도 있었겠지만, 지금은 잘 모르겠소. 하지만 처음에는 하이파에도 정기적으로 갔다오. 클라라가 삼촌에게 두 달에 한 번은 꼭 보러 가겠다고 약속했소. 또한, 연합회 모임에도 열렬히 관심을 가졌었고. 더구나 나임과 갈수록 가까워져서, 우리 두 사람 모두 그와 각별한 사이가 되었소. 그의 저택 역시 아주 매력적이었다오. 가시덤불이 가득한 뜰이 해안까지 뻗어 있어서, 그곳에 갈 때마다 우리는 감탄했소. 그렇지만 우리가 둥지를 튼 곳은 베이루트의 아버지 집이었소. 거기서 공부도 다시 시작했다오.

나의 경우는, 다시 공부하려 노력했다고 하는 게 맞겠소. 나는 예수회 사제들이 운영하는 프랑스 의과대학에 등록했는데, 그 학교의 교육 수준은 몽펠리에 의과대학의 수준만큼 좋았다오. 아마 처음부터 내가 그곳에서 의과공부를 시작할 수도 있었을 것이오. 하지만 열여덟 살 때 나는 무엇보다도 아버지의 그늘에서 벗어나고 싶었소. 공부하기 위해 떠났다기보다 떠나기 위해 공부했다고 할 수 있었다오.

　그러나 그때 나는 더 이상 그렇지 않았소. 혼자 계시는 아버지 곁을 떠나고 싶지 않았고, 내가 이른바 레지스탕스 운동의 영웅이 되어 돌아온 이후 아버지와 나의 관계는 완전히 변했다오. 더구나 나는 결혼한 뒤였소. 아버지도 많이 늙으셨고, 집안의 안주인은 내 아내였으니 말이오.

　클라라 역시 대학에 등록했는데, 항상 그렇듯이 그녀는 매우 적극적이었소. 활동적이고 부지런한 그녀는 아랍어도 배우기 시작했다오.

　하지만 나는 공부하려고 '시도'했다고 말하는 게 정확히 맞소. 그렇소. 나는 단지 '시도'했다오. 강의를 듣는데 읽고 있는 내용에 집중하는 일이 몹시 힘들게 느껴졌소. 특히 암기하기가 불가능했소. 처음에는, 학업을 5, 6년 동안 중단했으니 당연한 현상이라 생각했소. 그동안 동떨어진 일을 했으니 말이오. 하지만 어려움이 지속되었고, 그런 문제를 인정하고 싶지 않았기에 더욱 짜증이 났소. 과거에 기억력과 이해력에 대해 매우 자신했던 내가 순식간에 무력감에 강타당한 느낌이었소. 수치스러웠소.

당연히 그 문제를 치료할 방법을 찾아야 했지만 나는 치료해야 할 이상이 있다는 사실을 인정하지 않았소. 시간이 흐르면 문제가 다 해결되리라고 생각하고는 다른 위안거리들을 찾았다오.

어떤 것들이었냐고? 우선 강연이 있었소. 레지스탕스 활동을 했던 경험을 가지고 같은 주제의 강연을 몇 번 했소. 그리고 또한 행복이 있었소. 행복을 위안거리라고 말하기가 적절하지는 않지만 말이오. 그래도 당시에 내게 행복은 그런 역할을 했소. 나는 클라라와 함께 너무나 행복했기에 우리의 사랑 외의 그 어떤 것에도 신경 쓰고 싶지 않았소. 우리는 서로 손을 잡을 때마다 가슴이 뛰었소. 나는 나의 두려움에도, 소란스런 세상에도 귀 기울이지 않았소. 모든 게 잘될 거라고 나 자신을 설득하려 했소.

그때까지는 어떤 의미에서 모든 게 잘되어 가고 있었소.

아니, 그건 사실이 아니었소. 우리 주변의 모든 것이 더는 잘되어 가지 못했소. 하지만 곧 겪게 될 일에 비하면 우리는 당시 낙원에 있었다오.

　기억하겠지만 1947년 당시에 팔레스타인 지역이 한쪽은 유대인들의 국가, 다른 한쪽은 아랍인들의 국가, 이렇게 둘로 나뉠 거라는 이야기가 퍼져 있었소. 서로를 향한 적개심이 이미 커질 대로 커져서 더는 화해의 목소리를 낼 수 없는 지경이었소. 곳곳에서 테러와 시위, 충돌, 전투의 비명이 터졌소. 하이파로 가고 오는 길이 매번 더 위험해졌소.

　클라라와 나는 출발 날짜를 여러 차례 늦춰야 했소. 그리고 결국, 추악한 세상으로부터 몇 차례의 공격을 받아 낙원에서 내쫓기고 말았다오.

　전환점은 아마 내 동생이 특별사면으로 감옥에서 나온 날일 것이오.

　막 정오가 지나 우리 세 사람, 즉 나와 클라라, 아버지가 식탁 앞에 앉아 한담을 나누고 있었을 때였소. 그날 아침 우리는 세상에서 가장 멋진 소식을 들은 참이었다오. 클라라가 아이를 가졌소. 그녀는 여러 차례 구토를 해서 병원에 가 진찰을 받고 왔던 것이었소. 우리는 무척 기뻐했소. 특히 아버지는 손주를 벌써 팔에 안으신 듯 좋아하셨고, 우리가 마치 당신께 세상에서 가장 좋은 선물을 해 드린 것 같다고 하셨소. 그때 느닷없이 자동차 소리가 났소. 자동차가 멈췄다가 다시 떠났고, 문소리가 났소. 이어서 계단을 빠르게 올라가는 발소리도……. 내 동생 살렘이 돌아온 것이었소.

동생이 감옥에 있을 때 내가 면회를 갔었느냐고? 아니오. 단 한 번도 가지 않았소. 그 깡패 녀석이 어떤 짓을 했는지 잊지 마시오! 그렇다면 아버지는? 면회를 가셨었다 해도 내게는 아무 말씀도 안 하셨소. 요컨대 우리 두 사람은 모두 그 애를 잊고 싶었소. 거의 잊었다고 생각했소.

하지만 그 애가 돌아왔소. 우리가 가장 기대하지 않았던 최악의 순간에, 그 애의 존재를 가장 바라지 않을 때 돌아온 것이오. 감옥에서 곧장 집으로, 이어서 자기 방으로 들어가 즉시 빗장을 질러 잠가 버렸소. 우리 중 아무도 그 애한테 가 말을 걸 생각도 못하게 말이오.

돌연 분위기가 냉랭해졌소. 집안이 전과 같지 않았고, 더는 우리 집이 아니었소. 우리는 목소리를 낮춰 말했다오. 아버지는 순간적으로 변하셨소. 쾌활함이 싹 가시고 표정이 어두워지셨다오. 아무 말씀도 안 하셨소. 살렘의 품행에 대해 불평하지도, 그 애를 저주하지도 않으셨고, 내쫓지도 그렇다고 용서하지도 않으셨소. 단 한 마디도 안 하시고 당신 속으로 침잠하셨다오.

클라라와 나, 우리 두 사람은 그 주가 가기 전에 하이파로 떠났소.

　나와 동생 사이에 아무 일도 없었소. 우리는 서로 싸우지도 않았다오. 거의 말도 섞지 않았고. 그래도 우리가 떠나지 않았느냐고? 당신이 놀랄 법도 하오. 이쯤에서 한 가지 고백을 해야 할 것 같소. 이 말을 털어놓기가 고통스럽고, 또 나 스스로 이 사실을 인정하는 데 시간이 걸렸지만, 이걸 감춘다면 많은 것들이 이해가 안 된다오. 사실 나는 동생을 늘 두려워했소. 아니 두렵다는 단어는 지나친 것 같소. 차라리 나는 동생 앞에 서면 마음이 편하지 않았다고 표현하는 게 나을 것 같소. 아무튼, 나는 동생과 눈이 마주치는 것을 피했소.

　어떤 까닭에서냐고? 그 복잡한 까닭을 설명할 엄두가 나지 않지만 말하자면 이렇소. 우리는 같은 방식으로 자라지 않았다오. 그 애는 발톱을 세우고 송곳니를 드러내야 했지만 나는 그렇지 않았소. 늘 사랑을 받았던 나는 결코 싸울 필요가 없었소. 내게는 모든 게 너무나 쉽고 자연스럽게 왔으니까. 영웅적 행위나 열렬한 사랑까지도. 베르트랑, 그리고 클라라 말이오. 모든 게 꿈속에서처럼 내게 다가왔고, 나는 그저 좋다고 대답하기만 하면 되었소. 나는 어디서건, 심지어 레지스탕스 조직 안에서도 사랑받는 아이였소. 단 한 번도 내 자리를 차지하기 위해 싸워본 적이 없었다오. 내 길에 장애물이 생기면 항상 이전보다 더 넓고 밝은 다른 길이 기적처럼 나타나곤 했소. 따라서 나는 싸우는 것에 익숙하지 않았소. 그게 내 사고 방식에도 영향을 미쳐서, 나는 언제나 타협과 화해를 원했고, 내가 저항하는 것은 오로지 증오에 대항해서 뿐이었소.

하지만 내 동생은 나와 정반대였소. 그 애는 이 세상에 태어나기 위해서 누군가를 죽여야만 했다고까지 말하고 싶소. 그리고 그 애는 아버지에 대항하고, 나, 아니 나의 그림자에 대항해서 늘 싸웠소. 그 애에게는 모든 게 치열한 전투였소. 게걸스럽게 먹어 대던 음식까지도.

가끔은 내 동생이 늑대와 같다는 생각이 들 때가 있었소. 그건 정확한 표현은 아니오. 늑대는 생존을 위해서 또는 자유를 위해서만 싸우니까. 위협을 받지 않으면 거만하고 비장할 정도로 제 길을 간다오. 내 동생은 차라리 야생으로 돌아간 개에 비유할 만하다오. 그 개들은 자기들이 자란 집을 그리워하면서도 증오하오. 그것들의 인생 여정은 유기와 배신, 불성실과 같이 언제나 상처로 묘사된다오. 그 상처야말로 그들의 두 번째 본성이고 오로지 그것만이 중요하다오.

내 동생과 나 사이에 싸움이 일어난다면 그건 공정하지 못했을 거요. 결국, 나는 달아나는 편을 택했소. 그렇소, 도망이라는 말로밖에는 표현이 안 된다오.

클라라와 나는 하이파로 떠났소. 우리는 벌써 훨씬 전에 출발할 계획이었으나 갈릴리 도로가 안전하지 않아 여러 차례 계획을 연기했었소. 그러나 집안에 급작스럽게 퍼진 분위기 탓에 우리는 결정을 내렸다오. 얼마간 위험을 감수하고서라도 떠나겠다고. 그런 결정은 신중하지 못했소. 특별히 아내가 임신한 상황에서는 말이오. 하지만 우리는 결코 신중한 사람들이 아니었다오. 우리가 신중했다면 레지스탕스 활동에 참여하지 않았을 테고, 서로 만나지도 못했을 것 아니오? 우리 두 사람에게는 오래전부터 경솔함과 무모함이 있었다오.

　그날 도로에는 평소보다 더욱 인적이 드물었지만, 그것이 우리의 결심을 바꾸지는 못했소. 나는 속도를 내어 곧장 앞으로 차를 몰았소. 이따금 불안정한 망치질 소리가 들리는 듯했소. 폭발음 같은 소리도 났으나 먼 곳에서부터 들렸기에 우리는 아무 소리도 못 들은 체했소.

　우리 여정의 마지막 부분인 갈릴리에 이르자 소리가 더 가깝고 또렷하게 들렸소. 총격과 폭발음이 들리고 타는 냄새가 났소. 그러나 길을 되돌아가기에는 너무 늦었다오.

　우리가 하이파에 들어섰을 때였소. 철로에서 멀지 않은 페이샬 가와 킹스웨이 중간 지점이었는데……, 당신이 하이파를 잘 모른다면 이 모든 설명이 아무 소용없겠지. 요컨대 하

이파 북부로 들어선 찰나 두 발의 오발탄이 우리 차로 날아
왔소. 이어서 폭발음이 터져 차가 통째로 흔들렸소. 우리 두
사람은 그 순간 머릿속에 떠오른 어리석기 짝이 없는 말을 내
뱉었소. "조심해!" 그리고 "저쪽이야!"라고. 마치 조심하고 총
알이 날아온 방향을 알면 도움이라도 될 듯이 말이오.

　나는 운전대를 꼭 움켜쥐고는 곧장 앞으로 달렸소. 왼쪽으
로도 오른쪽으로도 차를 돌릴 수가 없어 그대로 돌진했소.
턱을 덜덜 떨면서 이 말만 반복했다오. "겁내지 마! 겁내지
마! 겁내지 마!" 끊임없이 돌과 자동차 바퀴, 잔해들에 부딪혔
소. 아마 잘은 모르겠지만, 시체들도 있었을지 모르오. 더 이
상 아무것도 볼 수 없었고 나는 그저 달리기만 했소. 어떻게
가능했는지 모르겠지만, 마침내 도시의 반대편 끝 '스텔라 마
리스' 부근 나임의 집 앞에 도착했을 때, 운전대에 감긴 내 손
가락들을 다 풀어내는 데 몇 분이나 걸렸다오.

　그날 우리가 느낀 공포심보다 더한 피해는 없었소. 내 말은
다치지 않았다는 뜻이오. 하지만 그 공포심은 아무것도 아닌
게 아니었다오. 사방에서 총격과 폭탄이 동시에 터지며 잔해
가 가득하고 연기가 피어오르는 도로를 승용차로 달리면서
느낀 무력감보다 더 끔찍한 게 뭐가 있겠소. 우리는 소심함과
는 거리가 먼 사람들이었지만 그것은 너무나 끔찍했다오. 우

리 두 사람, 아니 세 사람의 생명과 미래, 사랑, 행복이 걸려 있었으니까. 그 전부를 가볍게 다루는 것은 범죄가 아니겠소?

그 일로 클라라와 나는 크게 충격을 받았소. 돌연 우리는 고요함을 원했고 거의 움직이려 하질 않았소. 몇 주 동안 집 밖으로 나가려 하지 않았고 해안 쪽으로 난 뜰로 조심스럽게 몇 발짝 내디뎠을 뿐이오.

우리는 종일 서로에게 꼭 붙어 웅크리고 있었소. 달콤한 말을 속삭이면서. 곧 태어날 우리의 아기에 대해 끊임없이 얘기했소. 그리고 우리 아기가 살아갈 세상에 대해서도. 다른 세상을 상상하기를 즐겼소. 혼란이 더할수록 우리의 희망은 컸고, 내일이 어두울수록 그 다음 날은 더욱 밝게 빛날 것이었다오.

주변의 퍼져 있는 긴장과 원한에도 불구하고 클라라와 나 사이에는 어떤 다툼이나 말싸움도 없었다는 인상을 준 것 같소. 물론 우리도 다투기는 했지만, 사람들이 흔히 짐작하는 그런 종류의 다툼은 아니었소. 예외 없이 늘, 관례와는 정반대의 일이 벌어졌다오. 클라라가 내게 반대할 때는 아랍인의 입장에서 더 깊이 생각하라고, 내가 그들의 입장을 더 이해해야 한다고 말하기 위해서였소. 그리고 내가 그녀를 나무랄 때는, 그녀가 자기 동족 유대인들을 너무 가혹하게 판단할 때였소. 우리는 이것 말고 다른 일로 다툰 적은 결코 없었소. 그 다툼은 좋은 이웃 간의 어떤 타협이나 합의가 아니라 자연스레 본심에서 우러나온 것이었다오. 각자가 자연스레 상대의 입장이 되었던 것이오.

며칠 전 파리에서 유대인과 아랍인이 라디오 방송에서 벌이는 토론을 들었는데, 솔직히 충격적이었다오. 각자가 자기 민족의 이름을 내걸고서, 근거도 없이 교묘하고 악의적으로 겨루게 한다는 발상 자체가 충격적이고 혐오스러웠소. 그런 조잡한 경쟁은 야만적이고 고상함이 결여되었다고 생각하오. 덧붙이자면 그것은 우아함과는 전혀 다르오. 도덕적 우아함 말이오. 말이 나왔으니 말인데, 나를 높이는 말을 하는 것을 한 번만 용서하시오. 클라라와 내게는 정신적 품위가 있었소. 클라라는 아랍인들을 최악의 결점까지 이해하려고 노력했고, 유대인들이라고 해서 옹호하려 하지 않았소. 반면에 나는 아랍인들이라고 해서 옹호하지 않았고, 유대인들이 겪은 먼 과거와 가까운 과거의 박해를 늘 염두에 두면서 그들의 지나친 행위들을 용서하려 했소.

우리가 구제불능으로 순진했다는 것을 지금은 알고 있소! 하지만 보기보다 통찰력이 있었다오. 우리가 꿈꿨던 미래가 우리의 것이 아님을 이제는 안다오. 잘해야 우리 아이들의 미래였소. 아마 우리에게 미래의 아이가 있었기에 지평선 너머를 바라볼 수 있었는지도 모르오.

　매일 아침 나는 둥글게 부푼 클라라의 배에 손을 얹고 두 눈을 감았소. 해안도로가 여전히 불통이라는 소식을 라디오로 들었을 때에도 더는 신경 쓰지 않았소. 피로 물든 도로에서 멀리 떨어져 있는 오스만 시대의 낡은 석조건물에서 한 발짝도 움직이고 싶지 않았소. 바깥세상과 공부, 전쟁과 동떨어진 그곳에서 내 아이가 태어날 것이었으니 말이오.

　그런 다음 나는 그곳을 떠났소.

토요일 아침

나는 오시안이 하이파에서 어떻게 지냈는지에 대해 말해 준 모든 이야기를 받아 적지는 않았다. 클라라와의 산책, 낱낱의 일상생활, 두 사람 공동의 믿음과 꿈에 대해서 말이다. 오시안은 그곳에 머물고 있다는 느낌이 들었다. 다음 단계로 넘어갈 지점에 이를 때마다 느닷없이 뒤로 돌아가 옛이야기를 다시 늘어놓는 것이었다. 나는 끈기 있게 들었지만 더는 기록하지 않았다. 차라리 그를 관찰했다. 확실히 그는 이른 아침 달콤한 꿈에서 깨어나지 않으려 눈을 꼭 감고 애를 쓰는 사람처럼 몸부림치는 듯했다.

그러다 포기한 듯 마지못해 내뱉었다.

"그런 다음 나는 그곳을 떠났소."

방안을 왔다 갔다 하며 이야기하던 그는 갑자기 멈춰 서서 침대 가에 앉았다. 그날 저녁 우리는 더 이상 말을 하지 않았다.

다음날이 되어서야 내가 물었다.

"혼자 떠나셨다는 말씀입니까?"

그렇소, 나 혼자 떠났소. 클라라를 두고 말이오.

무엇 때문에 그녀를 두고 떠났느냐고? 아버지의 임종이 임박했다는 전보가 왔소. 정확히 그렇게 적혀 있지는 않았지만 나는 그렇게 이해했다오.

누구나 그렇겠지만 나는 언젠가는 아버지의 죽음에 맞닥뜨려야 한다는 사실에 어릴 때부터 공포감을 갖고 있었소. 몇 년간 내가 제일 두려워했던 게 바로 그것이었소. 유년기 이후로 그런 생각을 덜 했는데, 그때 그것이 날 덮치려 했던 것이오.

전보에는 단지 "아버지 병환"이라고 적혀 있었소. 카이로에서 베이루트행 비행기를 타고 떠난 누나의 부탁으로 마흐무드 매형이 보낸 전보였소. 동생이 소식을 누나에게 먼저 알렸는데, 누나는 동생이 분명 내게는 알리지 않았겠다고 짐작했던 것이오. 나중에 동생은 내가 어디에 있는지, 또 어떻게 내게 연락해야 하는지 몰랐다고 주장했다오.

아무튼, 서로 항의하고 비난할 때가 아니었소. 우리는 아버지의 침상에 모였소.

아버지는 반신불수 상태가 되어 입이 일그러졌지만 그래도 말을 하려고 애를 쓰셨소. 아버지 곁에 앉아 바짝 귀를 갖다 대면 무슨 말씀을 하시는지 알아들을 수 있었소.

아버지가 내게 하신 첫 말씀은 이런 상황에서 왜 아내를 혼자 두고 왔느냐는 물음이었소. 나는 차마 "아버지의 임종을 지키기 위해서"였다고 말씀드릴 수가 없었소. 그래서 돌려서 대답해 드렸소. "제 아내 걱정은 하지 마세요. 그 동네는 아주 조용하거든요."

"아홉 달째가 아니냐?"

아내는 임신 일곱 달째였지만 나는 아버지가 틀렸다고 말하지 않았소. 아버지에게 그 차이는 나와는 아주 다른 의미가 있다는 것을 잘 알았기 때문이오. 아버지는 돌아가시기 전에 손주를 볼 기회가 있을지 의문이셨던 것이오. 그러실 수도 있었소. 아내가 출산했을 때까지 아버지가 살아 계셨으니까. 하지만 아버지는 손주를 한 번도 보지 못하셨다오.

이런 사소한 계산상의 착오가 있기는 했지만, 아버지는 정신이 여전히 멀쩡하셨소.

"이런 혼란스런 상황에서 어떻게 왔냐?"

"뱃길로 왔어요."

하이파에서 베이루트까지 육로로 오기란 더는 불가능했

소. 나는 시도도 하지 않았다오. 아마 육로를 택했다가는 마을을 벗어나기도 전에 길을 되돌려야 했을 것이오. 하는 수 없이 항구로 가서 북쪽으로 떠나는 루마니아 화물선의 자리 하나를 금값을 주고 사야 했다오.

몇 주간 아버지의 건강 상태는 좋았다가 나빠지기를 반복했소. 헝클어진 백발에 뒤틀린 얼굴로 커다란 침대에 왕처럼 누워 계신 아버지는, 당신의 병세에 크게 신경 쓰지 않으시는 듯했소. 때로는 그런 새로운 상황을 즐기시는 것 같기도 했소. 의사는 이와 비슷한 사례에 대해 늘 배워 왔던 것을 확인해 줄 뿐이었소. 즉, 현재의 의학으로는 아무것도 예측할 수 없다고 말했소. "오늘 밤에 돌아가실 수도 있지만 몇 주 뒤에 자리에서 일어나 지팡이를 짚고 걸어 다니면서 10년은 더 사실 수도 있습니다. 특별히 감정적으로 크게 흥분하시지 않도록 하고, 말이나 거동을 많이 하시지 않게 주의하십시오."

하지만 아버지를 언짢게 하거나 아이 다루듯 하지 않고서 어떻게, 말씀을 줄이시게 할 수 있었겠소? 우리는 모두 고민하다, 드디어 어느 날 누나가 해결책을 찾아낸 것 같았다오.

우리 집에는 똑같은 라디오가 두 대 있었소. 아버지가 전쟁이 터지기 얼마 전에 사 두신 것으로 광택이 나는 불그스름한 나무로 된 큼지막한 라디오였소. 한 대는 아버지 방에, 나

머지 한 대는 거실에 두었소.

아버지 방에 둔 것은 아버지 외에는 아무도 손대지 않았소. 아버지가 밤에 또는 낮잠 시간에 침실에 드시면 스위치를 만지작거리면서 파키스탄의 카라치나 불가리아의 소피아, 폴란드의 바르샤바, 인도의 봄베이, 네덜란드의 힐베르섬 같이 먼 곳의 방송국들에서 내보내는 단파 방송에 주파수를 맞춰 듣곤 하셨소. 그러면서 공책에 방송국, 시간, 언어, 수신 감도를 적어 놓으셨소.

반면에 거실에 있는 라디오는 그렇게 먼 곳의 전파를 수신하지는 못했소. 보통 BBC의 키프로스 방송인 중동 방송국이나 베이루트, 다마스커스, 카이로의 지역 방송국에 채널이 맞춰져 있었소.

우리 집에서 라디오 방송 청취는 일종의 의식과 같았다오. 방송이 흘러나오는 동안은 아무도 입을 열지 않았다오. 심각한 소식이나 극단적인 견해가 나올 때에도 아무도 찬성이나 반대 의견을 표명하지 않았소. 놀라서 "아!" 하고 감탄사를 내뱉는 경우도 꽤 드물었다오. 우리 집의 규칙을 잘 모르는 방문객이 가끔 거실에서 함께 라디오를 듣다가 말을 하면 아버지가 "쉿!" 하는 소리와 함께 손으로 제지하셨소. 가끔 실수가 여러 번 반복되면 아버지는 약간 거칠게 다섯 손가락을 꼭 쥐어 입마개처럼 만들어 보이셨소. 그러면 다시 조용해졌소. 토론이 벌어지기도 했지만 언제나 라디오 방송이 끝난 뒤였다오.

아직도 기억나는 장면이 있소. 아버지가 침대에 누우신 채 아직 움직일 수 있는 한쪽 팔을 내저으며 말을 하려고 고집을 피우시자, 화가 난 이페트 누나가 일어나 라디오의 스위치를 돌렸소. 아버지는 반사적으로 입을 다무셨다오. 나는 즉각적으로 효과를 얻어낸 것이 기뻐 누나에게 감탄 어린 표정으로 눈짓을 보냈소. 당시에는 라디오를 켠 다음에 얼마간 기다려야 소리가 나왔소. 이윽고 소리가 나왔는데 아주 먼 곳에서부터 터널을 통과해 오듯 처음에는 매우 희미하게 들렸다오.

그날 처음으로 라디오를 통해 알아들을 수 있었던 말이 지금도 잊히지 않소. "전쟁이 막 시작되었습니다." 아직 스위치를 잡고 있던 누나는 서둘러 다른 채널로 돌리려고 했소. 아버지는 이미 침대에서 몸을 일으켜서 내게 말씀하셨소. "네 아내는……." 아버지의 얼굴은 경련을 일으키고 있었소. 아버지가 감정적으로 충격을 받지 않게 하려고 우리가 강구한 방법이 결국 빗나가 버렸다오!

바로 그 장면이 내가 이스라엘과 아랍 간의 첫 전쟁 발발을 회상할 때마다 떠오른다오. 1948년 5월 중순이었소. 시국이 매우 급하게 돌아가고 있었소. 팔레스타인에 대한 영국의 위임통치가 끝이 났고, 텔아비브 박물관에서 열린 유대민족회의에서 이스라엘 국가 탄생을 선포했소. 그로부터 몇 시간 뒤 아랍 국가들이 전쟁에 돌입했던 것이오.

솔직히 말해, 이런 정치 군사적 사건들의 급변에 대해 나는 이미 관심이 없었소. 벌써 오래전부터 모두가 중동 지역이 혼란 속으로 치닫고 있음을 알고 있었소. 당시에 유일한 나의 관심사이자 유일하게 나를 미치게 한 것은 아내와 곧 태어날 내 아이의 운명이었소. 이제는 국경선, 영원히 넘을 수 없게 된 국경선이 우리를 갈라놓고 있었기 때문이었소.

당신 말대로 국경선은 이미 어느 정도 형성되어 있었소. 언제부터인가 전처럼 자주 왕래하기가 불가능해졌다오. 하지만 완전히 달라졌소. 전혀 전과 같지 않았다오. 갈릴리 도로를 다니는 일이 이전에도 위험했던 것은 사실이오. 하지만 그래도 바다로건 하늘로건 우회 도로로건 어떻게든 통행할 수 있었소. 그래서 전쟁이 발발하기 며칠 전에도 하이파의 연합회 회원이었던 한 기자가 베이루트에 일을 보러 오는 길에, 나에게 아내의 편지를 가져다주었었소. 아내는 잘 지내고 있고 마을에서 경험 많은 산파를 구해서 출산 때 도와주겠다는 약속을 받았으니 걱정하지 말라는 내용을 썼소. 그리고 아버지의 건강 상태에 대해 물었고 아버지에게 용기를 북돋는 메시지와 태어날 아이의 이름에 대해 썼소……. 이처럼 그때까지는 서로 왕래하며 서신을 교환할 수 있었소. 하지만 전쟁과 함께 그것도 끝이 났소. 국경이 완전히 봉쇄되었소. 여행객도 편지도 전보도 전화도 통과하지 못했다오. 여전히 우리는 육로로 서너 시간 걸리는 동일한 거리에 있었지만 더 이상 실제 시간 속에 있지 못했소. 우리는 몇 광년은 떨어져 있었고, 더는 같은 지구에 있지 않았다오.

나는 넘을 수 없는 국경선 저편에 세상에서 가장 소중한 것을 남겨 두고 온 것이오. 마치 가지고 놀기를 끝내고 막 잡아먹으려 하는 고양이 앞의 쥐와 같은 신세였소. 그 순간 쥐는 겁에 질려서 달아나지도 어디론가 숨거나 도망갈 출구를 찾지 못하고 제자리에서 빙빙 돈다고 하지 않소?

다른 사람들은 전쟁이 돌아가는 상황에 줄곧 귀를 기울였지만 나는 그렇지 않았소. 어느 쪽이 이기고 있는가? 어느 쪽이 지고 있는가? 나는 개의치 않았소. 다른 사람들에게 전쟁이 터진 순간 내게서 전쟁은 의미를 잃었던 것이오.

나는 곧 공식 발표나 군대의 행보에 관한 소식에 관심을 끊었소. 거실에 라디오가 켜져 있으면 나는 혼자 내 방으로 갔소. 아내의 옷을 넣어 둔 옷장 문을 열었소. 그 옷가지에 얼굴을 묻고 아내의 냄새를 들이마셨소. 그러고는 울었소. 아내의 이름을 열 번이고 스무 번이고 연거푸 부르다가 아내가 내 앞에 있는 것처럼 사랑의 말과 비탄에 찬 독백을 한참 동안 중얼거렸소.

이따금 기운을 차리고 나 자신을 타이르기도 했소. 그러면 눈물을 닦고는 아버지의 침상으로 갔소. 아버지는 여전히 목숨을 부지하고 계셨고, 나는 어렵게나마 희망을 품어 보려 애를 썼다오. 우리 두 사람 중 누가 누구를 더 염려했는지 모를 정도였다오.

가끔씩 아버지가 내게 물으셨소. 어느 편이 이기고 있는가? 어느 편이 지고 있는가? 어디서 전투가 벌어지고 있는가? 영국인들은 뭘 하고 있는가? 스탈린이 뭐라고 말했는가? 또 미국인들은? 나는 아는 게 없었다오. 처음에는 내가 다른 사람들과 공모해 아버지 당신에게 충격을 주지 않으려고 아무것도 알려 주지 않는 것이라 생각하시는 듯했소. 그러나 결국에는 내가 거짓으로 모르는 체하는 것이 아님을, 아버지나 나나 똑같이 모르고 있다는 사실을 알아채셨소. 확실히 우리 두 사람은 똑같이 허물어지기 쉬운 상태였다오.

나는 아버지와 동시에 무너져가고 있었소.

아버지는 7월 어느 날, 북쪽 지방을 그리워할 정도로 무더운 날에 돌아가셨소. 전쟁은 숨 가쁘게 지속되었소. 장지로 가는 길에 확성기를 든 한 시민이 아군이 승리하고 있다며 거짓 소식을 전하고 있었소. 장례 행렬이 지나가고 있다며 조용히 하게 하자, 그는 성가를 흘려보냈소. 길가에는 사람들이 햇빛을 가릴 것을 머리에 쓴 채 서 있었소. 내 머리는 불덩이 같이 뜨거웠소. 나는 가끔씩 손을 들어 올려 이마 위를 가렸지만, 말도 안 되는 보호 장치였다오.

내가 행렬 맨 앞에 서서 묘지로 들어갔소. 모든 사잇길에 사람들이 가득 차 있어서 묘비가 하나도 보이지 않았소. 나는 야외에 있었음에도 숨이 막히는 느낌이 들었소. 태양이 매우 가까이에서 내 목덜미와 어깨, 관자놀이를 짓누르고, 두 눈은 타들어가는 듯했소. 누군가 내 팔을 잡아 아버지의 관이 놓인 곳으로 데려가려고 했소.

기도문을 막 낭독하기 시작했을 때 나는 정신을 잃고 말았다오. 오로지 기억나는 것은 흰 수의를 보자 눈이 부셨었다는 것이오. 나는 눈이 아파 눈을 감았고 다시 뜨지 못했다는 것뿐이었다오.

나는 한 달 이상을 침대에 누워 있었소. 일사병이었소. 발열과 두통, 정신착란, 구토와 같은 온갖 증상이 다 나타났소.

일어나 있기도 불가능했다오. 그런데 그게 오로지 태양 때문만은 아니었소. 많은 사건이 날 허약하게 만들었던 것이오. 하이파로 가는 길에 겪은 충격과 폭발 사건이 한참 뒤에까지 꿈에 나타났소. 거기다가 아버지의 죽음과 아내와의 강요된 이별을 겪었소. 더구나 한 주가 지나고 또 한 주가 지나 아내가 벌써 해산했을지도 모르는데 나는 아내가 건강한지, 아이가 살아 있는지, 아이가 아들인지 딸인지도 모르고 있다는 사실을 끊임없이 되뇌었소. 아들인지 딸인지 모른다는 것은 별로 중요하지 않을 수 있지만, 아무튼 그 사실이 나를 끝없이 괴롭혔고 수치스럽게 했소.

분명 태양이 그런 상황에서 불을 댕겨 나를 확실히 쓰러뜨리는 역할을 한 것이오. 열이 내렸을 때 사람들은 내가 완전히 회복되지 못했다는 사실을 알아차렸소. 나는 이른바 정신이상자, 정신병자가 돼 버린 것이었소. 그런 상태를 표현하는 우스운 말들이 많았는데, '미친 사람'이라는 말도 틀리지 않았소. 내가 이상하게 행동하고 다녔으니 말이오.

몹시 고통스러웠지만 아마도 그 덕에 내가 살 수 있었는지 모르는 사실은, 완전히 이성을 잃지는 않았다는 것이었소. 완전히는 아니지만 3분의 2, 4분의 3, 10분의 9를 잃었다오. 이 비율이 의미가 있다면 말이오. 그래도 아주 미미하기는 했지만 가장 암울한 순간에도 언제나 나 자신이 있었소. 마치 지하운동가의 은닉처처럼 머릿속 한구석에 숨어서, 날 뒤흔드는 폭풍으로부터 안전하게 피해 있었소. 그것을 나는 치료하는 자아라고 부르고 싶소. 설명하면 이렇소. 나는 완전히 환자이기만 했던 적이 결코 없었다오. 내 안에는 언제나 또 다른 존재가 있어서, 나 자신을 언젠가는 완쾌되어야 하는 환자로 여겼다오.

내 행동을 스스로 통제하지 못하게 된 초기부터 나는 그런 존재를 의식했소. 이제 와서 내가 당시의 느낌을 잘 설명할 수 있을지는 모르겠지만 한번 해보겠소.

어느 밤 나는 머릿속에서 끈질기게 맴도는 한 가지 생각에 소스라치게 놀라서 자다 깼소. 당장 아내에게 편지를 보내야 한다는 생각이었소. 베이루트와 하이파 사이에 더는 우편 서비스를 이용할 수 없다는 사실을 모르지 않았기에 편지를 써서 먼저 프랑스에 있는 자크에게 보내기로 마음먹었소. 그러면 그가 어렵지 않게 아내에게 전달해 줄 것이었소. 너무나 탁월한 생각이어서, 나는 그런 생각을 해낸 것에 대해 굉장히 흥분했소. 하지만 그렇게 중요한 편지에 쓸 내용을 깊이 생각할 상태가 아님을 알았소. 끔찍한 두통에 시달렸던 것이오. 내가 뭔가에 집중하려고 할 때마다 모든 신경세포가 불타

오르는 느낌이었소. 결국, 편지를 써 보내겠다는 생각을 붙들고 있었지만, 글을 쓸 수 있게 회복될 때까지 기다리기로 했소. 그래서 한밤중에 마음을 가라앉히고 누워 있었소. 그러나 몇 분 뒤 침대에서 벌떡 일어나 머리맡 등잔의 불을 켜고는 펜과 종이를 집어 들어 편지를 쓰기 시작했소. 읽어 보고 고치고 지워 버리고 줄을 긋고 다시 썼지만, 첫 문장에서 더는 나아갈 수 없었소. 나는 쓰기를 그만두고 다시 자리에 누웠소. 그러다 또다시 벌떡 일어났소……. 내 동작 하나하나를 설명하며 당신을 지루하게 하지는 않겠소. 결론적으로, 나는 꼭두새벽부터 문 앞에서 우편집배원을 기다렸소. 집배원에게 편지를 맡기고 우표도 붙여 달라고 돈을 주었소. 맞소, 그게 일상적 절차는 아니지만, 베이루트에서는 환자인 경우 가끔 그렇게 했다오. 그리고 나는 집 안으로 들어와 잠이 들었소. 그러나 정오쯤 깨어나 간밤에 무슨 내용을 썼는지 도무지 기억해 낼 수 없어 미칠 지경이 되어서는, 우편집배원을 다시 만나 편지를 되찾아야겠다고 결심했소.

당연히 편지는 되찾을 수 없었소. 수년 동안 나는 그 편지에 대해 후회했다오. 이제 와 생각해 보면, 편지를 되찾았다 해도 달라질 건 없었을 것이오. 고약한 생각이 한번 내 머리를 스치면 계속 붕붕 대며 맴돌아서, 결국 나는 항복하고 생각을 실행에 옮기고 말았으니까.

　나는 아내에게 쓴 편지에 대해서 계속 시달렸소. 내가 뭐라고 썼는지 전혀 기억할 수가 없었소. 지금도 더욱 알 수가 없다오. 당시의 내 상태로 볼 때 간밤에 떠오른 온갖 혼란스런 생각들을 뒤죽박죽 써서 보냈을 것이오! 다만 확실한 것은 내가 엄청나게 어리석을 짓을 했다는 사실이오. 그래서 서둘러 앞선 편지를 명확하게 할 또 다른 편지를 지체하지 말고 보내야 한다고 확신했소. 두 번째로 보낸 편지가 첫 번째 것보다 훨씬 더 엉망이었다는 것을 굳이 말할 필요도 없을 것이오. 두 번째 편지를 발송한 직후부터 나는 또다시 끔찍하게 후회했소. 그래서 두 번째 것보다 분명 더 최악인 세 번째 편지를, 이어서 네 번째 편지를 보냈소. 오, 그 생각만 해도 울부짖고 싶다오!

　나는 내가 파멸해 가는 중임을 알았소. 사실은 이미 파멸해 있었다오.

　착란은 가라앉았소. 앞서 말한 그 착란 말이오. 하지만 나는 또 다른 망상에 사로잡혔소. 하루 온종일 뜰을 배회했소. 머릿속으로 상상의 편지들을 쓰고 계획들을 짜면서 뜰을 서른 번, 사십 번 연거푸 돌았다오.

　그렇게 걸으면서 혼자 손짓을 해가며 얘기도 했소. 사람들이 가까이 지나가도 안개에 덮인 것처럼 거의 알아보지 못했소. 그들이 인사를 해도 듣지 못했고. 그렇게 나와 마주쳤던 사람들은 두 번째부터는 내게 애써 인사하지 않았소. 그저 몇 마디 측은하다는 뜻의 감탄사 또는 그런 재앙이 자신이나 가족에게는 오지 않게 해달라는 기도문을 중얼거릴 뿐이었소. 온 나라가 우러러봤던 그토록 멋진 청년에게 얼마나 끔찍한 저주였겠소! 어떤 이들은 태양을, 다른 이들은 악마의 눈(사람이나 물체에 재앙을 가져오는 초자연적인 힘을 가진 눈 및 그 힘의 행사나 작용으로, 아랍에서는 ayan이라고 한다-옮긴이)을 아니면 공부를, 또 어떤 이들은 유전을 탓했소. 미친 할머니를 기억하는 사람들이 여전히 있었으니까.

내가 유일하게 관심을 가졌던 방문객은 우편집배원이었소. 멀리서 그를 알아보면 나는 달려가서 물었소. 아마 그가 오는지 망을 보려고 내가 그렇게 뜰을 배회했었는지도 모르오. 아마 그랬을 것이오. 정말이지 더는 모르겠소. 그 시절에 관해서는 흐릿한 기억밖에 갖고 있지 않소. 적어도 이제는, 마치 다른 사람의 행동을 관찰하는 듯 또는 이전 생에 관한 이야기인 듯 말하고 웃을 수 있다오. 이게 내가 완쾌되었다는 증거가 아니겠소?

우편집배원에게서 기다렸던 것은 아내의 답장이었소. 답

장은 한 달이 지나서야 도착했소. 당시에는 그 시간이 너무나 길게 느껴져 거의 절망하고 있던 터였소. 사실 편지가 거쳐 왔을 여정을 생각하면 그 시간은 긴 것도 아니었소. 베이루 트에서 파리로, 파리에서 하이파로 다시 하이파에서 파리로, 그리고 또다시 베이루트로 왔을 테니까. 아내는 즉각 답장을 썼을 거요. 또한, 많이 울었을 거요. 편지의 첫 줄을 읽자마자 파멸해 가는 나의 정신적 혼란 상태를 알아챘을 테니까. 아니 내용을 읽기 전 필체만 보고도 아마 다 알았을 것이오.

아내의 편지에는 애정이 어려 있었소. 그러나 연민도 함께 깃든 애정이었소. 사랑하는 남편을 향한 아내의 애정뿐만 아 니라 병으로 허약해진 자녀를 향한 어머니의 애정 말이오.

아내는 편지를 우리 둘만 있을 때 날 불렀듯 "내 사랑 바쿠" 로 시작했소. "우리에게 딸이 태어났어요. 우리 딸은 건강하 고 당신을 닮았답니다. 아기의 첫 사진을 보내요. 당신이 원했 던 대로 나디아라고 이름을 지었어요. 구청 앞에서 베르트랑 이 찍어 주었던 우리 사진을 액자에 넣어 아기의 요람 곁에 두 었어요. 가끔 내가 손가락으로 당신을 가리키면서 '아빠야' 하고 말해 주면, 우리 딸이 당신을 보고 웃는답니다."

첫 내용에 내가 기뻐할 수밖에 없지 않았겠소? 그리고 우 리 딸의 사진이라니! 나는 사진을 한참 동안 들여다보았고 흐렷한 아기 얼굴에 입을 맞췄소. 그러고는 내 안주머니에 넣었소. 그 이후로 아기의 사진을 언제나 내 품, 심장 옆에 넣고 다녔다오.

나는 편지 읽기를 중단하고서 하염없이 울었소. 기뻐서 말이오.

편지를 다시 읽었을 때 그 기쁨은 사라지고 말았소.

아내는 이렇게 썼소.

"우리 모두 고통의 시간을 겪었어요. 오랜 이별과 주변에서 벌어지는 모든 일에 더해 아버님이 돌아가셨으니 분명 견디기 어려웠을 거예요. 당신은 휴식을 취하면서 당신을 돌봐야 해요. 제 편지를 받자마자, 당신의 회복을 도울 능력 있는 의사를 찾아가겠다고 약속해 주세요.

나디아와 제 걱정은 조금도 하지 마시고요. 우리는 다 건강하고 이제 이곳은 조용하니까요.

우리가 어디에서 함께 살 것인지 제게 물었지요. 우리는 서로 사랑하니까 반드시 좋은 해결책을 찾을 거예요. 지금은 당신이 치료를 받았으면 해요. 그 얘기는 당신이 회복되는 대로 차분히 다시 얘기해요."

이 부분을 읽고 나는 몹시 흐느껴 울었소. 처음에 기뻐서 울었던 것과는 달리 격분해서 울었다오.

"당신이 회복되는 대로 차분히 다시 얘기해요"라는 문장이 나를 몹시 괴롭혔소. 나는 미쳐가고 있었소. 내가 속절없이 무너지고 있다는 것을 알았기에 아내가 날 붙잡아 주기를 바랐소. 가령 프랑스의 어디에서 만나 함께 살아요. 그러면 당신도 곧 나아질 거라고 말해 주길 바랐다오. 하지만 그녀는 반대로 말했소. "당신이 회복되는 대로 차분히 다시 얘기해요"라고! 얼마나 시간이 흐르면 내가 회복되겠소? 일 년? 이년? 아니 십 년? 아내와 떨어져서, 딸과 떨어져서는 결코 내가 회복될 수 없으리라고 나는 확신했소.

세상이 온통 캄캄해졌다오.

그 문장을 오해하지 않았다고 지금도 확신하느냐고? 그렇소, 지금도 확신하오. 하지만 지금은 그런 선택을 한 아내를 더 잘 이해한다오. 내 편지들을 보고 아내는 겁을 먹었을 거요. 그런 나를 다시 만나 아기와 함께 사는 위험을 감수하기 전에 먼저 내 정신 상태에 대해 확신을 갖고 싶었을 거요.

그렇소, 이제는 이해하오. 하지만 당시에는 아내를 원망했다오. 배신당한 느낌이었소. 내가 물 밖으로 머리를 내밀려고 사투를 벌이고 있는데 아내가 내 손을 놔 버린 느낌이었소. 그래서 나는 최악의 반응을 보였소. 나락으로 천천히 떨어지는 대신에 돌진해 버렸소.

당시 나는 하나의 강박관념에서 또 다른 강박관념으로 옮겨 다녔소. 그게 내가 생각하는 방식, 말하자면 행동하는 방식이었소. 나를 사로잡은 새로운 강박관념은 아내를 만나러 가서 직접, 말로 나 자신을 설명해야 한다는 것이었소.

나는 마음을 굳혔소. 내 머릿속에서는 전쟁이나 국경선 등 모든 장애물이 다 사라졌소. 나는 가방을 꾸려 내 방에서 아래층으로 내려갔소. 누군가가 그런 나를 보고 동생에게 알렸을 거요. 내가 문가에 이르렀을 때 동생이 달려와 이렇게 물었으니까.

"어디 가?"

"하이파로 가겠어. 가서 아내와 얘기를 해야 해."

"맞아, 그게 가장 좋겠지. 앉아서 잠깐 기다리면 내가 거기까지 바로 데려다 줄 차를 불러 줄게!"

나는 순순히 자리에 앉았소. 현관에 놓인 의자에 말이오. 마치 역대합실에서처럼 트렁크를 다리 사이에 놓고 꼿꼿이 허리를 세우고 앉아 있었다오. 갑자기 문이 열렸소. 흰옷을 입은 사내 넷이 달려들어 날 꼭 붙들고는 손발을 묶고 내 허리띠를 풀었소. 엉덩이가 따끔했고, 나는 곧 의식을 잃고 말았소. 마지막으로 본 것은 늙은 정원사와 그의 아내가 울고 있는 모습이었소. 내가 도와 달라고 누나를 불렀던 기억도 나오. 누나는 벌써 오래전부터 그 집에 없었지만 나는 그것도 모르고 있었다오. 누나는 아버지가 돌아가시고 나서 일주일 뒤에 이집트로 돌아갔소. 남편과 아이들과 너무 오랫동안 떨어져 있을 수 없었던 거요. 누나가 그곳에 있었다면 내 동생이 감히 그런 짓을 감행하지는 못했을 거요.

당시에 이미 그 애의 머릿속에는 야심만 가득 차 있었소. 누가 봐도 우리 집은 그 애의 것이었으니까. 내가 미쳤다는 소문이 아마 도시와 온 나라에 퍼졌을 것이오. 예전에 내가 레지스탕스 활동에서 세웠다는 무훈 이야기보다 훨씬 빠르게 말이오. 내 동생 살렘은 아무 어려움 없이 나의 정신적 무능력 상태를 입증하고 스스로 내 보호자를 자처했으며, 결국 내 유산을 손에 넣었을 것이오.

집 안의 깡패 녀석인 그 애가 내 보호자라니!

계속된 특별사면이 없었다면 밀수와 강도 혐의로 여태 감옥에 있었을 녀석이 내 보호자라니! 우리 두 사람이 그렇게 되었다오!

고귀한 우리 케탑다르 가문이 그런 상황에 처했다오!

이렇게 해서 나는 스물아홉 살에 '뉴 로드 요양원'이라는 병원에 입원하게 되었소. 그렇소, 정신병원이오. 부유한 정신병자들을 위한 자칭 고급 정신병원이었소. 눈을 뜨니 사방이 깨끗한 벽에 흰 철제문 하나와 유리 창문이 하나 보였소. 침대 주위에는 독특한 장뇌 냄새가 배어 있었소. 아픈 곳은 전혀 없었소. 분명 내게 투여한 신경안정제 효과 때문이겠지만 편안하다는 느낌까지 들었소. 다만 몸을 일으키려다가, 내 몸이 묶여 있는 것을 깨닫게 되었다오. 막 소리를 지르려는 찰나에 문이 열렸소.

흰 작업복을 입은 남자가 들어와 곧바로 내 몸을 묶은 끈들을 풀어 주었소. 간밤에 내가 심하게 발버둥을 쳐서 침대에서 떨어지지 않도록 묶어 두었다고 했소. 거짓말이라는 것을 알았지만 나는 전혀 싸우고 싶은 기분이 아니었소. 그저 예의 바르게, 내가 나갈 수 있는지 물었다오. 그가 대답했소. "그럼요. 하지만 먼저 커피를 한 잔 드세요."

그때부터 그게 관례가 되었소. 아침에 일어나자마자 남자 간호사든 여자 간호사든 감시인이 보는 앞에서, 나는 약 냄새가 강하게 나지만 커피라고 이름 붙인 음료를 삼켜야 했소. 그러면 그날과 다음날까지 나는 시체처럼 평온해졌소. 아무런 욕구도 없고, 조바심도 나지 않았소. 내 안의 모든 것이 느려지고 둔감해졌소. 말도 천천히 했소. 당신도 눈치챘을지 모르지만, 그 영향이 지금까지 남아 있다오. 아무튼, 요양원에서는 이보다 훨씬 느리게 말했소. 걸음걸이도 느렸고, 음식도 느리게 먹었소. 아무 맛도 없는 수프를 한 숟갈씩 천천히.

커피에 어떤 약을 섞었는지는 결코 알 수 없었소. 그곳에 있던 나나 다른 환자들에게 모든 독재자의 꿈인, 원하는 대로 사람을 온순하고 말 잘 듣게 하는 기발한 약을 실험했던 것은 아닌지 나중에서야 의심이 들었다오. 아무튼, 다량의 신경안정제가 들어 있는 게 확실했고, 마약 성분 냄새도 났소. 아마 나의 잘못된 상상이었을지도 모르고. 다와브 박사가 운영하는 정신병원은 우선적으로 영리 추구를 목적으로 하는 기업이었소. 스무 명의 돈 많은 정신이상자들은, 부유한 자기 집안과 가난한 집의 정신이상자들이 섞이는 것을 불쾌하게 여긴 가족들이 입원시킨 것이었소.

다와브가 누구냐고? 내가 깨어나서 처음으로 본 흰옷 입은 남자는 아니었소. 그 남자는 간호사였소. 다와브는 그 비참한 요양원의 원장이자 주인이었소. 그는 나를 내가 요양원에 온 지 열흘 만에 자기 진료실로 불렀소. 열흘 만에 말이오! 급작스럽게 날 입원시켜 놓고 열흘 만에 진찰했다오! 그게 그의 방식이었소. 그는 멀리서 환자들을 관찰하다가 아주 가끔씩만 나타났다오. 우리 환자들을 낮 동안 '풀어놓는' 넓은 방위에 작은 공간을 하나 들였소. 다와브는 그곳의 두꺼운 둥근 유리판 뒤에 조명을 약하게 해 놓고 앉아 있었소. 마치 극장의 박스 좌석과 같은 그곳에 말이오.

조금 전에 설명한 대로 내가 볼 때 그자는 사기꾼에 불과했소. 순전히 내 원한 때문에 그렇게 말한다고 생각하지는 마시오. 물론 나는 그자에게 원한이 있소. 그리고 그렇게 말할 정당한 권리도 있소. 그 작자와 또 몇몇 사람들이 내 삶의 흐름을 바꿔 놓았으니까! 하지만 그자를 그렇게 판단한 것은 무분별한 상태에서가 아니라 온전한 정신을 되찾은 상태에서였소. 그를 사기꾼이라고 말한 것은, 소위 병원이라는 그곳에서 나를 치료하려고 한다는 느낌을 전혀 받지 못했기 때문이라오. 나도, 다른 환자들도 말이오.

그자가 의사인가? 뉴 로드 요양원이 병원인가? 차라리 수용소라 하는 게 낫소. 간호사들은 조련사였고, 우리 환자들은 사슬에 묶인 채 갇힌 짐승들이었소. 팔다리를 묶는 쇠사슬은 없지만 조그마한 파스텔 톤의 예쁜 알약들이 있었소. 그것들이 우리의 머리와 마음을 철저히 옥죄고 피까지 말리는 쇠사슬이었소!

무엇 때문에 그 작자가 그런 일을 하는지는 확실히 알 수 없었소. 아마 돈 때문일 수 있소. 하지만 단지 돈 때문만은 아니오. 불행한 사람들을 엿보는 취미 때문만도 아니오. 어쩌면 권력, 권위에 대한 욕구 때문일 수도 있을 거요. 그가 성가신 재난과 같은 가족 구성원을 맡긴 수많은 부호에게 영향력을 행사하고 있었으니까.

그는 요양원 안에서 마치 자기 영지 내의 태수(太守)와도 같았소. 그가 복도를 지나갈 때면 직원과 환자들은 모두 숨도 쉬지 않았소. 그는 우리를 자기 마음대로 움직이게 하는 데 말조차 할 필요가 없었다오.

그는 자기 요양원이 전위적이고 다른 병원의 모범이 된다고 확신했소. 그의 원칙은 간단했소. 환자들을 모든 종류의 충격에서 보호한다는 것이었다오. 그래서 무엇이든 감정적 동요, 흥분을 야기하는 것을 금지했소. 바깥세상의 어떤 소식도 안으로 들어오지 못하게 했소. 한참이 지난 뒤거나 영향력이 약해진 뒤라면 몰라도. 편지나 전화통화도, 특히 라디오 청취도 금했소. 직원들은 환자 앞에서는 최근 일어난 사건들에 대해 한마디도 언급해서는 안 되었소. 환자들은 물론 외출도 못했고 방문객도 극히 드물게만 받았소. 입원환자에게 감정적인 욕구가 있다면 만족시키기보다 감소시켰다고 할 수 있다오.

내가 지루했느냐고? 전혀 그렇지 않았소. 지루함이란 갈망하는 기쁨을 얻지 못할 때 느끼는 것이오. 다와브는 악을 뿌리부터 다뤘다오. 우리의 갈망 자체를 앗아간 것이오! 온종일 우리는 카드놀이나 주사위 놀이를 했소. 감미로운 음악을 들으면서. 음악은 어느 공간에서건, 심지어 밤에도 끊이질 않았소. 우리는 책도 읽을 수 있었소. 최근에 나온 책이나 신문은 없었지만 말이오. 아랍어나 프랑스어로 된 책 몇십 권과 제본된 오래된 잡지들로 구성된 낡은 서가가 있었소. 나는 그 서가의 책들을 한 권도 빠짐없이 모조리 읽었소. 어떤 것들은 두 번, 세 번, 네 번까지도.

또 무엇을 했느냐고? 별로 없다오. 산책? 가끔씩 감시하에 뜰에서 몇 걸음 걸었지만 그리 멀리 가지는 않았소. 그리고 고백하는데, 아침마다 마시는 그 '커피' 덕에 요양원 체제에 익숙해졌다오.

놀라서 눈이 동그래지는군. 그건 당신이 몰라서 그런 거요! 그런 생활은 매력적인 법이라오. 물론 더 나은 것을 상상할 수 있지만, 훨씬 안 좋은 것을 상상할 수도 있소. 수많은 사람에게 그런 곳은 거의 천국과도 같을지 모른다오. 물론, 내가 지금 무엇을 하면서 사는 거야 하고 자문하고 반항할 수 있소. 하지만 요양원에서는 바로 그런 의문을 갖지 않았소. 하긴 살면서 한 번이라도 그런 의문을 제기하는 사람이 세상에 몇이나 있겠소?

당시 극도로 혼란스러운 상황에서 헤맸던 나는 그런 새로운 삶에 본능적 반항심이 들지 않았소. 나를 괴롭히던 강박 관념들, 흥분하게 했던 것들, 다른 사람들의 연민 섞인 시선 같은 악마들로부터 도망쳤소. 그렇소, 나는 요양원 체제에 익숙해졌고, 말하자면 눈 속에서 잠들어 영원히 깨어나지 않는 사람들이 느낄 법한 기쁨을 느끼고, 마비 상태에 빠져 있었다오.

나는 바깥세상이 두려웠고 싫증이 났소.

당시의 바깥세상은 내 동생의 무대였다오!

세상이 내 편이라고 믿었던 때가 있었소. 나치주의에 저항 해 싸웠고, 전쟁이 끝난 뒤 희망을 품었었소. 내 강연을 들으 러 사람들이 몰려왔었소. 깡패들은 감옥에 있었고, 내가 꿈 꿨던 여인이 순수한 내 품으로 와 안겼소. 내게 그 어떤 것도 불가능해 보이지 않았다오.

하지만 그런 시절은 지나가 버렸소. 밖에서 내 동생이 승승 장구하고 있었다오.

'밖'이라고 말했는데, 그 단어는 요양원에서 쓰던 용어였 소. 우리에게 '밖'은 불가해한 세계로, 그 단어를 말할 때 우리 는 향수보다는 공포를 느꼈소. 나도 그랬냐고? 그렇소, 어떤 면에서는 나도 그랬소. 바깥세상에서 길을 잃고 헤매는 것에 대해 다른 환자들만 두려워했던 게 아니었소. 내가 '어떤 면'

이라고 한 것은 어떤 '나'에 대해 말하는가에 따라서 달라졌기 때문이오! 오시안? 바쿠? 요양원에 있던 나는 이제 내가 아니었소. 또는 아주 부분적으로만 나였다고 할 수 있었소. 정신이 온전한 상태의 나는 결코 체념하겠다고 결심한 적이 없었소.

당신이 놀라는 것도 이해하오. 내가 거의 저항하지 않은 것은 사실이오. 지나서 보니 그 이유를 알겠소. 내 삶의 전부가 복잡해졌소. 나는 내가 공부를 계속해 나갈 수 없으리라는 것을 잘 알고 있었소. 성공적으로 학업을 시작했는데, 더는 집중력이나 열정을 되찾을 수가 없었소. 당시 서른이 다 되었는데, 이전의 삶에서 독립하지 못하고 여전히 불가능한 미래를 추구하며 배회하고 있었소. 처음 정신 착란이 일어났을 때, 나는 내가 절대로 의사가 될 수 없으리라는 것을 알았소. 그것에 지나치게 신경 쓰지 않으려고 했지만 그런 열패감이 나를 갉아먹었다오. 아내에 대해서 말하면, 나는 내가 정신적 안정 그리고 판단력과 행동에서 평정을 회복해야만 그녀를 다시 만날 수 있으리라는 것을 알았소. 그 때문에라도 나는 광포한 사람처럼 분노를 표출하고 반항하려는 시도를 그만두었소. 이미 내 삶은 모든 게 잘못되고 있었지만 내가 반항하면 더욱 안 좋게 될 거라는 생각이 들었기 때문이었소.

마지막으로, 그 모든 것에도 불구하고 내가 체념과 반항 사이에서 망설일 때 내게 처방된 약들이 결정적 영향을 미쳤다는 사실을 덧붙이겠소.

결국, 나는 때 이르게 노인이 되어 버렸소. 내 안에 더는 조바심이라는 것이 없었소. 시간이 흘러가고 있었소. 얼마나 흘러갔을까? 나는 더 이상 정확한 기간도 몰랐소. 몇 개월? 몇 해? 끝이 없는 듯했소. 하지만 나는 또한 그곳에 영원히 있지는 않으리라는 것을 예감했소. 뭔가를 기다렸소. 말하자면 신호 같은 것이었소. 사람들이 기적이라고 부르는 것 말이오. 막연했지만 어쨌든 그때까지 살아 있던 나의 한 부분은 그것을 믿었다오.

그리고 기적이 일어났소. 좀 더 정확히 표현하면, 기적이 서서히 준비되고 있었소. 요컨대 나 모르게 말이오. 오랫동안 나는 그것을 전혀 감지하지도 못했소. 아마도 그 구원이 내가 예상하지 못했던 곳에서 왔기 때문일 거요.

토요일 저녁

"내일부터는 다시 못 보겠군요." 토요일 낮잠 시간이 지나서 내가 호텔로 가자 오시안이 말했다.

"만일 오늘 얘기를 다 못 끝내시면요?"

"오늘 시간이 되는 대로 다 이야기하리다. 가능한 한 늦게까지 말이오. 그러고도 못다 하면, 음, 미완성으로 둘 수밖에요……."

"혹시 한 번 더 만나면 안 될까요?"

"시간 낭비하지 맙시다. 서둘러 얘기해 보겠소."

어느 날, 동생이 병원으로 날 데리러 왔소. 아침나절이 끝날 무렵이었소. 그때가 4년 만에 첫 외출이었소. 그렇소, 요양원에 들어온 이후로 그때까지 나는 밖에 한 번도 나간 적이 없었다오. 찾아온 사람도 거의 없었소. 살렘이 1년에 한 번씩

와서 잘 지내느냐고 물었고 나는 그렇다고 대답했소. 그러면 그 애는 곧 가버렸다오.

누나는 동생보다는 조금 더 자주 왔소. 누나는 이집트의 무더위를 피해 여름을 레바논 산에서 보내곤 했는데, 그때 두 세 번 날 보러 왔소. 그날에는 내게 주는 마취제의 양을 두 배로 늘리는 것 같았소. 왜냐하면, 그때마다 나는 더 얼이 빠진 채 누나를 가만히 쳐다보기만 했고, 누나가 아무리 말을 시키며 추억을 떠올리게 하고 질문을 해도 단음절로만 대답했기 때문이오. 누나는 별도리 없이 눈물을 훔치며 돌아가곤 했소.

그 첫 번째 외출이 내게는 대단한 사건일 수도 있었소. 그러나 나는 기쁘지도 슬프지도 않았소. 기껏해야 놀라기는 했지만, 그것도 아주 약간이었소! 원장이 내게 마지막 순간에야 알려 줬기 때문에 평소 일과에 변화가 있지도 않았소. 내가 카드놀이를 하고 있을 때 누가 와서 나를 불렀소. 나는 내 자리를 다른 사람에게 넘겨주고 그 자리를 떠났소.

운전기사가 검은색과 흰색이 들어간 커다란 승용차의 문을 열어 주었소. 살렘이 차 안에 있었소. 그 애는 보통 때보다 친근하게 굴면서 집에서 중요한 점심 약속이 있는데 내가 그 자리에 함께했으면 한다고 말했소. 그 애는 거짓말을 한 것이오. 정말로 중요한 점심 약속이 있을 때 형을 요양원에서 데리고 와야겠다고 생각할 정도로, 그 애는 마음이 넓은 애가 아니었소.

사실은 이랬소. 살렘은 터키에서 전도유망한 사업가가 되었다오. 내 마음이 쓸쓸하기는 했지만, 아무튼 그랬다오. 과거의 조무래기 밀수범은 거의 잊혔소. 직업을 바꾸었을까? 규모를 바꾸었을까? 아무튼, 그 애는 거액의 돈을 다뤘고, 늘 여기저기를 다녔으며 명성과 존경을 얻으려 하고 있었소.

게다가 우리 집에도 그런 흔적이 역력했소. 새로 들어온 부가 옛것들을 덮었소. 예전에는 잡초가 무성했던 뜰에 잔디가 깔렸고, 정감 있고 자연스러웠던 선인장들은 사라지고 쇠락한 소나무 몇 그루만 겨우 남아 있었소.

집 안에는 아다나에서 가져온 오래된 가구들이 사라지고 금박을 입힌 낮은 안락의자가 대신하고 있었소. 오랫동안 써왔던 낡은 양탄자들 역시 치워지고 없었소. 오로지 내 방만 그대로였소. 아무도 들어오지 않은 듯 먼지만 쌓여 있었다오. 그런 먼지에도 개의치 않고 나는 내 침대에 누워 그대로 잠이 들었소. 몇 분간의 이동으로 녹초가 되었던 것이오.

손님들이 도착하자 사람이 나를 깨우러 왔소. 나는 누가 왔는지 몰랐소. 내가 묻지 않았고, 동생은 나를 놀라게 하고 싶었던지 아무 말 안 해줬소. 손님들은 수는 많지 않았지만 쟁쟁한 사람들이었소. 살렘이 호텔 주방장을 불러 준비했을 정도로 말이오.

처음으로 도착한 차는 터키 주재 프랑스 대사의 것이었소. 프랑스 정부의 각료 한 사람도 동행했소. 그렇소, 베르트랑이 었소! 레지스탕스 조직의 베르트랑 말이오.

베르트랑이 종종 내 소식을 물었던 것 같소. 클라라에게 편지로 나에 대해 묻자, 클라라는 자신이 아는 얼마 안 되는 사실을 알려 주었소. 그가 또 터키 주재 대사에게 편지를 썼소. 그래서 대사가 조사하게 해서 내가 어디에 입원해 있고 상태가 어떤지 알아냈으며, 나를 만나러 오겠다는 베르트랑을 처음에는 만류했소.

그러나 베르트랑은 끈질긴 사람이었소. 대사가 그의 뜻을 더는 반대하지 않고 그런 점심식사 계획을 생각해 낸 것이오. 그는 명예와 인정을 탐하는 내 동생이 프랑스 정부의 각료를 집에 초대해 식사대접을 한다는 제안에 솔깃하리라고 당연히 짐작했소. 단, 프랑스 정부의 각료가 그 자리에 참석하기 위해서는 내가 있어야 했다오. 외국에서 공무수행 중인 고위 책임자가 개인의 집에, 그것도 과거가 미심쩍은 사업가의 집에 가서 식사한다는 것은 있을 수 없는 일이었기 때문이오.

그러나 레지스탕스 조직의 우두머리였던 사람이 옛 전우와 한 자리에서 식사한다는 것은 충분히 가능한 일이었소. 그런 점심식사가 있는 동안 케탑다르 가는 다시 내 집이 되었다오.

그것은 일종의 가면극이요 가증스러운 거래였소. 특히 내게 굴욕적인 날이었지만 결국에는 도움이 되었다오.

왜 굴욕적이었느냐고? 시차 때문이었소. 들어보면 알게 될 거요.

그날 사람들이 나를 데리러 왔을 때 나는 이미 4년을 강요된 안정 속에서 살고 있었소. 그날 아침에도 피할 수 없이 그 커피를 마셨소. 밖으로 나가기 전까지도 나는 다른 환자들과 함께 굼뜬 동작으로 카드놀이를 하고 있었소. 우리는 모두 그런 식으로 살았고, 같은 속도로 말하고 움직였소. 그런 우리를 밖에서 바라본다면 저속 화면을 보는 것과 같았을 것이오. 비장하면서도 우스꽝스러운. 그렇지만 그게 우리의 일상이었소.

그런데 내가 그날 정오에 현실 세계의 속도로 사는 사람들 십여 명과 함께 식탁 앞에 앉게 되었소. 대사관 사람들과 신문사 사장 둘, 은행가 한 명 등과 말이오. 그들은 모두 너무나 빠르게 말했소. 내가 볼 때 너무 빠른 속도로 판문점이니 매카시니 독일연방공화국이니 모사데크니 하는 내가 전혀 모

르는 말을 했고, 도무지 알 수 없는 얘기에 웃곤 했소. 그 와
중에도 베르트랑은 줄곧 나를 바라보고 있었소. 처음에는 기
쁜 표정이었는데 차츰 놀라워하더니 이내 슬퍼하는 듯했소.
나는 내 접시에 고개를 묻고 음식을 먹기만 했소.

베르트랑이 내게 두세 번 말을 걸었소. 나는 나에게 건네
는 말이라는 것을 알아차리고, 그 말의 뜻을 파악하고, 포크
를 내려놓고, 대답할 말을 머릿속으로 준비하는 데 시간이 걸
렸소. 그러나 내가 입을 열어 말을 시작하기도 전에 다른 사
람들은 긴 침묵의 시간을 거북해하다가 화제를 돌려 버렸소.
세상에, 얼마나 굴욕적이었던지! 나는 그 자리에서 죽어 버리
고 싶었다오!

식사가 끝날 무렵, 나는 다시 기회를 잡으려고 시도했소.
온 정신을 모아 한 문장을 생각해 냈고, 할 수 있는 한 빠르게
말하려고 마음을 먹었소. 침묵의 시간이 오기를 기다렸소.
그러나 그 시간은 절대 오지 않았소. 아니 내가 때를 잡을 수
가 없었소. 벌써 대사는 손목시계를 확인하며 베르트랑에게
다음 약속이 있다고 알리고 있었소.

모두가 자리에서 일어났소. 나도 내 속도로 움직였소. 모두
식당을 벗어나 현관으로 가고 있었소. 내가 식탁을 힘껏 짚고
서 간신히 몸을 일으킨 순간이었소. 그때 나는 서른세 살밖

에 안 되었었다오!

순간 갑자기 베르트랑이 마음이 걸렸던지 뒤를 돌아봤소. 내게로 돌아와 나를 얼싸안았소. 한참 동안 말이오. 내게 말할 시간을 주려는 듯했소. 그때가 식사하는 동안 내가 말하지 못했던 내 가슴 속에서 끓어올라 목구멍, 입술까지 올라왔던 것, 그가 알아주길 바랐던 모든 것을 말할 수 있는 기회였소.

그러나 나는 아무 말도 하지 못했소. 단 한 마디도. 그가 나를 향해 다시 오는 모습을 보고 감격하고 놀랐소. 그리고 그를 기다리고 있는 다른 사람들을 그의 어깨너머로 보았소. 하지만 이번에도 나는 입을 열 수가 없었소. 그때가 매우 중요한 순간임을, 정상적으로 살아가는 사람들과 연락할 유일한 기회일 수 있음을 분명히 느끼고 있었소. 하지만 상황이 그처럼 중대했기 때문이었던지 내 몸은 굳어 버리고 말았다오.

결국, 말은 할 수 없었지만 마지막 순간, 나를 묶고 있는 눈에 보이지는 않는 밧줄을 아주 조금, 겨우 인간다운 몸짓을 할 만큼 아주 조금 풀어내는 데 성공했소. 나는 베르트랑이가 버리지 않도록 그의 손을 한 손으로 쥐고서 안주머니에서 사진을 찾았소. 아내가 보내 준 딸애의 사진을. 그렇소, 세상의 모든 갓난아이와 닮은 모습의 그 갓난아이 사진을 꺼내 그에게 보여 주었소. 그러고는 사진을 돌려 뒷면에 적힌 나디아라는 이름을 읽게 했소. 그는 고개를 끄덕이며 내 어깨를 두드렸소. 그리고 뭐라고 웅얼거리고는 가 버렸다오. 슬픔과 연민 어린 눈빛을 하고는 빠르게 멀어졌다오.

그게 구조 요청임을 그가 알아들었을까? 전혀 알아듣지 못했소. 내가 뭔가 말하고 싶었다면 시간을 놓치지 말았어야 했소. 오래된 사진을 꺼내 보여 주는 것 말고 더 신중하게 행동했어야 했소. 멀어지는 그의 눈에서 본 것은 슬픔과 연민뿐이었소. 그는 프랑스로 돌아가자마자 클라라에게 통고와 같은 편지를 보냈다오. 불쌍한 바쿠는 너무나 쇠약해져서 많이 변했다고, 그녀와 그가 알았던 '자유' 조직의 가브로슈는 더 이상 존재하지 않으니, 잊고 새 출발을 하라고 말이오. 베르트랑은 마지막에 보인 내 행동을 언급할 필요조차 느끼지 못했다오. 그는 그 얘기를 해봤자 무슨 소용이 있겠냐고 생각했소. 클라라가 나를 너무 일찍 노인이 되어버린 가엾은 모습보다는 생기 넘치고 사랑스러웠던 청년의 모습으로 기억하는 게 낫다고 말이오.

나는 동생의 운전기사가 모는 차를 타고 요양원으로 돌아오는 길에 완전히 상심했소. 모든 기회를 놓쳐 버렸으니 말이오. 반면에 살렘은 뛸 듯이 기뻤을 것이오. 이제 누가 그 애를 멀쩡한 제 형을 정신병원에 가둬 버렸다고 의심하겠소? 나를 자유롭게 집에 오게 해, 손님들과 점심을 먹으며 얘기를 나누게 함으로써 선의를 증명한 셈 아니오. 더구나 내게 은밀한 대화도 허락하지 않았소? 결국, 내 정신 상태가 너무도 심각하기에 나를 전문 병원에 입원시키고, 자신이 내 유산을 관리하는 게 부당하지 않다는 점을 모든 사람에게 확인시킨 것이오.

동생은 또한 그 점심식사 한 번으로, 늘 따라다녔던 분명한 오점을 씻어 내는 데 성공했소. 옥살이까지 겪게 했던 밀수 혐의 말이오. 그 애는 부를 가지고 이미 상당한 체면을 유지하고 있었소. 당신도 짐작하고 있기를 바라는데, 체면이란 돈에 의해 움직이는 매춘부와 같다오. 그 애는 이번에 체면을 완전히 회복했던 것이오. 10년 전에 프랑스인들이 동생에게 유죄를 선고했었는데 이제 그 프랑스의 대사와 각료가 그 애의 집에까지 와서 점심을 먹었잖소. 그게 그 애가 무죄라고 확증해 준 셈임을 누가 부정하겠소?

결국, 나의 해방의 전조라 할 수 있었던 그 점심식사는 내 동생이 출세하는 데 확실한 발판이 되어 주었다오. 어떻게 한 집안, 한 배에서 그와 같이 뛰어난 인물과 나와 같은 쓰레기가 나올 수 있을까 하고 당시의 많은 사람이 의문을 가졌을 것이오. 나의 처지를 아는 사람들은, 집안의 결함과 같은 나의 존재 때문에 동생의 자존심에 해가 될까 봐 나에 대해 언급하기를 피했을 것이오. 사람들 대부분은 내 존재까지도 잊었겠지만 말이오. 그렇게 사람들은 이미 나를 장례식조차 없이 매장해 버렸다오.

그것도 낯선 이들뿐만이 아니었소! 내 가족들이 그랬다오! 나를 위해 뭔가를 할 수 있었을 유일한 사람이 누나였소. 누나 말고 다른 사람은 없었소. 누바르 할아버지와 할머니는 미국에 도착하고 나서 얼마 되지 않아 돌아가셨고, 굴욕적인 상황에서 터키를 떠났던 아람 삼촌은 우리 집안이나 과거와는 더는 연결되길 원하지 않았으니까.

또 누가 있었겠소? 레지스탕스 조직의 동지들? 나를 알았던 동지들은 베르트랑을 통해 내 소식을 듣고 슬퍼했겠지만 이내 잊었을 것이오. 그들을 어떻게 탓하겠소? 젊은 시절의 동지들 중에서 승리를 거둔 지 얼마 지나지 않아 뚜렷한 이유도 없이 무너져 버린 사람이 나뿐만이 아니었으니 말이오. 때때로 전쟁의 여파가 뒤늦게 나타나기도 하는 법이라오.

또 누가 있었겠소? 내 아내 클라라? 처음에는 내게 편지를 몇 통 보냈다고 하는데 나는 한 통도 받지 못했다오. 아내는 내 누나에게도 편지를 보냈는데, 누나가 나를 만나지 않는 게 좋겠다는 답장을 보냈소. 왜 그랬느냐고? 이페트 누나는 여름마다 보았던 내 상태를 내 아내가 보기를 원하지 않았소. 게다가 하이파와 베이루트 사이를 오가는 일이 거의 불가능해졌기에, 아내가 나를 만나러 오려면 위조 신분증을 구하고 불법적인 일을 해야만 했소. 그러면 아랍인들이나 이스라엘인들에게 동시에 의심을 받을 게 분명했소. 누나는 클라라가 딸을 남겨 둔 채, 아니 더욱 위험하게 딸까지 데리고서 모험을 감행해 모든 장애물을 넘어, 겨우 숨만 쉬면서 어슬렁거리고 제대로 말도 반응도 못하는 식물인간 같은 나를 마주하면 그녀가 아주 절망에 빠져 버릴지도 모른다고 생각했던 것이오. 그렇다면 최소한 내가 깨어나는 기미라도 보이는 더 나은 때가 오기를 기다리는 게 낫지 않을까? 그러면 클라라와 나디아와의 만남으로 올 충격이 내게 도움이 될 수 있을지도 모른다고 생각했소.

당시만 해도 누나는 내 상태가 좋아질 거라고 기대했소. 하지만 나를 방문할 때마다 그 희망이 약해졌소. 그러다 어느 날 희망하기를 그만두었소. 공교롭게도 내가 누나를 기다리기 시작한 바로 그 시점에 말이오. 하지만 나는 누나를, 그리고 클라라를 원망하지 않소. 내가 산 채로 매장당해 내 안에 갇혀 있다는 것을 그들이 어떻게 알 수 있었겠소? 내가 구조

요청도 하지 않았지 않소.

비참했던 점심식사를 했던 그날 저녁에 당장, 나는 내 실수를 만회하고 싶고, 나의 말하는 능력을 더는 믿을 수가 없어서 종이쪽지에 간단한 문장을 애써 써 놓았소. "나는 여기서 나가 다시 정상적인 삶을 살고 싶습니다." 베르트랑에게 말하지 못해 후회하면서, 이듬해 이페트 누나가 오면 직접 전해 줄 생각으로 써 놓은 구조요청이었다오. 나는 그 쪽지를 나디아의 사진과 함께 호주머니에 늘 넣고 다녔소.

내가 구조요청을 글로 써 놓은 것은 단지 필요한 때에 말을 하지 못할지도 모를까 봐 두려웠기 때문만은 아니었소. 내 정신 상태가 더는 지금과 같지 않을 우려가 있기 때문이기도 했소. 나는 사막에서 길을 잃고 갈증에 시달리는 사람이 나뭇잎이나 꽃잎에 맺힌 이슬을 한 방울씩 모아 마시듯 내 속에 응축된 약간의 분노를 모아야 했소. 분노와 분개, 드물게 올라오는 반항 충동이 마비된 자존심을 되살리는 데 절대적으로 필요한 귀중한 연료와 같았다오.

그해 여름, 누나는 휴가를 레바논 산으로 오지 않았소. 그 이듬해 여름에도. 나는 누나를 다시 보지 못했다오.

어느 날 살렘이 알려 줬소. 마흐무드 매형이 이집트 당국과 문제가 생겨서 다른 은행가들 몇 명과 함께 체포되어 8개월

간 억류되어 있었고, 그 뒤로 상처를 받고 환멸을 느껴 중동 지방에서 최대한 먼 곳, 호주 멜버른으로 망명을 떠났다고 말이오.

하지만 나는 그 얘기 또한 수상쩍게 들렸소. 아니라면 최소한 누나가 내게 작별 인사라도 하러 왔을 것이오. 살렘이 뭔가 음모를 꾸며 누나 몫의 유산도 빼앗은 것 같았소. 물증은 없지만, 심증이 있었소. 그리고 몇 가지 막연한 징후들이 여기저기서 감지되었다오. 하지만 그런 치사한 이야기는 그만둡시다!

아무튼, 내가 누나가 오는 것을 기쁘게 여긴다는 표현을 했었더라면 누나는 먼 데서라도 나를 보러 왔을 것이오. 그런데 내게서 단음절의 소리만 겨우 들은 뒤 눈물을 흘리며 돌아가곤 했으니 무엇하러 호주에서부터 배 또는 비행기를 타고 다시 오겠소!

누나는 다시 오지 않았소. 그래도 나는 여름이 다가오면 누나를 기다렸다오. 해마다 기대감이 줄기는 했지만 말이오. 나의 마지막 희망이 그렇게 사라져 갔소.

그런데도 내가 살아남은 것은 더 이상 살지 않기 위해서도 얼마만큼의 의지가 필요했기 때문이었소. 내게는 그만한 의지조차 없었다오. 죽음을 향해 손을 뻗을 의지 또는 힘조차 말이오. 약병을 몰래 가로채거나 계단을 달려 지붕에 올라가 허공으로 몸을 날릴 의지조차 없었다오. 요양원 건물은 3층까지밖에 없지만 약간의 행운이 따라 준다면 뼈가 부러져 죽을 수도 있었을 텐데 말이오.

이렇게 말하는 게 아니었소. 내게 행운이란 오히려, 마지막 희망이 사라졌다고 믿었을 때에도 삶을 끝낼 힘이 없었다는 것이었소. 설사 터널 끝에 빛이 보이지 않는다 해도, 그곳에 빛이 있으며 곧 나타날 것이라고 계속 믿어야 한다오.

어떤 사람들은 미래에 대한 믿음을 간직하고 있기에 참고 기다린다오. 또 어떤 사람들은 삶을 끝낼 용기가 없어서 기다리고. 비겁함이란 분명 경멸당할 만하지만 그래도 삶의 영역에 속한다고 할 수 있소. 체념과 마찬가지로 생존의 한 수단이라오.

그렇지만 내가 오로지 비겁함과 체념 덕에 삶을 유지한 듯 말한 것은 잘못이오. 로보가 있었소. 그는 요양원의 환자로 나와 자주 얘기를 나눴던, 내게 꼭 필요했고 유일했던 친구였소. 잠시 뒤에 그에 대해 다시 얘기하겠지만, 그 친구는 수년간 내게 그 누구보다도 중요한 사람이었소. 그보다 먼저, 어떻게 그가 자살하려는 나를 단념시켰는지 이야기하고 싶소.

자살할 생각을 하는 것이 쉽지는 않았소. 요양원에는 유치하게 밀고하는 분위기가 퍼져 있었소! 내가 자살하려 한다고 사람들이 의심하면 매일 밤 나를 침대에 묶어 놓을 것 같았소. 그런데 로보가, 내게서 뭔가를 눈치채서 털어놓게 하려고 그랬는지 모르지만 아무튼, 자신이 한 번 이상 '끝낼' 생각을 했었다고 고백했소. 나 역시 그와 같은 생각을 하고 있다고 말하자 그는 20년 연장자이자 20년을 요양원에서 살아온 선배로서 훈계했소.

"자네는 죽음을 최종적인 출구로 여겨야 하네. 자네가 그곳으로 달려가는 걸 아무도 막을 수 없다는 걸 명심하게. 바로 그렇기 때문에 자네는 그곳에 닿을 수 있지만, 그 방법을 영원히 유보해 두게. 밤에 악몽을 꾸고 있다고 한 번 가정해 보게. 악몽이라는 것을 알고, 머리를 약간만 흔들어도 깨어날 수 있다는 것을 안다면, 모든 게 훨씬 간단해지고 참을 만해지지. 가장 끔찍해 보이는 것에서도 기쁨을 느낄 수도 있게 되고. 인생이 자네를 두렵게 하고 아프게 하며 가까운 사람들이 흉측한 가면을 쓰고 있는 듯하지……. 하지만 그게 인생이고, 두 번 다시 초대받을 수 없는 놀이라고 생각하게. 쾌락과 고통의 놀이, 신뢰와 사기의 놀이, 가면 놀이라 생각하고, 자네는 배우로서 될 수 있으면 관찰자로서 끝까지 연기하게. 거기서 빠져나오는 일은 언제나 가능할 테니까. 나 역시 그 '출구' 덕에 살아가고 있네. 언제든 그것을 사용할 수 있기에 나는 사용하지 않을 거라는 사실을 알고 있네. 하지만 저승의 입구에 내 손이 닿지 않았다면 나는 꼼짝 못하고 갇힌 느낌이 들어 최대한 빨리 달아나고 싶었을 걸세!"

로보는 일반 사람들보다 더 아프지 않았소. 단지 이른바 '변태적인 습성'이 있을 뿐이었는데, 가족들이 그를 '치료'하려는 목적에서 또는 추문을 피하기 위해 입원시켰던 것이오. 그는 성인이 된 후 대부분의 세월을 여러 병원에서 보냈고, 그곳이 네 번째인가 다섯 번째로 옮겨온 곳이었소. 그리고 온갖 종류의 실험 대상이 되어야 했소. 심지어 어떤 의사는 그에게서 '나쁜 성향을 없애기 위해서'라며 뇌의 백질 제거 수술을 감행하려고도 했었소. 다행히 그의 어머니가 이성에서인지 직관에 의해서인지 마지막 순간에 개입해 수술을 막았다오. 그 끔찍한 사건 이후 '뇌백질'을 뜻하는 '로보'가 그의 별명이 되었소. 장난삼아 우스꽝스럽게 말이오. 그는 자기 인생이건 과거건 자신을 둘러싼 모든 것을 초탈해서 바라보았다오.

요양원에서 그는 예외적인 지위를 누렸소. 그의 방에는 피아노가 있었고, 때때로 하루 온종일 슬리퍼를 신고 목에는 초록색 비단 스카프를 두른 채 피아노 앞에 앉아 외운 곡들을 연주하거나 나와 이야기를 나눴소. 그리고 다른 환자들과 달리 전화나 우편물을 받을 수 있었소. 사실 그가 미쳤다고 생각하는 사람은 아무도 없었다오.

어느 날 로보가 와서, 내 동생이 개편된 내각에서 장관으로 임명되었다고 알려 줬소. 장관이라니, 완벽하지 않소! 그는 내가 그 소식에 충격받을 것을 알았소. 살렘이 어떤 인물인지 그에게 이미 상세히 얘기한 적이 있었으니까. 그래서 로보는 그 소식을 내뱉기 전에 내가 그날 아침에 내 몫의 '커피'를 다 마셨는지 확인했다오.

나는 한동안 얼이 빠져 있었소. 그러니까 평소보다 더 그랬다는 뜻이오. 그때는 얼이 빠져 있는 게 평상시의 내 상태였으니 말이오. 로보는 자기 방식으로 나를 위로했소.

"오시안, 이런 일에 놀라서는 안 되네. 자네 동생에게는 자네가 영원히 따라잡을 수 없는 이점이 있다는 것을 기억하게."

"그게 뭡니까?"

"그에게는 레지스탕스 활동가였던 형이 있질 않나. 자네에게는 밀수범이었던 동생뿐인데 말이야."

나는 웃고 말았소. 그러자 쓰라린 감정도 사라졌다오.

이처럼 내 동생이 부와 명성을 얻으며 번창하는 동안 나는 입가에 만족스러운 미소를 머금은 채 파멸해 갔소. 해가 갔고, 내가 아무것도 더는 바라지 않게 된 지 한참이 되었소.

그럴 때 돌연 사태가 달라지기 시작했소. 섭리의 주관자가 먼지 쌓인 서랍에서 내 서류를 꺼내 보고 훨씬 너그러운 시선을 던진 것이오.

섭리의 도구는 다름 아닌 내 딸 나디아였다오. 대학에 입학해 막 파리에 입성한 내 딸 말이오.

그렇소, 나디아였소. 나 역시 그 애에 관해서는 갓난아기의 모습으로 간직하고 있었지만, 그 애는 벌써 스무 살이 다 되었던 것이오. 온갖 반항심으로 들끓을 나이였다오. 그 애는 전쟁이 끊이질 않는 우리 중동 땅에 이미 신물이 나 있던 터라 서둘러 중동을 떠났소.

클라라는 딸아이를 곁에 둘 수는 없지만 혼자 보내는 것도 마음이 놓이질 않아서 딸아이에게, 레지스탕스 활동가 시절의 옛 친구들 몇몇과 연락하고 지내겠다는 약속을 받아냈소. 그렇게 해서 그 애는 베르트랑을 만나러 갔소. 베르트랑은 이제 장관이 아니었으나 여전히 영향력 있는 사람이었소. 특히나 그는 레지스탕스 조직에서 활약했던 거물이었으니까.

화려한 거실로 안내받아 안락의자에 앉은 내 딸은, 엷은 미소를 띤 채 자신을 뚫어지게 바라보는 베르트랑에게 압도당해 자신이 왜 왔는지 설명해야겠다고 생각했소. 사실 베르트랑은 내 딸아이의 얼굴에서 부모의 모습을 찾아내려 애를 쓰고 있었소.

"어머니가 선생님을 만나 보라고 하셨어요. 전쟁 중에 서로 알고 지내셨다고 해서요."

"그러니까 네가 나디아로구나. 나디아 케탑다르. 물론 네 어머니를 알지. 네 아버지도 알고. 두 분 다 나치 독일점령하에서 대단하셨지. 두 분 다 훌륭한 동지였단다. 내게 잊을 수 없는 친구이기도 하고."

베르트랑은 '네 아버지'라는 말을 하는 순간 마음의 동요를 느꼈소. 섬광처럼 바로 사라지기는 했지만 말이오. 그래서 나에 대해 얘기해 주었소. 그와 내가 몽펠리에에서 처음 만난 때부터 시작해서 함께 나눴던 대화, 느꼈던 두려움, 바쿠의 무훈, 잡히지 않는 바쿠에 대해서 말이오. 나디아는 그의 입에서 눈을 떼지 못했소. 어머니에게 들어서 어떤 것들을 이미 알고 있었지만, 대부분이 처음 듣는 얘기였던 것이오. 이제 그 애는 자기 아버지의 젊은 시절에 대해 더 많이 그려볼 수 있게 되었소.

이윽고 베르트랑은 나의 병과 그로 말미암은 요양원 입원에 대해서 빠르게 얘기했소. 그제야 비로소 내가 바다에 던진 병이 베르트랑의 머릿속이라는 수면 위로 떠올랐다오. 그

비참했던 점심식사가 있던 날, 마지막으로 내가 주머니에서 사진을 꺼내 보여 주었던 일을 그가 내 딸애에게 얘기했던 것이오. 그때까지도 베르트랑에게 가엾지만 대수롭지 않게 생각되었던 일화가, 너무나 슬펐던 친구의 모습을 더는 간직하지 않으려고 기억에서 내보내며 나디아에게 나눠 주려는 순간, 돌연 완전히 다른 양상을 띠게 되었다오. 아버지가 죽지 않았음에도 이미 고아와 같이 살아왔고 이제 성인의 삶에 첫발을 내디딜 준비 중인 나디아를 앞에 두고 말이오.

나디아는 눈물을 흘렸소. 그때까지 단지 족보상에만 존재했던 내가 그 시간 이후로 그 애에게 혈육을 준 아버지가 되었다오.

너무나 늦게 도달한 그 메시지가 그 애에게는 물에 빠진 사람의 마지막 손짓처럼 느껴졌소. 딸아이는 그 이후 내가 어떻게 되었을지 그리고 나를 물에서 건져 내기 위해 할 수 있는 일이 뭐가 있을지 생각했다오.

인사를 하고 물러나는 그 애를 베르트랑은 불안하게 지켜보았소. 그 애의 발걸음은 더 이상 아이의 것이 아니었다오.

바로 그날 정오에 나는 세 친구와 함께 열여덟 번째 카드놀이를 하고 있었을 것이오.

나디아가 제 사진을 부적처럼 가슴에 꼭 품고 있는, 그 아픈 아버지 생각을 어떻게 멈출 수 있었겠소? 가장 친한 친구에게 자기 딸의 사진을, 세상에서 가장 밝은 갓난아기의 얼굴을 마치 성화처럼 보여 주었던 그 정신병자—맞소, 이런 표현을 내가 어찌 두려워하겠소?—아버지를!

그 나이대의 내 딸이 품을 수 있는 모든 이상과 충동, 꿈 등 모든 것이 이제는 늙어 버린 아버지에게로 수렴되었소. 그 애는 대학 기숙사에서 한방을 쓰는 친구에게 몇 번이고 말했다오. "내 아버지란 말이야. 모르는 사람이 아니라 내 아버지라고. 내 세포와 피의 절반, 내 눈동자 색깔, 내 턱의 모양을 주신 바로 내 아버지라고." 그 애는 아버지라는 단어의 어감이 좋았소.

그 아버지가 커다란 야수가 아니라 상처받고 쫓기다 버려진 연약한 짐승이라면? 그리고 그의 딸이 아버지의 보호를 받는 대신 모성애를 발휘하며 그의 보호자로 나선다면?

나디아는 그 나이대의 감정을 품고 나를 생각했소. 그리고 그 꿈이 거기서 그치지 않았소. 나에게까지 와서 소식을 전할 방도를 연구했소. 15년 또는 16년 전에 내가 보낸 구조요청에 대한 답변으로 말이오.

아버지를 찾아 구해내야 한다는 생각이 딸애의 머릿속에 각인되었소.

감금 생활과 약물 탓에 돌이킬 수 없는 상태로 망가졌다고 해도?

그 애는 그런 질문은 하지도 않았소. 오로지 구해 내야 한다는 맹목적인 생각뿐이었다오.

딸아이가 그 얘기를 제 엄마한테 했을까? 한마디도 안 했다오. 당시에 모녀 관계는 그렇게 좋지는 않았다오. 클라라는 살아온 이력으로 인해 위압적인 성격이었던 데 반해, 나디아는 자기만의 모험을 경험하고 싶어 하고 반항심이 있었소. 제 엄마가 희망을 꺾었던 바로 그 지점에서 말이오.

나디아는 베르트랑에게도 바로는 그 얘기를 꺼내지 않았소. 독자적으로 행동하고자 했소. 그것은 그 애만의 모험이고 전투였고, 그 애의 아버지에 관한 일이었으니까.

나디아가 품고 있던 계획을 누구에게도 알리지 않은 것은 어떤 면에서 보면 옳았소. 계획이 너무나 기상천외했기에 클라라나 베르트랑이 알았다면 모두 반대했을 것이오.

나중에 알게 된 바로는, 나디아는 기숙사에서 한방을 쓰는 친구에게만 계획을 털어놓았소. 친구의 이름은 크리스틴이고 파리의 유명 보석상 집안의 딸이었소.

나디아는 친구에게 서로의 신분을 바꾸자고 제안했소. 두 소녀는 외양이 서로 닮았던 것이오. 신분증 사진을 놓고 보면

둘을 혼동할 정도로 말이오. 서류위조장이 자크가 했음 직한 방법을 동원해 크리스틴은 나디아의 사진을 붙인 새 여권을 만들었고, 도청 공무원은 아무것도 눈치채지 못했소. 이제 내 딸은 제 사진이 붙은 크리스틴이라는 이름의 여권을 소유한 채, 진짜 이름이나 국적, 출생지에 대해 누구의 의심도 받지 않고서 국경을 넘나들 수 있게 되었소. 한편 집안의 감시에서 벗어나 있던 크리스틴은, 이슬람교도이면서 유대인이기도 한 다른 소녀의 신분을 가져 봄으로써 얼마 동안이나마 숨 막힐 듯한 성을 벗어 버리는 일을 재미있어했소.

그렇소, 바로 내 딸애는 이슬람교도이면서 유대인이라오! 그 애의 아버지인 내가 적어도 서류상으로는 이슬람교도이고, 그 애의 어머니가 적어도 이론상으로 유대인이니까. 우리 관습에 따르면 종교는 부계로 전승되고, 유대인들 관습에서는 모계로 전승되니 말이오. 따라서 나디아는 이슬람교도들의 관점에서 볼 때 이슬람교도이고, 유대인의 관점에서 볼 때 유대인이오. 딸애는 둘 중의 하나를 선택하든가 아니면 그 어느 것도 선택하지 않을 수 있었소. 그러나 그 애는 동시에 둘 다를 선택하기를 원했소. 그렇소, 동시에 둘 다를, 그리고 다른 것들도 더 원했소. 자신에게 도달한 모든 혈통을 자랑스러워했소. 중앙아시아와 아나톨리아, 우크라이나, 아라비아, 베

사라비아, 아르메니아, 바이에른에서부터 시작된 정복과 후퇴의 모든 여정을 말이오. 그 애는 자신의 피 한 방울 한 방울을, 영혼의 한 조각 한 조각을 선별하고 싶은 마음이 전혀 없었다오!

그때가 1968년이었소. 프랑스의 학생들에게 피 끓는 봄이었다고 들었소. 하지만 나디아는 떠날 생각뿐이었소. 지금까지 자신이 그토록 혐오해 왔던 중동으로 말이오. 그 애는 전부 친구의 이름으로 된 비자와 비행기 표, 호텔 예약권을 손에 넣었다오.

나디아는 베이루트에 도착한 바로 다음 날 택시를 타고 뉴로드 요양원으로 갔소. 내가 여전히 그곳에 있는지 알 방법이 없었지만 다른 곳으로 가지 않았을 거라고 믿었소.

그 애는 원장실로 안내되었고 가짜 이름을 말했소. 다와브는 그 애에게 유명한 그 보석상 가문의 사람이냐고 물었소. 그 애는 적당히 초연한 태도로 그렇다고 대답했소. 그런 질문을 받을 때마다 크리스틴이 했던 것처럼 말이오.

그러고는 덧붙였소.

"바로 그 때문이에요. 가문의 이름이 관련된 일이거든요. 말씀드리기가 조금 까다롭지만, 곧장 본론을 말씀드리고 싶어요.

제 고모 한 분이 몇 년 전에 레바논에서 사셨는데, 박사님의 병원에 대해 칭찬하는 소리를 많이 들으셨대요. 고모가 제게 박사님을 찾아가 보라고 추천하셨어요. 제 아버지 문제로요. 아버지가 여러 해 전부터…… 꽤 심각한 정신적인 문제가 있어서 전문의들의 치료를 받고 계시거든요.”

“예를 들면 전문의 누구 말이오?”

나디아는 그 인터뷰를 철저히 준비했기에 명망 높은 몇몇 의사들의 이름을 댔소. 다와브는 고개를 끄덕거리며 나디아의 이야기를 계속 들었소.

“우리는 외국에 체류하는 게 아버지에게 좋을 거라고 생각해요. 가족 모두에게도 말이죠. 아시다시피 우리 집안은 세간에 알려져 있어서 명성에 해가 갈 수 있거든요. 아버지도 그 문제를 의식하고 계시고요. 이곳에서 지내시게 하는 문제에 대해서 아직 아버지께 말씀드리지 않았지만, 시설이 맞으시기만 한다면 아버지도 반대하지 않으실 것 같아요. 제 생각에는 이곳에 아버지가 바라시는 모든 것이 갖춰져 있는 것 같기도 해요. 태양과 평온한 주변 환경, 양질의 치료 환경 말이에요. 그래서 말인데, 이곳 환경이 실제로 어떤지 조금 살펴보고 싶어요. 최종 결정을 내리기 전에 박사님도 아버지를 보러 파리에 한 번 오셔야 할 것 같고요. 물론 그 비용은 우리가 댈 겁니다."

물고기가 낚싯바늘에 걸려들었소! 태도가 매우 상냥해진 다와브 박사는 부유한 상속녀에게 모범적인 자신의 병원을 한 바퀴 돌아보도록 안내하겠다고 제안했소.

정원부터 시작해서 잠시 걸으며 전체적인 설명을 했소. 가까이에 있는 산과 바다를 보여 주면서 말이오. 그리고 아주 드물게만 사용하기에 거의 새것 같은 의료장비들에 이어 환자의 방도 보여 줬소. 피아노가 놓인 로보의 방 말이오. 다음으로 푸른 식물들이 놓인 커다란 홀로 안내했소. 그런데 그런 방문에 익숙하지 않은 환자들이 카드놀이를 중단하고 방문객에게 몰려들었다오.

다와브가 말했소.

"겁내지 마세요. 전혀 해를 끼치지 않으니까요!"

나디아는 다와브 박사를 안심시켰소. 세심하게 관찰하러 온 사람답게 새침한 태도를 애써 유지한 것이오. 지나치게 깨끗한 홀 안 어느 구석에 먼지라도 있지 않나 확인하려는 듯 위아래 좌우를 돌아보면서. 하지만 사실은 몰려든 정신병자들 사이에서 한 번도 만난 적 없는 아버지를 찾고 있을 그 애의 마음이 얼마나 요동쳤을지, 짐작하고도 남을 것이오.

그날 나는 카드놀이를 하고 있지 않았소. 주사위놀이나 그

밖의 다른 놀이도 하지 않았소. 로보와 무사태평하게 얘기를 조금 나눈 뒤 그는 피아노를 치러 갔고, 나는 책을 한 권 집어 들었소. 그 애가 오고 약간의 소동이 일었을 때 나는 책 읽기에 빠져 있어서, 다른 환자들처럼 그 애에게 몰려가지 않았소. 있던 자리에서 움직이지 않고 그저 잠시 고개만 들었다오. 낯선 방문객이 누구인지 보려고.

그 애와 나는 눈이 마주쳤소. 그 젊은 아가씨가 도대체 누구이겠소? 나는 짐작조차 하지 못했소. 하지만 그 애가 날 알아봤다오. 나는 옛 사진들 속에서와 같은 모습이었으니까. 그 애의 눈길이 내게 고정되었소. 내 눈길 역시 그 애에게 고정되었지만 나는 단지 당황스러웠기 때문이었소. 게다가 우리를 마치 수족관의 물고기들처럼 구경하러 온 낯선 사람에게 약간 화가 나기도 했었다오.

내가 눈에 띄게 불만스런 표정을 지었을 거요. 다와브가 멋쩍어하면서 둘러댄 걸 보면 말이오.

"우리가 저 환자의 독서를 방해했나 봅니다!"

그러면서 나를 쏘아보았고 덧붙여 말했소.

"저분은 아침부터 저녁까지 책만 읽습니다. 독서에 열정을 갖고 있지요."

그게 정확하게 사실은 아니었지만, 다와브는 병원의 지적

위신을 돋보이게 하려고 약간 윤색해서 말했던 것이오.

그러자 나디아가 대꾸했소.

"그렇다면 이 책을 저분에게 드리겠어요. 마침 저는 다 읽었거든요."

그 애는 핸드백을 열면서 내게 다가왔소.

다와브가 만류했소.

"그럴 것까지는 없습니다."

하지만 그 애는 이미 내 옆에 와 있었소. 그 애가 책을 내게 건네기 전 안에다 뭔가를 슬쩍 끼워 넣는 것을 나는 보았소.

그러고는 그 애는 억지로 미소를 지어 보이는 다와브에게 돌아갔소. 나는 깜짝 놀라서 기계적으로 책을 펼쳤소. 책 제목을 읽을 틈도 없었소. 오른쪽 위, 저자의 이름 위에 책 소유자의 이름이 연필로 적혀 있었소. 나디아 K.라고.

순간 나는 벌떡 일어났소. 그 애를 야릇한 표정으로 바라보았소. 그제야 그 애의 얼굴에서 클라라를 닮은 부분이 보였소. 그 순간 나는 거기에 있는 그 애가 바로 내 딸임을 조금의 의심도 없이 알았소. 그리고 다와브는 그 애가 누구인지 모르고 있다는 사실도 감지했소. 따라서 나는 딸아이를 곤란하게 하지 않게 하겠다고 다짐하면서 나아갔소. 그러나 딸애는 내가 마치 자동인형처럼 다가오는 것을 보고는 겁을 먹었다오. 내가 자신을 알아보았다는 것을 알아챘고, 그래서 자신이 지금껏 쌓아올린 모든 것을 내가 단번에 무너뜨릴까 봐 두려워했소.

나는 그 애 바로 앞까지 다가가서 책을 가리키며 말했소. "고맙소!"

내가 손을 내밀자 그 애가 내 손을 잡았다오. 나는 그 손을 쥐고 흔들면서 차마 멈추지 못하고 계속 말했소. "고맙소!" "고맙소!" "고맙소!"

다와브가 신경질적으로 웃으며 말했소.

"선물에 무척 감격했나 봅니다."

나는 나디아에게 더 가까이 다가가 끌어안으려고 했소.

다와브가 소리쳤소.

"이제 됐소. 당신, 도를 넘고 있지 않소!"

나디아는 침착함을 유지하려 애쓰면서 말했소.

"괜찮으니까 그냥 두세요!"

그래서 나는 그 애를 꼭 끌어안았소. 짧은 순간이었지만 그 애의 냄새를 맡을 수 있었소. 그러나 다와브가 벌써 우리를 떼어 놓았소.

나디아는 감상에 빠져 임무 수행을 위태롭게 하지 않겠다고 마음을 다잡고, 내게서 몸을 떼며 말했소.

"이분은 정말 따뜻하신 분입니다."

그러고는 다와브를 향해 말했소. 배짱도 좋게 말이오!

"제 아버지도 독서를 무척 좋아하세요. 아버지께 이 일을 말씀드려야겠어요. 아버지가 이 환자분과 잘 맞으시리라고 전 확신해요!"

사실 나디아는 다와브 원장이 나의 이 행동에 대해 벌을 주지나 않을까, 가령 자신이 선물로 준 책을 빼앗지나 않을까 걱정했던 것이오. 나중에 알게 되었지만, 그 애는 또한, 이 감동적인 장면 덕에 망설임이 싹 가셨고 제 아버지, 곧 보석상 아버지에게 이보다 더 잘 맞는 병원은 없다고 확신하게 되었다고, 다와브 원장에게 주저하지 않고 강조했소.

다와브는 뛸 듯이 기뻐했소. 그리고 나와 내 책은 화를 면했다오. 그 애가 끼워 놓은 편지도 말이오.

나도 서둘러 편지를 옷 속에 감추었소. 화장실로 가서 책의 첫 장도 찢어버렸소. 어디까지나 신중해야 했으니까. 편지 봉투에 내 이름이 적혀 있었소. 나디아는 편지를 내게 직접 전달할 수 있으리라고는 생각 못 한 게 분명했소. 잘해야 믿을 만해 보이는 환자에게 맡길 생각이었던 것이오. 내게 전달해 주기를 바라면서.

편지에 뭐라고 쓰여 있었느냐고? 내가 살아갈 의욕을 되찾는 데 필요한 몇 마디 말이었소.

"아버지, 저는 아버지가 가슴에 품고 있는 사진 속의 그 아기, 아버지가 안 계실 때 태어나 아버지와 멀리 떨어진 곳에서 자란 딸이에요. 멀리 떨어진 곳? 사실 우리 사이는 멋진 해안 도로로 몇 킬로미터 밖에 떨어져 있지 않지만, 가증스러운 국경과 증오, 몰이해로 가로막혀 있어요.

제가 태어나기 전에 어머니와 아버지는 전쟁과 증오에 맞서 싸우셨어요. 증오는 아주 강력해 보였지만 어머니와 아버지 같은 사람들이 대항해 일어났고, 결국 이겼어요. 삶은 언제나 길을 찾아내요. 하나의 물길이 막히면 늘 또 다른 길을 파서 흘러가는 강물처럼요.

어머니와 아버지 그리고 많은 분들이 운명에 맞서기 위해 전시용 가명을 썼어요. 저의 전투는 그때처럼 눈부시지는 않지만, 저의 전투이기에 잘해낼 거예요. 저 역시 장애물들을 넘기 위해 전시용 가명을 택했어요. 아버지께 와서 이 말씀을 드리기 위해서였어요. '아버지를 세상의 무엇보다 소중히 여기는 아버지의 딸이 밖에서 아버지를 되찾을 순간을 초조하게 기다리고 있다는 것을 알아 두세요.'

이 간단한 편지를 읽는 순간 나는 완전히 변화되었다오. 편지가 내게 한 인간이자 아버지로서의 존엄성과 삶의 의욕을 되찾아 주었소. 나는 아무 감동 없이 시간만 보내는 것에 더 이상 만족하지 않았소. 나를 기다리고 있는 사랑하는 가족이 있었소. 나라는 인간이 더는 쓸모가 없다고 해도 나는 나디아를 위해 나 자신을 아끼고 가꾸겠다고 마음먹었소. 딸에 대하여 열정적인 사랑이 있었소. 이제부터는 그 애를 위해 삶과 자유를 되찾고 싶었소. 사람들에게 사랑받고 존경받았던 바쿠로, 그 애가 팔을 잡고 자랑스럽게 산책할 수 있는 아버지로 돌아가고 싶었다오.

그렇지만 삶과 화해하고 싶다는 마음만으로 화해가 이루어지는 것은 아니었소. 그것은 어떤 아버지가 자살을 생각하는데 딸이 와서 손을 잡으며 "아버지, 살고 싶지 않더라도 저를 위해서 살아 주세요!"라고 말하자, 자살 계획을 포기하는 것과 같이 단순한 이야기가 아니었소. 상황은 더욱 복잡했소. 물론 나는 내게 어떤 일이 생겼는지 이해했고, 그것 덕분에 행복했소. 다만 그 모든 것을 안갯속에서처럼 흐릿하게 보았다는 것이오. 물론 강제적이었지만 어쨌든 받아들이고 체념했던 20년간의 감금 생활과 정신 이상으로 흐릿하고 둔해진 정신으로 말이오. 20년간 정신을 쇠약하게 하는 약물을 매일 아침 다량으로 삼켰고, 20년간 의지의 발로를 막았으며, 20년간 느리고 둔하게 생각하고 말해 왔단 말이오!

다시 한번 말하지만, 그것은 단지 자살을 포기하는 것에만 국한된 게 아니었소. 벼랑 위에서 뛰어내리려던 순간 누군가 내민 따뜻한 손을 잡고 뒤로 한발 물러서는 것과 같은 게 아니었소. 그처럼 간단한 것이 아니었다오. 그런 비유를 들어 말하자면, 나는 단단한 땅이 아니라 벼랑 가, 좁은 낭떠러지 위 끝에 그것도 위스키 한 병을 마신 채 서 있는 셈이었소. 뒤로 돌아가겠다고 결심하는 것만으로는 충분하지 않았소. 왜냐하면, 내가 처한 상태에서는 구원을 향해 걷는다고 생각하면서도 낭떠러지로 돌진할 수도 있었기 때문이오. 우선 나는 술에서 깨어나 맑은 시야와 명료한 사고를 되찾아야 했소. 내가 두 발을 어디에 딛고 서 있는지 분명히 알도록 말이오.

여기까지가 내 입장이었소. 그런데 고려해야 할 것은 내 입장뿐만이 아니었소. 나를 감금한 사람들의 입장도 있었소. 내 동생은 내가 케탑다르 집과 내 몫의 유산을 회수하는 것을 원하지 않았고, 다와브에게 나는 수입원이자 영향력을 행사할 수 있는 도구였소. 나는 그들의 영향력 아래 있는 한, 그들이 의혹을 품게 하지 말아야 했소. 따라서 극도로 신중해야 했소.

예를 하나 들어 보겠소. 아침마다 마시는 커피 속의 약 있잖소. 내가 온전한 정신을 되찾으려면 어떻게 해서든 그것을 먹지 말아야 했소. 그러기 위해서는 수를 써야 했는데, 감시가 매일 엄격했던 것은 아니었소. 결국, 나는 약간의 의지와 끈기로 그 일을 해냈소. 다만 내가 단번에 약을 끊는다면 파국이 일어날 수 있다는 점에 주의했소. 48시간 안에 극도의 신경과민 증상을 일으켜 약을 삼키지 않은 것이 발각될 테고, 그때부터 의사는 같은 약을 주사로 투입하기로 하고 나를 더 엄중히 감시할지도 몰랐으니까.

가장 바람직한 방법은 약물의 양을 아주 조금씩 줄여나가는 것이었소. 나는 아침에 주는 '커피'를 마실 때 마지막 모금에서 약 맛이 특히 강하게 난다는 사실을 알아냈소. 그래서 약간의 요령을 피워 잔 바닥의 마지막 한 모금을 입안에 담고 있다가 잠시 뒤 화장실에 가서 세수하면서 세면대에다 뱉었소. 그렇게 몇 주가 지나자 그 일을 훨씬 능숙하게 해냈소. 그러자 마음의 안정을 유지하면서 정신은 훨씬 맑아졌소. 책을 읽거나 다른 사람들의 행동을 관찰할 때 그것을 느낄 수 있었다오. 느낌이 이상했소. 마치 나의 낡은 감각을 다른 사람의 새 감각과 바꾼 듯했소. 아니 추가로 새 감각 하나를 더 얻은 듯했소.

내가 감각을 되찾고서 발견한 한 가지 사실이 있었소. 그것은 간호사들이 환자들이 있는 데서 순전히 의료적인 것이든 조롱하는 것이든 의견들을 나누는데, 단어들을 생략하고 약어를 쓰면서 모두 아주 빠르게 말한다는 사실이었소. 내가 고약한 그 약물의 영향을 받고 있을 때는 그 모든 일이 내 코앞에서 일어나고 있어도 나는 단 한 단어도 알아듣지 못했소. 하지만 약간의 노력을 기울이자 알아듣게 되었던 것이오. 때로는 환자들을 지칭하는 무례한 별명 또는 이런저런 환자의 건강 상태에 대한 염려스러운 진단, 심지어는 어떤 환자에게 남은 살 날을 놓고 거는 짓궂은 내기에 대해 들었소. 그때마다 나는 아무 반응을 보이지 않도록 조심해야 했다오.

하지만 내 머릿속에 딱히 계획이 있었던 것은 아니었소! 나는 탈출과 관련해 어떤 계획도 세우지 않았소. 단지 딸이 부를 때 대답할 수 있게 정신을 차리고, 조금이라도 나 자신으로 되돌아오려고 시도했을 뿐이오.

아, 한 가지가 더 있소. 기억하는 연습을 했소. 하루는 책을 읽고 있었소. 그때 나는 독서에 점점 더 시간을 들이게 되었소. 번역된 폴란드 옛날 모험 소설이었소. 줄거리가 빠르게 전개되어, 나는 다음 내용이 어서 알고 싶었소. 책장을 점점 빠르게 넘겼소. 문득 고개를 들었는데 간호사 하나가 의아한 눈빛으로 날 바라보고 있어서 깜짝 놀랐소. 내가 평소의 느린 행동 습관을 버리고 다시 민첩하고 신경질적이며 힘 있게 행동하게 되었고, 그것을 간호사가 알아챘던 것이오. 간호사는 의사에게 보고하기 전에 한 번 더 확인하려는 듯 계속 내게 시선을 고정했소. 나는 속도를 늦췄고, 결국 어떤 문단은 두 번 읽었소. 그때부터 나는 문단 전체를 외우겠다는 생각을 하게 됐소. 그것이 나의 '정신 훈련'에 유익했는지는 모르겠지만 내 능력에 대한 믿음을 되찾는 데는 도움이 되었소.

맞소, 당신이 내 말을 제대로 이해했소. 그 간호사는 내가 정상적인 속도로 책을 읽는다는 이유로 다와브에게 날 주시해야 한다고 보고했을 것이오!

그 요양원에서는 모든 환자가 언제든 폭력적 발작을 일으킬 수 있는 잠재적 광증 환자라는 게 지배적인 생각이었소. 그래서 환자들이 '늘어져' 있는 한 위험이 없지만 모든 갑작스러운 행동이나 흥분한 기미는 발작의 전조로 여겨졌다오.

따라서 나는 나디아 또는 그 애의 신호를 기다리면서 스스로 조심하고 있어야 했소. 내 생각에 나디아의 입장에서 나를 구해 내는 것보다 더 소중한 소원은 없을 것 같았소. 그런데 어떤 방법으로 그 일을 해내겠소? 하나는 감옥 안으로 교묘히 들어와 나를 만나는 것이었고, 다른 하나는 나를 탈출시키는 것이었소.

나디아는 임무를 제대로 수행해서 병원 원장을 완전히 속여 넘겼다는 사실을 매우 자랑스러워했소. 기적적으로 내게 직접 편지를 전달했고, 나와 인사하고 악수하고 포옹까지 한 것까지 전부를 말이오. 그 애는 나를 모르는 사람처럼, 아니 성가신 사람에게 잠시 호의를 베풀 듯 포옹했지만 사실 우리 두 사람에게는 의미 있는 첫 포옹이었소. 내가 그 애를 애인 이라도 되는 듯 얘기하고 있구려! 그게 내가 20년 만에 만난 딸과의 처음이자 유일한 포옹이었다오! 나는 그 뒤로 몇 주가 지나도록 그때의 감동을 잊지 못했다오! 지금도 그 순간의 감 동이 생생하게 느껴지고…….

미안하오! 내가 어디까지 얘기했더라?

아, 딸애의 계획에 대해 말하던 참이었지. 그 애의 요양원 방문은 너무나 완벽하게 진행되었소. 나디아가 자신이 품고 있는 모든 대담한 시도들 역시 성공할 것이라고 믿을 정도였 소. 그 애는 그 뒤로 몇 주 동안 여러 가지 계획을 꾸몄소. 극 도로 무모한 계획…… 납치 계획을 말이오! 결국, 그 애는 술 책만으로는 충분하지 않으니 다른 방법을 동원해야 한다는 결론에 도달했소. 그렇소, 납치 말이오! 오, 가엾은 나디아, 그 애는 열의에 차 판단을 흐리게 되었다오!

나디아는 도움을 얻을 수 있을지도 모른다는 희망을 품고 다시 베르트랑을 찾아갔소. 요양원에 몰래 왔다 간 후 꽤 시간이 지난 뒤라 딸애는 그 일과 나를 만난 이야기를 하기 시작했소. 베르트랑은 처음에는 호의를 가지고 들으며 감탄하기까지 했소. 딸애의 몸짓과 어조에서 자신의, 그리고 클라라와 나의 젊은 시절을 보았소. 그러나 상대의 호의적인 반응에 고무된 나디아가 새로운 계획도 털어놓자 베르트랑의 표정이 어두워졌소.

그가 말했소.

"지금까지 한 일에 대해서 네가 자랑스럽구나. 너 스스로 자랑스럽게 여겨도 될 만하고, 네 부모님의 오랜 친구인 나 역시 네가 무척 자랑스럽다. 하지만 거기까지다! 네가 아버지와 만난 얘기를 들으니 나도 네 아버지를 마지막으로 봤던 슬픈 기억이 떠오르는구나. 이렇게 중요한 문제를 앞에 두고 내 솔직한 느낌을 숨긴다면 친구라 할 수 없겠지. 네 아버지는 심신이 쇠약해져 있다. 몸짓과 눈물로 감정을 표현하지만, 그 이상의 능력은 없단다. 아버지가 네게 뭐라고 말씀하셨니?"

"그저 고맙소 라고만 했어요. 하지만 병원장이 지켜보고 있어서 다른 말은 할 수 없었을 거예요. 속마음을 드러낼 수가 없었다고요!"

"그건 헌신적이고 의협심 있는 소녀의 머릿속에서 나온 생각이란다. 불행히도 진실은 다르단다. 내가 네 아버지를 봤다.

세 시간 동안 곁에 있어서 내게 말해도 아무런 위험이 없었단다. '날 데려가 주게'라고 말했다면 당장에 나와 대사와 함께 떠날 수 있었어. 불한당 같은 동생은 잠자코 있을 수밖에 없었어. 그런데 네 아버지는 단 한 마디도 하지 않았단다. 내가 떠나려는 순간 마지막으로 네 아버지한테 다시 갔을 때에도, 원하는 것을 말할 시간이 있었단다. 우리 둘뿐이었으니까. 하지만 그때도 아무 말 하지 않았단다. 그저 호주머니에서 네 사진을 꺼내 보여 줬을 뿐이지. 정감 있고 가슴 뭉클하지만 그래도 어디까지나 심신이 허약한 사람의 행동이었다.

20년 동안 아버지를 한 번도 보지 못한 너를 앞에 두고 이런 장면을 이야기하고 있으니 눈물이 나는구나. 물론 너는 나랑은 비교가 안 될 만큼 더욱 감정이 북받칠 게다. 네 행동은 훌륭했다. 아버지를 만나러 가서 포옹하고, 네가 잊지 않고 있다고 말했다니, 나무랄 데가 없구나.

박수를 보낸다. 훌륭한 두 동지의 딸다워. 하지만 이제는 진실을 정면으로 바라봐야 한다. 거듭 말하지만 네 아버지는 심신이 쇠약해져 있다. 너무나 슬프고 부당하지만 그게 사실이란다. 내가 마지막으로 만났을 때에도 이미 네 아버지는 더이상 그 자신이 아니었다. 단지 눈물과 포옹으로만 자기감정을 표현할 뿐 그 이상은 불가능했단다. 그 뒤로 십육 년의 세월을 요양원에서 보냈지만 분명 상태가 호전되지는 않았을 게야.

네가 그런 계획을 실행하느라 감수할 위험에 대해서, 나는 생각조차 하기 싫구나. 그 위험에 대해 너도 나만큼이나 두려워하지 않을 게다. 하지만 내 말을 믿어다오. 납치 계획이 네 예상대로 성공했다고, 네 아버지가 도중에 잡혀 더욱 엄중히 갇히는 불상사 없이 요양원에서 빠져나왔다고 가정해 보자. 더 나아가 한 달 뒤 네 아버지와 우리가 여기, 이 아파트 소파에 앉아 있다고 가정해 보자. 어떤 일이 벌어지겠니? 너 역시 아버지의 상태를 이해하고 아버지를 다시 병원에 입원시킬 수밖에 없을 게다. 딸이나 친구의 헌신으로도 해결할 수 없는 의료적, 정신적, 생리적인 문제들이 있단다. 너는 네 아버지를 익숙하고 친구들이 있는 요양원에서 빼내 또 다른 요양원에 입원시키는 셈이 되는 게다. 어쩌면 그곳은 네 아버지 마음에 들지 않고 훨씬 음울할 수도 있는데 말이다."

나디아는 통렬히 비난하면서 베르트랑의 집을 나왔소. 또 다시 혼자 계획을 실행하겠다고 맹세하면서. 하지만 확고한 결심에 타격을 입었소. 베르트랑의 경고가 그 애의 머릿속을 파고들기 시작했다오.

내가 당시에는 분명히 인정하지 않았음에도 나를 버리지

않겠다는 그 애의 약속을 붙들고 벼랑에서 기어오르고 있을 때, 그 애는 날 포기했소. 하지만 내가 처한 상황에서 나는 그 사실을 알지 못했소. 언젠가 그 애가 다시 올 거라고 확신했고, 그때를 위해 나는 준비되어 있고 싶었소.

나는 나디아를 기다리면서 살았소. 여러 해 동안 매일 밤, 잠이 들면서 생각했소. 그 애가 내일 오지는 않을까. 이번에는 어떻게 변장하고, 어떤 은밀한 계획을 가지고 올까 하고 말이오.

하지만 내가 기다렸던 미래는 이미 지나가 버렸소.

나디아는 다시는 나를 보러 오지 않았소. 그 애를 탓하지는 않소. 그 애가 무엇 때문에 오겠소? 나를 구하러? 그 애는 이미 나를 구원했소. 그 애가 나를 치료할 수 있는 말을 했기에, 나는 이미 비탈을 기어오르고 있었소. 내면의 구렁에서 벽을 타고 천천히 올라오고 있었소. 나 자신과 싸우고 있었다는 말이오! 안개를 헤치고 온전한 정신과 기억력을 되찾기 위해서, 충족되지 못해 고통을 겪을 것을 각오하고서 감각들을 깨우기 위해서⋯⋯. 그것은 이제 나 혼자 감당해야 하는 나의 전투였소.

그것도 갑절의 신중함을 동원해야 했소. 불우한 동료 입원자들을 관찰하여 그들의 행동방식과 괴벽을 모방하면서. 왜냐하면, 무기력 상태와 각성 상태는 정말이지 너무도 달랐다오. 단순히 말의 속도나 억양만 다른 게 아니었소. 나는 "어, 어" 하면서 구나 단어, 음절을 길게 늘이는 버릇만 사라진 게 아니라 사용하는 어휘도 달라졌소. 욕구와 함께 그것을 가리키는 단어들을 잊었었소. 말투와 시선, 음식을 삼키면서 얼굴을 찡그리거나 찡그리지 않는 방식을 비롯해 수많은 미세한 특징들이, 아침마다 우둔하게 만드는 약물을 온순하게 삼킨 사람과 그러는 척만 한 사람을 구분 지었소.

그럼에도 불구하고 그때까지도 나는 그곳에서 도망칠 생각은 전혀 하지 않았소. 되찾은 능력들이 너무나 소중했기에 섣불리 행동해서 위험을 자초하고 싶지 않았소. 어떻게 하겠소? 배달 트럭 상자에 숨어 들어가겠소? 벽을 뛰어넘어 경비원보다 더 빠르게 도망치겠소? 아니오, 나는 그런 식으로는 행운을 잡을 수 없었소.

나는 떠나는 것에 대해 날마다 생각했소. 요양원에서 벗어나 다른 곳에 있기를 갈망했소. 하지만 물리적으로 장애물을 뛰어넘는 행위는 불가능했소. 나는 딸을 기다렸다오.

그 애가 오지 않으면 어떻게 하느냐고? 그 질문 자체에 해답이 들어 있소. 그 애가 오지 않는 때란 없다오. 누군가를 열렬히 기다리면, 시간이 갈수록 기대하는 그날이 가까워진다고 더욱더 확신하는 법이오. 일 년이 지나면, 생각한다오. 할수 없지, 준비하는 데 일 년이라는 세월은 족히 걸릴 거야. 이년이 지나면, 그 애가 올 날이 임박했을 거라고 생각하고…….

게다가 요양원에서 시간은 바깥세상에서와 같게 흐르지 않았소. 아무도 자기 방 벽에 날짜를 표시해 두지 않았다오. 우리는 모두 영원 속에 있었소. 날마다 똑같은 날인 영원 속에. 그러니 무엇하러 날짜를 헤아리겠소?

마지막 밤

이미 시간이 밤 열한 시인가 열한 시 반인가 되어 오시안과 나는 배가 고팠고 잠깐이라도 휴식이 필요했다. 우리는 밖으로 나가 밤에도 문을 여는 식당을 찾아가서 양파 수프를 먹었다.

　식사 중 잠시 침묵이 흐르자 오시안은 안주머니에서 붉은 가죽 장정의 낡은 수첩 하나를 꺼냈다. 금빛 걸쇠가 걸린 장방형의 고급스러운 비망록이었다.

　나는 그가 건네는 수첩을 받아 펼쳐 보았다.

　"머릿속에 스쳐 갔던 생각들이오. 요양원에서 지내던 마지막 나날에 기록했소."

　나는 페이지를 넘겼다. 대부분은 공백으로 남아 있었고, 몇몇 페이지들에 제목도, 운이나 마침표도 없이 끼적인 단속적 문장들이 있었다. 그의 허락을 받아 몇 줄 옮겨 적었다.

내 뒤로 천국의 문들이 삐걱거리며 닫혔다 나는 뒤돌아보
지 않았다

발밑에 나의 발 그림자가 내가 가는 길 전체와 벽까지 늘어
져 있다

감은 내 눈꺼풀 속에서 나의 그림자 위를 걷는다 혈관들처
럼 사방으로 뻗어 있는 아나톨리아의 길들을

신기루 같은 유리창이 달린 사암으로 지은 멋진 집이 기억
난다

도시의 윙윙거리는 소음 바벨탑에서 나는 은은한 소리가
귓가에 들린다

옛날 옛적 사막의 전초(前哨)에서 오아시스 속으로 쓸려간
사람들

옛날 옛적 하늘로 올라가는 사다리 옛날 초조했던 때 옛날
에 미래

우리는 곧 오시안의 호텔방으로 돌아왔다. 그나 나나 모두 너
무나 피곤했지만, 시간이 없었다. 이야기를 마무리 지어야 했다.

그는 나를 안심시키려고 말했다.

"남은 이야기가 얼마 되지 않소. 1970년대까지 왔다오."

밖에서 어떤 사건들이 벌어졌고 그 소음이 요양원에까지 들려왔소. 무기 소리 말이오. 폭탄이 터지고 기관총이 난사되는 소리에 이어 구급차의 사이렌 소리가 요란하게 들려왔소.

아직 전쟁이 터진 것은 아니었소. 예고하는 사격소리였소. 폭력 사태가 점점 빈번해지고 요란해졌소. 밖에 있는 사람들은 아마 무슨 일이 벌어지고 있는지 알았겠지만, 우리 입원자들에게는 소음만 들려올 뿐이었소.

우리는 그 소음에 불안해했소. 내가 '시킨'이라는 별명을 가진 입원자에 대해 말했던가? 안 한 것 같군. 불우한 입원 동료들 가운데 지금까지 내가 언급한 사람은 로보뿐이었던 것 같소. 내가 볼 때…… 시킨은 로보와 정반대였소. 로보는 그 누구보다도 섬세하고 순한 사람이었소. 때로는 가족들의 뜻에 거스르지 않으려고 순순히 입원했을 거라는 느낌이 들 정도였다오. 그는 세상이 자신에게 맞지 않거나 자신이 세상에 맞지 않으며, 자신이 너무 일찍 아니면 너무 늦게 잘못된 장소에서 잘못 태어났다고 생각했소. 요컨대 세상에서 조용히 물러나 이따금씩 피아노 의자에 앉는 것 외에 아무것도 요구하지 않았다오.

시킨의 경우는 달랐소. 그는 정신병원까지 오는 데 전혀 다른 '과정'을 거쳤소. 즉, 살인을 저질렀다오. 어느 날 광기에 사로잡혀 푸줏간 용 칼을 들고 거리로 뛰쳐나가 십여 명의 행인들에게 상처를 입혔소. 그중 한 여성에게는 치명상을 입힌 후 진압되었소. 그의 변호사가 면책 가설을 내세워 변호한 끝에, 그는 몇 개월간 공공시설에 갇혀 있다가 가족의 노력으로 다와브 박사의 모범적인 정신병원으로 이송되었소. 가끔씩 그는 살인 충동이 올라오는 듯 입술이 떨렸소. 그러나 다른 환자들보다 훨씬 많은 양을 투여하는 듯한 신경안정제 덕에 그의 살인 욕구는 깨어나지 않고 있었소.

이제 와서 내가 그에 대해 말하는 것은 그즈음부터 그가 염려스러운 행동을 보이기 시작했기 때문이었소. 폭력 성향을 말하는 게 아니오. 그것이라면 의사가 치료할 수 있었을 것이오. 그는 무언의 환희 같은 것을 느끼는 듯했소. 총소리가 날 때마다 시킨은 마치 공범의 메시지라도 받은 듯 또는 오랫동안 그에게 가혹했던 바깥세상이 마침내 그의 진가를 인정하기라도 한 듯 만면에 화색을 띠었소. 그는 키가 컸고, 숱 많은 붉은 머리칼에 목이 굵고 턱이 돌출되어 있었소. 칼을 움켜쥔 모습을 상상하면 무시무시할 정도로 악력 또한 셌소. 그가 씩 웃을 때면 다른 사람들도 나만큼 불안했는지 모르겠소. 아무튼, 간호사는 그가 발작을 일으킬 기미를 조금이라도 보이면 즉시 결박할 태세로 가까이에서 지켜보았다오.

하지만 그는 행동하지는 않았소. 단지 웃기만 했소.

전투가 격렬해지고 우리가 있는 요양원으로 점점 가까워지자 시킨은 일종의 황홀경 상태에 들어갔소. 반면에 환자나 간호사를 막론하고 다른 사람들은 요양원이 언제 포위될지 몰라 두려워했소. 요양원 건물은 요새처럼 지어져 있어, 높고 견고한 벽으로 둘러싸였고 옥상에는 감시초소가 있었소. 전투를 벌이고 있는 양측 모두 요양원을 보루나 군사령부 건물로 바꾸고 싶어 할 수 있었소. 또는 무장한 깡패들이 그저 약탈을 시도할 수도 있었소. 부유한 정신병자들의 은신처인 요양원에 최소한 금고와 돈이 될 물건 등 갖가지 보물이 숨겨져 있지 않겠소? 다와브는 이런 위험에 대비해서 지역 실세들에게 일종의 '보호 비용'을 지불했다오.

내가 이미 말한 것 같은데, 요양원의 입원자들은 '바깥' 세상이나 '바깥'의 사람들을 좋게 생각하지 않았소. 당시에 밖에서 일어나고 있던 일은 그런 성향을 더욱 굳히게 했소. 유일하게 시킨만 득의만면했고, 우리 대부분은 불만스럽게 입을 삐죽 내밀고 고개를 저었다오. 마치 "결국 이렇게 될 줄 진작부터 알고 있었어!"라고 말하는 듯이.

환자들 중에서는 오직 나만 두려워했소. 그것은 내가 속마음을 털어놓은 로보만 빼고 아무도 눈치채지 못한 이유 때문이었소. 로보만이 나를 안심시키려고 애썼소. 나는 나디아가 이곳 소식을 듣고 나를 걱정해 탈출시키러 오지나 않을까 걱정이 되었소. 그 애가 이곳에 오지 않기를, 더는 위험을 무릅쓰지 않기를 바랐소. 사태가 진정될 때까지는 말이오.

그 애가 더는 그런 모험을 할 여유가 없었다는 사실을, 지금은 알고 있소. 그 애는 당시 한 청년을 만났고 최근에 결혼했다오. 그리고 그와 함께 브라질로 떠났소. 그 애가 터무니없는 행동을 할까 봐 내가 가장 걱정하던 시기에 그 애는 임신한 상태였소. 대서양 건너편에서 말이오. 그 애가 딸이든 아들이든 아기 이름을 바쿠라 짓기로 했다는 소식을, 나는 바로 얼마 전에 들었다오. 그런 식으로 그 애는 나에 대한 추억을 앞으로도 영원히 간직하려 했던 것이오. 그 외에 길고 무모한 모험 같은 것에 대해서는 더 생각하지 않았다오.

요양원 주변의 상황이 나빠지고 있었다는 것을 생각하면, 그 애에게 일어난 일들은 매우 다행이었소. 군인들은 점점 더 요란한 무기를 사용했기 때문에 우리는 더 이상 잠을 잘 수도, 식사할 수도, 이전처럼 책을 읽거나 카드놀이를 할 수도 없었소. 우리는 창문에 귀를 기울이고 지냈으며 포탄이 날아올 때마다 아우성을 치며 동요했소.

그리고 어느 날 다와브가 사라졌소. 잠시 소강상태에 놓였을 때 그가 자기 승용차에 올라 재빨리 출발해 버렸소. 직원들에게는 미리 알린 것 같았소. 그날 저녁 요양원의 직원 전부가 사라져 버린 걸 보면 말이오. 그러나 우리 환자들에게는 아무 말도 해 주지 않기로 했던 모양이오. 단 한 마디도 말이오. 우리를 이송하기가 너무 성가시고, 진실을 말해 주기에는 너무 위험이 크다고 판단했을 것이오. 그래서 우리를 그냥 버려두었다오.

우리가 상황을 알아차렸을 때 시간은 이미 밤이었고, 사격이 다시 시작되었소. 요양원이 아직 포위되지 않은 것은 순전히 대치한 양측 사이에 있는 중립 지대였기 때문이었소. 양측이 그토록 격렬하게 맞붙는 것은 이 중립 지대를 먼저 탈취하려는 계략에서였소. 전투는 더욱 치열해질 것이 불을 보듯 뻔했소. 앞으로 그 불길한 약물 없이 하루가 시작될 것을 생각하니 끔찍했소. 그 약물은 불길하기는 했어도, 아아, 반드시 필요했다오. 나는 급작스럽게 안정제를 빼앗긴 환자들이 하나 둘 발작을 일으킬 것을 상상만 해도 두려웠소.

나는 그날 밤을 평생 잊지 못할 거요. 우리는 2층 발코니에 있었소. 보통 때 같았으면 그곳은 직원들 차지였지만 그날 내가 로보와 함께 그곳에 가 앉자, 다른 환자들도 의자를 끌고서 줄을 지어 우리를 따라와 앉았소.

우리는 어둠 속에 있었는데 위로는 예광탄들이 지나갔소. 처음에는 노란색 그다음에는 붉은색, 그리고 또 노란색, 마지막에는 초록색이 되는 그것들을 우리는 눈으로 좇았소. 이따금씩 폭발음에 이어 환해지고 섬광이 반짝했소. 나는 희열에 찬 시킨의 얼굴에서 눈을 떼지 못한 채, 약물의 효과가 사라지는 내일이면 그가 얼마나 끔찍한 괴물로 변할지 불안하게 생각했소.

우리는 밤새 그곳에 앉아 있었소. 보통 때에는 간호사들이 우리를 식당으로 데려가 저녁을 먹게 한 후 잠시 지켜보다가 각자의 방으로 데려다 주고 불을 껐소. 그러나 그때는 무엇을 하라고 말해 주는 사람이 아무도 없어서, 우리는 아무것도 하지 않았소. 그냥 그곳에 그대로 있었소. 먹지도, 자지도, 움직이지도 않고 그렇게 한없이 있었소.

이윽고 산 너머로 해가 떠올랐소. 날이 밝으면서 섬광과 함께 시끄러운 소리도 사라졌소. 짧은 몇 분 동안 고요가 깃들었소. 광경은 정말이지 장관이었소! 여명에 희끄무레하고 연한 푸른빛으로 드러난 언덕과 마을, 멀리 펼쳐진 도시, 연안과 바다가 한눈에 보였소. 분명 도처에 집들이 무너져 있고 길거리에는 시체들이 나뒹굴며 바리케이드 위에는 깃발들이 펄럭이고 있었을 것이오. 하지만 맨눈으로는 그 모든 게 보이지 않았소. 광막한 공간만이 평화롭게 펼쳐져 있었소. 파란색과 초록색이 어우러진 공간에 새들까지 지저귀었다오.

그때 느닷없이 연속적인 폭발음이 터졌소. 이어서 다시 한 차례, 또 한 차례 더 들려왔소. 곧 전투가 재개될 터였소. 나는 자리에서 일어났소. "나는 떠나겠소." 하고 큰 소리로 말했소. 아무도 반응하지 않았소. 시킨의 미소는 전보다 더 뚜렷해졌소. 나는 로보를 돌아보며 눈빛으로 물었소. 그러자 그도 자리에서 일어섰지만 단지 내 어깨를 치며 "행운을 비네!"라고만 말했소. 그러고는 돌아서서 가버렸소. 잠시 뒤 바르샤바 협주곡을 연주하는 그의 피아노 소리가 들렸소. 폭격이 더욱 격렬해졌지만, 피아노 소리를 덮지는 못했소. 오히려 두 종류의 소리가 어우러졌소.

나는 내 방으로 가서 몇 가지 물건들을 챙겼소. 여행 가방이나 서류가방을 꾸리는 대신 단지 호주머니에 넣을 수 있는 몇 가지만 골랐소. 서류 몇 장과 약간의 돈, 수첩, 약 외에 다른 것은 없었소. 나는 그곳을 나왔소.

걸어서 말이오. 정문을 지나서 시내 쪽으로 곧장 앞으로 길을 따라 걸었소. 15킬로미터는 족히 되는 거리로, 평상시라면 아무도 걸어갈 생각을 못했을 거요. 하지만 그날 아침은 모든 게 평상시와 달랐소. 나도, 거리도, 사람들도, 상황도. 나는 내 속도로 계속 걸었소. 서두르지 않았지만, 결코 멈추지도 않았소. 아무 소리도 듣지 않고, 아무것도 보지 않았소. 오로지 내 구두 끝과 길바닥의 돌멩이들만 보고 걸었소. 나 혼자였소. 물론 행인이나 차량도 지나가지 않았소. 마을에 들어섰는데도 사람들은 집에 틀어박혀 있거나 아직 잠에서 깨지 않았소.

우리 집 앞, 아니 우리 집이 있던 곳에 이르렀소. 나는 안으로 들어가 한 바퀴 둘러본 다음, 도로 나왔소.

"잠깐만요!"

이 삽입문을 넣기 전 나는 오래 망설였다. 오로지 내 주인공과 그가 언급하는 인물들만 등장시키기로 앞에서 약속했기 때문이다. 하지만 다음 사실에 대해 끝까지 침묵하고 있으면 내 역할을 다하지 못할 것 같다. 사실은 이렇다. 우리가 대담을 하기 시작한 목요일, 오시안이 동생의 이름을 처음 말했을 때 나는 깜짝 놀랐다. 실은, 1950년대에 잠깐 장관직을 맡았던 살렘 케탑다르라는 사업가가 베이루트 근처, 전투가 심했던 언덕에 위치한 자신의 집 잔해 사이에서 죽은 채로 발견되었다는 짤막한 기사를 바로 얼마 전에 읽었던 기억이 났기 때문이었다.

나는 여러 번 오시안에게 그 얘기를 하려고 했다가 매번 생각을 고쳐먹었다. 미리 그 얘기를 하기보다 그가 이야기하는 중에 자연스럽게 직접 꺼내게 하는 게 낫겠다는 생각에서였다. 나는 그가 고향 집이나 혐오했던 동생의 운명에 대해서 어느 대목에서 그리고 어떻게 표현할지 궁금했다. 그리고 그 일들이 그가 조국을 떠난 것과 어떤 연관이 있는지도.

그 대목에서 그는 그 얘기를 반드시 꺼낼 것이었다. 나는 그를 살폈다. 하지만 그는 집안을 슬쩍 둘러봤다고만 언급했다. 너무나 빠르게. 그러고는 벌써 다른 이야기로 넘어갈 태세였다. 그래서 나는 이야기를 중단시킬 수밖에 없었다.

"잠깐만요!"

나는 그와 함께 보낸 지난 사흘 아니 나흘 중에서 이때가 가장 불편했다. 무례하게 굴거나 그의 이야기의 흐름을 바꾸고 싶지 않았다. 그가 자연스럽게 풀어나가길 원했다. 그렇지만 시간이 임박했기에 그의 침묵을 무한정 받아들이고 가만히 있을 수가 없었다.

결국 이렇게 물었다.

"선생님의 집, 집은 어떤 상태였습니까?"

"폐허가 되어 있었소. 벽이 무너져 내리지는 않았지만, 불에 까맣게 그을리고 온통 구멍투성이였소."

"그곳에 오래 머물지는 않으셨나요?"

"그렇소. 한 바퀴 둘러본 뒤 열쇠들을 챙겨서 나왔소."

"무슨 열쇠들이었나요?"

"온갖 열쇠들이라오. 보시오!"

그는 트렁크에서 낡은 학생용 가방을 꺼내더니 침대 위에다 내용물을 쏟았다. 열쇠가 50개쯤은 되어 보였다. 내가 50개라고 했던가? 아마 백 개, 이백 개는 될 듯했고, 여러 개를 한꺼번에 묶어 놓은 꾸러미도 있었고, 하나씩 낱개로 된 것도 있었다. 몇몇 개는 단련되고 조각 작품처럼 화려하고 오래된 것이었다. 그가 벽장과 금고, 서랍, 방문, 현관문의 열쇠들 그리고 양철통에서 오랜 세월 녹이 슨 열쇠들을 모아온 것이었다. 그가 그것들을 모아 먼 여행길에 가지고 다니는 까닭을 솔직히 나는 알 수 없었지만, 그에게는 그것들을 '구해 내는' 일이 분명 필요했을 것이다. 나는 그의 생각을 거스르고 싶지 않았다.

하지만 내 머릿속에서는 갖가지 의문들이 쇄도했다. 도대체 왜 동생에 관한 얘기는 안 하는 걸까? 피로 얼룩진 시체를 아니면 죽어가는 동생을 봤을까? 극도로 순수한 그로서는 참을 수 없는 광경이었기에 잊으려 애쓰고 있는 것일까? 동생에게 무슨 일이 생겼는지 아직까지 모르고 있는 것일까? 아니면 혹시…… 상식을 벗어나는 얘기지만 그래도 내가 기록하는 이야기의 진실성을 위해서 머릿속에 스치는 생각을 고려해야 했다. 혹시 내 앞에 서 있는 이 남자가 폐허가 된 자신의 집에 잠깐 들러 제 형제를 살해하지는 않았을까?

나는 그를 거리낌도 없이 면밀히 살펴보았다. 그의 맑은 눈과 가만히 놓인 손, 나이가 들었지만 어린아이같은 얼굴, 차분하고 예의 있어 보이는 입매를 응시했다. 그는 전혀 고통을 당한 사람처럼 보이지 않았다. 냉혹하게 살인을 저지를 사람으로는 더욱 보이지 않았다. 그를 관찰하면 할수록 오로지 순수하고 정직한 성품만 드러나 보였다. 극도의 엄격성과 얼굴 피부의 미세한 떨림 외에는 수상쩍은 것이 전혀 없었다. 그리고 내가 줄곧 알아채지는 못했으나 이따금 눈빛이 공허해졌다. 그래도 혹시 모르는 살인을 충분히 설명해 줄 만한 오랜 고통의 징후는 어디에도 없었다.

그렇다. 어쨌든 카인을 살해했을지 모른다고 아벨을 의심하지는 않겠다. 나는 머릿속에서 그런 음침한 생각을 세차게 쫓아냈다. 모든 정황으로 볼 때 그는 동생에게 무슨 일이 생겼는지 아직 모르고 있는 것 같았다. 아무도 그에게 그 소식을 전하지 않았고, 그 또한 신문을 읽지 않았을 것이다.

더는 그 얘기를 꺼내지 말아야겠다고 나는 생각했다! 내가 당황스러워 했던 것을 그가 알아채지 못했기를 바랐고, 이런 부당한 생각으로 그의 이야기를 끊은 내가 원망스러웠다.

하지만 꺼림칙하지 않도록 마지막으로 물었다.

"집 안에 아무도 없었나요?"

"아무도 없었소. 나는 다시 길을 떠났소."

　수도 가까이 이르자 거리는 훨씬 활기를 띠었소. 떠들썩하면서도 적어도 그날만큼은 평화로운 교외에 도착했소. 택시가 나를 프랑스 대사관까지 데려다 주었소. 거기서 나는 베르트랑의 이름을 댔소. 만능열쇠와 같은 그 이름을 대자 문들이 열렸소. 기계들이 덜커덕 하고 움직였고. 그리고 다음날 나는 파리에 와 있었소. 운이 좋았던 것이라오. 마침 베르트랑은 일본으로 3주간 떠나 있을 참이었는데, 나를 만나기 위해서 여행을 48시간 뒤로 미뤘다오.

　우리는 만났소. 베르트랑은 약간 당황한 듯했소. 나를 미친 사람이라 여겼고, 특히 그런 생각을 몇몇 사람들과 클라라에게까지 편지로 알린 것에 대해 말이오. 그러나 어떻게 그를 비난하겠소? 모든 면에서 내가 회복 불가능해 보였을 테니 말이오. 어쨌든 나는 아무도 탓하지 않소.

　나는 예전처럼 베르트랑과 이런저런 얘기를 나누며 긴 하루를 보냈소. 베르트랑이 그날 밤 비행기를 타야 했기에 우리는 얼마 안 남은 몇 시간을 최대한 잘 보내려고 애썼소. 서로에게 이야기할 게 너무나 많았소. 그가 내 딸 나디아에 대해서, 그 애의 계획과 그 애와 나눴던 대화, 그 애의 결혼과 아이 등에 대해 알려줬소.

그러고 나서 그가 클라라에 대해 말하려고 했는데, 내가 중단시켰소. 나는 그녀가 나 없는 동안 어떻게 살아왔는지 조금도 알고 싶지 않았소. 그녀가 28년 동안 슬퍼하면서 나만을 기다렸으리라고는 생각하지 않소. 그녀의 그동안의 상황에 대해서 시시콜콜하게 듣고 싶지 않았소. 성과 이름, 날짜 등에 대해서 말이오. 그녀와 나는 한때 서로 사랑했고, 우리를 헤어지게 만든 모든 것은 우리와는 상관없는 것들이었소. 내게는 뒤를 돌아볼 시간이 더는 없었소.

나는 단지 아내의 주소만 알려달라고 했소. 아내에게 편지를 썼소. 편지를 쓰는 데 하루가 꼬박 걸렸다오. 내가 겪고 내게 일어난 모든 일에 대해 썼소. 내가 어떻게 무너졌었는데, 나디아를 만나고 나서 어떻게 다시 일어나게 되었는지를 말이오.

그리고 아내와 만날 약속을 잡았소.

아니, 아내가 답장을 보내지는 않았소. 내가 주소를 남기지 않았으니까.

사실 내가 전화를 걸 수도 있었소. 하지만 전화로는 통화 경험이 거의 없는 내가 너무나 동요된 모습을 보였을 거요. 그러면 내 정신 상태에 대해 이전에 소식을 들어 알고 있었을 그녀가 나의 격한 감정을 오해할지도 몰랐소.

또한, 나는 그녀가 성급하게 답을 하는 것도 원하지 않았소. 긍정적이든 더구나 부정적이든 그녀의 대답을 내가 직접 말로 들을 수 있는 상태인지도 확신이 서지 않았소.

그래서 만나자는 말만 던졌소. 그녀가 여기 도착할 시간만 고려하고서 가능한 한 이른 시일 안에……. 그녀가 오기로 결정한다면 말이오.

언제, 어느 장소를 택할지 생각해 보았소. 이윽고 자명한 이치처럼 좋은 방법이 떠올랐다오. 그저 지난날 우리가 썼던 방법을 되풀이한다는 것이었소. 6월 20일 정오, 오를로주 기슭, 두 시계탑 사이로 정했다오.

그렇소. 6월 20일, 바로 내일이오.

지난번에 그녀는 왔었소. 그러니 이번에도 오지 않겠소? 그렇게 생각하지 않소?

일요일

우리는 새벽녘에 헤어졌다. 양쪽 모두 진심이 어리고 감사하는 마음으로 악수했지만, 다시 만날 계획은 없었다. 내가 예상했던 질문도 없었다. 즉, 그의 이야기를 급하게 받아 적은 여섯 권의 수첩을 가지고 무엇을 할 생각이냐고 그는 묻지 않았다. 질문을 받았다면 나는 아직 모르겠다고 대답했을 것이다. 그의 이야기가 서류 파일 속에 20년 동안 묻혀 있으리라고 내가 어떻게 짐작했겠는가? 아무튼, 그는 아무것도 묻지 않았다. 그는 억지로 붙잡으려 애쓰는 대신 인생이 자연스럽게 흘러가도록 내버려 두는 데 익숙한 것 같았다.

　그를 바라보는 나의 마지막 시선에 불안감이 담겨 있는 것을 그가 알아챘을까? 그가 내 계획을 눈치챘을까? 그는 아내와 만날 일에 너무나 열중한 탓에 내게는 신경을 쓸 여유가 조금도 없었던 것 같다. 그의 여정에서 시간이 한없이 더디 가는 것만 같은 어느 날 나를 만났다. 내가 빈자리를 메우고, 어쩌면 인생을 종이에 기록하고 싶은 그의 은밀한 욕망을 채워 줬을지도 모른다. 그리고 이제 그는 혼자 있기를 원했다. 나는 그의 호텔 방을 나왔다.

나는 앞으로 하려는 일에 대해서 자랑스럽지도, 부끄럽지도 않았다. 그 일을 해야 했을 뿐이다. 정오가 되기 몇 분 전 나는 그의 약속 장소로 갔다. 오를로주 기슭 대신에 바로 그 맞은편, 센 강의 반대편 기슭에 있는 카페의 2층에 자리를 잡고 앉았다. 어떻게 내가 그렇게 하지 않을 수 있었겠는가? 그게 앞선 날들에 이은 필연적 결말 아니겠는가. 나는 그 여인이 정말로 존재하는지, 그녀가 어떤 모습일지, 만나기로 한 장소에 올지, 그리고 28년 만의 재회가 어떨지 너무도 궁금했다.

내가 자랑스럽지도, 부끄럽지도 않다고 말했던가? 아니, 적어도 한 가지 면에서는 조금 부끄러웠다. 쌍안경을 가지고 갔던 점이 말이다. 하지만 그게 필요했다. 안내책자에 그 지점의 강폭이 얼마라고 나와 있는지는 모르지만, 그 강둑을 자주 산책했기에 한쪽 기슭에서 다른 쪽 기슭을 맨눈으로 보기란 쉽지 않다는 것쯤은 알고 있었다. 한 남자가 그곳에 와 있다는 것을 알고, 그의 모습과 백발의 머리, 한쪽으로 기운 고개를 분간할 수 있다면 백 보쯤 떨어져서도 그를 알아볼 수 있을 것이다. 하지만 그의 표정이나 초조해하는 눈빛, 끊임없이 움직이며 철 늦은 은방울꽃 다발 같을 것을 쥔 손을 알아보기란……

내 손목시계가 정오를 가리키자 나는 불안해졌다. 그녀가 온다면 다시 삶이 시작될 것이다. 기나긴 세월이 흘렀으나 시간은 한낱 환상에 불과하다. 과거, 매시간과 날, 주, 십 년은 쌓인 재와 같다. 앞으로 올 시간이 영원까지 이어지겠지만 우리는 매 순간을 사는 것이다. 클라라가 오면 멈췄던 그들의 이야기가 다시 시작될 것이다.

하지만 그녀가 오지 않는다면? 그럴 가능성 때문에 나는 불안했다. 오로지 그 만남을 위해 살았던 오시안은 정한 시간에 그녀가 오지 않을 경우, 어떻게 할지 생각해 보기라도 했을까?

나는 그가 만날 장소로 그곳을 택한 진짜 이유에 대해 의심이 들기 시작했다. 난간과 바로 앞의 다리, 저 강은 수 세기 동안 수많은 절망한 사람들을 받아들이지 않았는가……

손목시계가 12시 3분을 가리켰다. 내가 쌍안경을 들고 유리창 너머를 바라볼 때마다 옆 테이블에 앉은 연인이 혐오스럽다는 표정으로 수군댄다. 그들이 어떻게 생각하는지 나는 알 수 없다. 내 행동이 그들과 상관은 없었지만 나는 그들 때문에 마음이 불편해졌다. 저쪽에서 오시안이 움직인다. 아무튼, 멀리서 보니 그런 것 같다. 그가 두세 번 발길을 돌렸다가, 배 한 척이 지나가고 있는 강물 위로 몸을 숙인다. 다리 위의 관광객들이 아마도 그를 향해 손짓하는 것 같다. 그는 대응하지 않고 몸을 돌린다. 이제 그의 얼굴이 보이지 않는다. 그의 어깨가 축 처진 것 같다.

　나는 테이블 위에 커피 값은 놓고, 카페에서 나온다. 빠르게 걷는다. 아마도 그가 다가오는 나를 보면 불쾌해할지도, 더는 자기 인생에 끼어들지 말라고 거칠게 말할지도 모른다. 그래도 이변이 없는 한 이 도시에서 내가 그의 유일한 친구이고, 적어도 그의 운명에 무관심하지 않은 유일한 사람이 아닌가.

　퐁토샹쥬 다리를 걸어가면서 그를 슬쩍 보니, 그는 여전히 움직이지 않고 있다. 내 손목시계는 12시 9분이다. 나는 걸음을 재촉한다.

　다리 한가운데에 이른 나는 더는 움직이지 못한다. 숨을 죽인다. 한 여인이 그 앞에 있다. 날씬하고 잿빛 머리에 검소한 원피스 차림의 그녀의 얼굴은 웃고 있고, 두 눈은 이미 감겨 있다. 기둥에 등을 기댄 채 여전히 고개를 숙이고 있던 그는 여인을 보지 못했다. 그녀가 다가간다. 작은 소리로 무어라 말했을 것이다. 오시안이 고개를 드니 말이다. 그의 두 팔도 천천히 올라간다. 마치 오랫동안 날지 않았던 새의 날개처럼.

　이제 그들은 부둥켜안고 있다. 그들은 똑같이 고개를 흔든다. 마치 그들을 갈라놓았던 운명을 탓하기라도 하는 듯이.

    그들은 열렬히 서로를 붙들고 있다. 거의 아무 말도 하지 못한 채 울고 있는 것 같다. 내 입술도 떨린다.

    이윽고 그들은 몸을 약간 떼지만 손은 그대로 붙잡은 채다. 서로의 손에 깍지를 낀 그들은 이제 웃고 있지 않다. 클라라가 긴 설명을 시작한 것 같다. 오시안은 고개를 앞으로 숙이고 입을 살짝 벌린 채 듣고 있다. 그녀는 무슨 말을 하고 있을까? 어쩌면 그 없이 지낸 과거 얘기를 하고 있는지도, 둘이 함께할 미래 얘기를 하고 있는지도 모른다. 아니면 수많은 이유를 대면서 그들의 사랑이 여전히 불가능하다고 설명하고 있는지도 모른다.

    그들은 그렇게 손을 잡고서 함께 떠날까? 아니면 각자 다른 길로 떠날까? 나는 너무도 궁금했기에 좀 더 기다려 보려 했다. 아니, 이것으로 충분하다. 나는 그만 자리를 떠야 한다.

    지나가던 수많은 연인이 멈춰 서서 그들을 바라본다. 호기심 어리고 감동한 눈빛으로. 나는 그들처럼 바라볼 수는 없다. 그들에게 나는 그저 지나가던 사람이 아니니까.

동방의 항구들

1판 1쇄 인쇄 2016년 12월 20일
1판 1쇄 발행 2016년 12월 28일

지은이 아민 말루프
옮긴이 박선주
펴낸이 서의윤

펴낸곳 훗
　주소 서울시 구로구 구로동 디지털로34길 55 806호
　출판신고번호 제2015-000019호 신고일자 2015년 1월 22일
　huudpublisher@gmail.com / www.huudbooks.com

디자인 이규환
공급 한스컨텐츠㈜

ISBN 979-11-957367-6-8　(04890)

한국어판 ⓒ훗 2016, Printed in Korea

＊ 이 책 내용의 전부 또는 일부를 재사용하려면 반드시 저작권자와 훗의 동의를 받아야 합니다.

＊ 이 도서의 국립중앙도서관 출판예정도서목록(CIP)은 서지정보유통지원시스템 홈페이지 (http://seoki.nl.go.kr)와 국가자료공동목록시스템(http://nl.go.kr/kolisnet)에서 이용하실 수 있습니다.
(CIP제어번호: 201630407)

책값은 뒤표지에 있습니다.
잘못 만들어진 책은 구입하신 서점에서 교환해드립니다.

┌─────────────────────────────────────┐
　판매 · 공급 한스컨텐츠㈜
　전화 031-955-1960　팩스 02-2179-8103
└─────────────────────────────────────┘